潇贺古道有人家

黄忠美 / 著

中国市场出版社
China Market Press
·北京·

图书在版编目（CIP）数据

潇贺古道有人家 / 黄忠美著.-- 北京：中国市场
出版社有限公司，2021.6
ISBN 978-7-5092-2056-6

Ⅰ.①潇… Ⅱ.①黄… Ⅲ.①散文集 – 中国 – 当代
Ⅳ.①I267

中国版本图书馆 CIP 数据核字(2021)第 073814 号

潇贺古道有人家

XIAOHE GUDAO YOU RENJIA

著　　者：黄忠美
责任编辑：张再青（632096378@qq.com）
出版发行：中国市场出版社
社　　址：北京市西城区月坛北小街 2 号院 3 号楼（100837）
电　　话：（010）68024335/68034118/68021338/68022950
经　　销：新华书店
印　　刷：成都兴怡包装装潢有限公司
规　　格：145mm×210mm　　32 开本
印　　张：9.5　　　　　　　字　　数：210 千字
版　　次：2021 年 6 月第 1 版　印　次：2021 年 6 月第 1 次印刷
书　　号：ISBN 978-7-5092-2056-6
定　　价：68.00 元

地域文化的眷恋与守望

盘春华

　　黄忠美的散文集《潇贺古道有人家》即将出版，他把文稿发给我，希望我给他的集子写篇序。这本散文集洋洋洒洒二十万字，而我的时间零零碎碎，一时半会又看不完这本书稿，便让他另请他序。但他执意要我写，我就应承了下来。

　　我是广西桂林全州人，曾在富川瑶族自治县工作十多年，我对这里的地方文化和写作者一直很关注。说起来，我在几年前就认识黄忠美了。他是瑶族人，1975 年生，在瑶乡一所小学任教。那时候他写小小说，偶尔也写诗、散文。我主编的《诗意岭南》一书收录过他的诗。2017 年，市里还选送他到北京参加鲁迅文学院第二十八期全国少数民族文学创作培训班学习。

　　他在潇贺古道边出生，在潇贺古道边长大。耳闻目睹都是这里的人、事和物。他记忆的芯片上，满满当当都是这一地域的历史地理、文物古迹、风土人情、民风民俗……他总是对古建筑百看不厌，对民间艺术无比痴迷，对潇贺古道这片热土无比眷恋。

　　一直以来，黄忠美对这里的古村、古镇、古桥、古亭、古楼、古塔、古庙、古祠、古戏台、古风雨桥……这些潇贺古道文化的根和魂，倾注了太多的爱。每一个本土作家都想写这些事物。因为作家原乡中的东西，就近在咫尺，你抬头看的是它，低头看的是它，闭上双眼想到的还是它。真可谓熟稔得不能再熟稔。

潇贺古道沿线其实是个好地方。这里有悠久的历史和绚丽多姿的文化，有灿如星河的古迹。近年来，我和黄忠美多次参加市、县作协的采风活动，邂逅在秀水村、岔山村、福溪村、红岩村等古村落里。我们就像走进了一座座古民居博物馆。每次面对满眼的青砖黛瓦、小桥流水、雕梁画栋等，身心都会得到一次洗礼，得到一次艺术的熏陶。

大家的感觉是，写地方散文看似容易，但要写出新意、深度、广度——却是一件不容易的事。地方文化如果仅流于表面描写，泛泛而谈；或者只写一些前人的认知，堆砌同质化的文字，那这人写出的作品就会苍白无力。

民族的就是世界的。这话说得有道理。岭南走廊上确实有不少民族的东西。黄忠美花了大量时间，脚踏实地去实地走，触摸这里的一山一水、一草一木、一砖一瓦。那些老宅、门楼、风雨桥、牌坊、女书、石像、文昌阁、祠堂、老字号……就在黄忠美的眼前。当他静下心来，深入到村间地头采风，做田野调查后，就掌握到了第一手素材；他去采风是带着一颗虔诚的心去品的，每一次的采风都是他深入挖掘乡土的地方色彩和特质，用心倾注感情，去揣摩旧时主人的呼吸、思想、活动，还原旧器物的功能作用的文化苦旅。为了写好一个村庄，他单枪匹马再三探访，拜访地方土秀才、老人，查看宗谱。黄忠美用手中的笔，试图妙笔生花，让读者从他的作品中，加深对地域文化由表及里的认知，从地方文化折射的人性光辉里产生乡愁，产生共鸣。

黄忠美是地方文化忠实的眷恋和守望者。2017年他出版的小小说集里都是普通人物在地方元素中的浮世绘。可喜的是，他的散文集《潇贺古道有人家》也是以地方文化为主题。从这本集子中的散文来看，他是花了不少精力去探访古迹，查阅资料，摸索写作手法的。他的散文写作语言通俗平实，既有文化专业知识的介绍，又有自己独特的心灵感悟，古物的主人、村里的乡亲所处的时代背景，家国情怀，闲情逸致；事物所包含的文化内涵，产生的影响；古村所涉及的文化信息，小桥流水人家……都在他深情灵动的笔下浓墨重彩，恰到好处地呈现。就如高山流水般，拨动你内心的情弦。

本书写到的文物都是他在近年来贺州市博物馆征文中写下的。这些藏着的宝物：铜人吊灯、南汉大铜钟、陶甬、陶器，从它们的个性特征、来源、发现历程等方面，用细腻的语言娓娓道来。特别是由文物还原了当时主人在特定社会、生活中的故事，读来真实可信，给人领悟和启迪。《藏着的北陀》还获得了西部散文2019年排行榜前三十名。"茫茫潇贺，有人的地方就有陶器的存在。一个风姿绰约的女子，脸上两坨红晕，如黛的青丝飘逸，她手捧一个纹饰的陶罐，去河里淘米。"这是他对陶器作用的想象。

书中写到的古村落，是广义上潇贺古道辐射的人间烟火。黄忠美既写了独具一格的村容村貌，又以此为切入点，有血有肉地描写了村里的节庆文化、非遗文化、美食文化、民俗文化、宗祠文化、建筑文化、农耕文化、乡贤文化……有景有情，情景交融。比如对"秀水状元村"状元毛自知传奇短暂人生的描写，既有史料性，又有可读性。又如作者对女书的咏叹，对田广洞石像的解读，对富川瑶乡上元宵的回忆……都追根溯源，作者入骨入髓的爱淋漓尽致。他在文章中的情感流露一点也不感到矫揉造作。"遥想当年，店家向南来北往的行人、商贾、书生、马夫、走卒等推销当地的花生、红薯、豆腐、鸡、鸭、鱼、肉等物品。小街故事多：穿灰色长衫的书生，望着首饰店里的一个兰花银手镯发呆。他的袋子里没有攒够钱，不能买下它来送给绸缎庄的蒋老板的二小姐。裁缝店里的大金牙，正在连夜赶制嫁衣。米酒坊的刘老板两天后要为长女结婚等着急用呢……"这些是他对古道热闹故事的还原。这样的叙述作品里还有不少。

"潇贺古道过去的时光历历在目。一些波斯人正用蹩脚的中文在关隘口与守关人员交谈，一个官员对他呈上的通关文牒仔细查看，终于挥了挥手，让波斯人喘着粗气的驼队过去。那骆驼上驮着许多货物，驼铃发出'叮叮当，叮叮当'的声音……"这是他对古道的世说新语。

诚言，黄忠美的散文有不少可圈可点的地方。但他的文笔尚且稚嫩，有的语言还需要打磨。所写事物拓展的广度和深度还有待提高，作品中"物"多"我"少。愿他在今后的文学实践中，有更多的自省和观照。

总的来说，《潇贺古道有人家》饱含的地域文化，带着潇贺古道的呼吸，带着南岭地域风情的体温，引人入胜，读后让人心有向往，涌起也想去领略、去感受的冲动。

我们打开了它，走进它，就开始俯拾一路潇贺古道的珠光与灵气。

2020 年 10 月于贺州

（作者系广西作家协会理事、贺州市作家协会主席）

独钟旧物，守望乡愁

罗晓玲

潇贺古道所处的岭南地域，山水秀美，有不少的文物古迹、古镇村落、民风民俗，也有不少的古乐古歌古调……它们是这一方水土先民生活的轨迹，在漫长的发展历程中，创造了绚丽多彩的文化，是这方水土的文化精髓和时空记忆。

黄忠美在这片土地上行走着、思索着，他敬畏每一方水土上的每一种文化，在这里寻找蕴含着的文化精神、人格理想、审美情趣。

写一本潇贺古道和岭南地域的散文集，就成了黄忠美的一个愿望。我对他说，写地域文化的想法好是好，可是为历史文化立传的大散文可不好写。

他说，近年来，越来越多的年轻人离乡背井到城里务工，他们有了钱，就回农村拆除了旧房，建起了钢筋混凝土楼房，原来的老村、老宅、旧物都慢慢淡出视野了。所以，写文化散文，是搭建一条现代与过去的记忆桥梁，让一方水土上的人们记住历史，留住乡愁。

在我的印象中，黄忠美是一个高个子，戴着眼镜，文质彬彬却寡言少语的人。他每次参加文学采风活动，都是细心地听，很少发言。但他的文学创作有一股钻劲。

黄忠美对乡俗风物里的文化底蕴、地域风情可谓情有独钟。他的散文，向我们勾勒出了潇贺古道南岭地域的旧事物，展示了如画般的古镇古村，展示了族群文化的精华，展示了烙刻在潇贺古道南岭地域的印记。在作者的笔下，每一物、每一宅、每一房、每一楼、每一田都和人的衣、食、住、行相关联，都和婚嫁、插田、打谷、喝酒、饮茶、下棋、对歌这些乡村事物联系在一起，散发着浓郁的泥土芬芳。他把古物、古街、古桥、古宅、古树、古巷饶有兴趣地叙述出故事，糅入农村的生活场景，努力讲好了一个个故园故事。这些故事既宣传了潇贺古道、南岭地域的历史文化，也展示了古风古物古韵的美。散文里的一山一水、一草一木、一砖一瓦都融入了他这几年采风、田野调查的生活体验和感悟，凝聚了他对文化散文写作的尝试。在这本散文集里，黄忠美对逝去的古物、民风民俗表现出了极大的关注，倾注了大量的爱。

20世纪80、90年代，一批从事人文学科或社会科学研究的学者将科学研究的"理"与文学创作的"情"结合起来，创作出的"学者散文"既充满思考的智性，又不乏文化关怀和个人感受，表现出鲜明的文化意识和理性思考色彩。黄忠美正是以这些作家为榜样，向着文化散文的方向做着努力地尝试与靠近。他的散文集稿子发来给我看后，初稿有二十多万字。我在作协理事会上，与各位理事成员进行了讨论，建议他再删改到十五六万字，把散文集的质量做进一步的提升。他一口答应，就又默默地去改了。修改后，这本散文集确实提升了不少。文中所写的村落很接地气，既有地理风物上的细致描写，又有人文风俗上的契入渲染。他将自己的生活体验与感悟融入文中去，融入所描写的一事一物中去，努力做到既有前人的文化积淀，又有自己的精神叠加，既有理性的思考，又有感性的融合，让文章笔墨饱满了许多。

坦诚地说，文化散文需要作者支撑起较为广阔的时空背景，突出作品的文化意味和文化氛围。它不只是对古迹的凭吊、对有关历史的简单复述，它需要写作者精细的审美情趣与文化载体的巧妙融合。出于一种视野局限与创作能力的局限，黄忠美暂时还不能把潇贺古道南岭地域文化全面深刻地发掘、整理、展示出来，但通过阅读他的散文集，你或多或少可以开始了解这一方水土，认识这一方水土，并有可能爱上这一方水土。

这本散文集，我们暂不将它当作是研究历史文化的专著，权且当成是作者的足迹记录，是所走过山水村庄的有感而发，也是作者向历史文化深处的不倦探寻与思考。我们期待黄忠美今后能行万里路，饱览更多山川画卷、风土人情，以更广阔的生活阅历、更成熟的创作技巧，为山川而咏，为人文而吟，在故园的回望与希冀中走出一条更丰厚广博的文化散文之路。

2020 年 10 月 18 日于富川瑶乡

（作者系广西文艺评论家协会会员、贺州市文艺评论家协会副主席，富川作协主席）

话说潇贺古道

（自序）

黄忠美

  公元前 221 年，秦始皇把号称"战国七雄"中的韩、赵、齐、魏、楚、燕、齐六国逐一收拾，建立了大秦帝国。

  秦始皇没有沉迷在宫里的笙歌燕舞、六宫粉黛的温柔乡里。爱美人更爱江山的秦始皇已经把目光落到了远在天涯、相隔万水千山的岭南。

  俗话说，天高不为高，人心比天高，秦始皇目光如炬，把思绪从宫里飞到了岭南。他想，岭南有可口的荔枝，有颜如桃花、腰似垂柳的美女，有温润的泉水，有肥沃的土地……大秦帝国怎么能够没有物产丰富的岭南呢？于是，秦始皇做梦都想问鼎岭南，想把岭南装在他的龙袍袖子里。为了征伐百越，就必须兵马未动粮草先行。湘桂交界处崇山峻岭，千沟万壑给军队的粮草、后勤保障、兵援运送带来极不方便。秦始皇一时间愁眉紧锁，唉声叹气。他一次又一次在朝廷里思索。

  秦始皇想必须规划一条南进的道路，打破当时的交通瓶颈，只有这样，秦军统一南方的补给兵援才会迎刃而解。秦始皇批阅完上报朝廷的奏折，终于茅塞顿开，龙颜大悦。在这种王者意志下，秦始皇在秦朝二十七年（公元前220年），启动了他的"国道"建设工程。以一坦途让大秦帝国兵发百越，开疆扩土，这是潇贺古道的最初使命。

秦朝在原五岭峤道的基础上修建"新道"。自西向东有四条，即始安的越城岭道、临贺的萌渚岭道（潇贺古道，溯潇水下贺江故名）、桂阳的都庞岭道和骑田岭道。

秦始皇的一道圣旨，让多少兵夫、民工们背井离乡，来到岭南挥舞铁锹铁镐铁镢头，开山辟路。君叫臣死臣不得不死，君叫修路民不得不修路。兵夫、民工们在监工的严刑拷打下，不分昼夜拼命开掘。逢山开路，遇水搭桥。不知道挖断了多少铁锹，不知道挖弯了多少镐镢，不知道累死了多少兵夫、民工，也不知道有几个像孟姜女一样望断秋水的女人，盼着修潇贺古道的丈夫回家。而修路的人很多都把命搭在了潇贺古道上。

兵夫、民工们以自己的血肉之躯，没日没夜地干。于公元前219年冬，建设成了潇贺古道。潇贺古道主要包括两条路线，一条从湖南省道县经江华瑶族自治县进入广西富川瑶族自治县到贺州。另一条从湖南省道县经江永县进入广西富川瑶族自治县到贺州。这条古道，陆路全长为170多公里，宽1米至1.5米不等，多为鹅卵石、碎石、青石板铺成。潇贺古道蜿蜒曲折在崇山峻岭之间，北连潇水、湘江和长江，南接临水（富江）、封水（贺江）和西江，连通了长江水系和珠江水系。

近年来，考古工作者沿古道周边分别发现有十多处汉墓群。从古墓群中出土了青铜戈、铠甲片、铁器、汉砖及汉代之前的各种陶器，汉墓出土了"深目长鼻"的西洋人形象灯俑。这些文物的出土印证了两汉多种文化在广西富川瑶族自治县的交融，也充分说明了途经广西富川瑶族自治县的潇贺古道在"海上丝绸之路"中具有举足轻重的地位。广东省政府参事、广东省海上丝绸之路研究开发项目组组长黄伟宗莅临潇贺古道考察后说,潇贺古道的开辟和通行的时间远在灵渠之前。交通的能量和流量远比灵渠和其他古道更多更大。可以推断,在唐朝以前,南北通道是不可能仅靠灵渠的,起主干作用的应该是潇贺古道。

五岭峤道的建成,让大秦帝国以咸阳为中心,从关中经过汉水顺流而下长江,再分别转赣江和湘江,穿越南岭后,直取番禺。

公元前219年,秦始皇派屠睢为主将、赵佗为副将,率领50万大军,分五军征伐百越,一时金戈铁马、鼓角争鸣,黑压压的大秦旗帜在岭南这片土地上粉墨登场,遭到岭南的各民族顽强的抵抗。

潇贺古道目睹了战争的残酷:刀光剑影,萧萧马鸣,血流成河,尸横遍野,遍地狼烟。公元前214年,秦始皇如愿以偿将岭南纳入了大秦帝国的版图。他在岭南地区设立了桂林郡、南海郡、象郡。为了加强对岭南三郡的管理,公元前215年,秦始皇在潇贺古道陆路的基础上,命令屠睢扩修一条从秦朝国都咸阳到广州的新道,并且与海上丝绸之路对接。从湖南道州到封阳、广信的这段水陆古道,动用了湘、桂、粤三省的戍民四十多万人,肩挑背扛,手挖脚铲。有史料记载,到公元前213年完成这段水陆古道时,因病、饿、工伤、杀戮的民工有二十多万人。

潇贺古道值得去揣摩的地方太多了。潇贺古道是中原文明对南岭地区的强势进入,它给这里的原住民带来了战争,使生灵涂炭。一方面是秦始皇雄心壮志的体现,另一方面是秦始皇称王称霸的霸气体现。但是,它也传播了中原先进的生产和生活方式。宋开宝年间(968—976年)一个阳光灿烂的日子,喜鹊在枝头欢唱。一阵风把隐居衡山的处士廖融从竹关吹到翁宏的家门前。他的《春残》《秋残》《送廖融处士南游》三首诗，及残句三联收录进了《全唐诗》中。今人编的《全唐诗续补遗》又编入他的残句六联。他是广西贺州唯一能把诗写进《全唐诗》的人。公元766年，诗人元结与县令瞿令问到阳华岩游览。元结写下了《阳华岩铭》。瞿县令用隶书、大篆、小篆将铭文书写下来，并叫人摹刻在阳华岩壁上，这处地域文化符号，成为一处全国重点文物保护文物。毛自知挑灯苦读，从富川秀水村出发，在嘉泰四年（1204年）甲子中举，并于开禧元年五月中乙丑状元。他骑着白雪骝，马儿打着响鼻，走在北伐的穿堂风里。王德榜背着褡裢牵着青骢马，从江华码市镇黄竹寨出发，一声嘶鸣就从湖南奔到了左宗棠的军队中。从湖南、浙江、安徽、广东，王德榜一路穿行在刀光剑影中。镇压太平军，他挥汗如雨；两次入新疆，他出生入死，把俄国人从伊犁赶走了；后来他配合主帅冯子材，取得抗法战争的胜利，战功卓越，官至贵州布政使。一些商贾、挑夫、马帮、驼队、云僧在古道的月色中行走，至今已成往事。唯见那些被踩踏、尚残存的青石板，还原成丝绸之路的一句句谶语。

潇贺古道促使许多文人墨客进入创作的最佳气场。北宋的月光下，濂溪先生周敦颐写出了《爱莲说》《太极图说》《通书》等黄钟大吕，他由此成为宋朝儒家理学思想的开山鼻祖。

唐代"永贞革新"失败后，柳宗元从长安被贬为永州司马，那十年，他失意落魄，却怡情山水，厚重的《溪村》《渔翁》《江雪》，还有那《永州八记》，是他除了政绩外最大的收获。

也是在唐代，寄居零陵城外一间寺庙里的怀素，一袭灰色僧衣，每日喝得如一坨烂泥，才用芭蕉叶儿、木板来练习字。木板被他写穿了，毛笔被他写秃了，堆成了"毛冢"，洗毛笔的小池里的清水变成墨池。他的《自叙帖》《苦笋帖》《圣母帖》如今成为书法界狂草的经典教材，而怀素也终成为"草圣"。现代永州作家魏佳敏，沿着怀素的足迹进行文化苦旅，写出了大散文《怀素，一个醉僧的狂草人生》。

潇贺古道沿线人文气息厚重，期待你去探古寻幽。东汉末年，那些叱咤风云的人物，有不少与潇贺古道有关，比如黄盖、赖恭、刘巴、周不疑、蒋琬……这些鲜活的历史人物，湮没了尘黄古道，现在仍然影响着我们。

瑶族女子李唐妹，从桂岭上古道入京城，用自己的血泪，育成明孝宗。虽追谥为孝穆纪皇后，又有谁能懂她的心呢？细雨在瓦片上针灸的时侯，你常常为这位明宪宗妃子而流泪。

我们只有在零星的残片里，去解开潇贺古道的密码。在贺州市文人汤松汤、盘春华、林虹、冯昱、王忠民、杨剑华、罗晓玲、诗雨、如衣、莫永忠……的笔墨中，细细体会行吟潇贺古道的儒雅、兴盛、况味。

车水马龙穿梭，文人墨客樵夫商贾走卒往来。潇贺古道走来一些身影，他们是一些来采风的文艺家。他们对古道情有独钟，不乏文思泉涌与对古道不吝笔墨之人，他们的语言筋道，情深意笃，这就是我们读到的古道与文化缠绵悱恻散文诗集《大风吹过故乡》；也有的诗人写出很有长寿之乡、古道味蕾的作品，如罗晓玲的诗集《月光照在黛瓦上》……他们用手中之笔，把这条湮没的古道写活了，写成一条熠熠熠生辉的诗文古道。

一段古道与一段海洋完美牵手。中原的哲学、思想、意识、语言、文字、技术、货币、服饰……随着潇贺古道的开通，带到了岭南。多少的丝绸、马匹、茶叶、玛瑙、水果、粮食、牲畜……在这条潇贺古道上盘活起来。除此之外，还有一个个码头，一个个驿站，一个个凉亭，一个个如岔山、秀水、福溪一样的古村落，一座座如临贺古城、富川老古城一样的贸易新城的崛起。从这个意义上说，潇贺古道是秦始皇将一个军事谋略演变成的一项治国方略，在当时是一个壮举！

1958年，从湖南省零陵经过道县、江华瑶族自治县进入广西壮族自治区贺州市的207国道的开通，标志着潇贺古道的陆路功能被取代。

1958年，1966年，相继建成湖南双牌水库、天河水库、广西富川龟石水库，标志着潇贺古道的陆路功能衰退。

永贺高速公路、洛湛铁路等仿佛是潇贺古道的替补队员，那车水马龙，一如潇贺古道当年的影子。

潇贺古道见证了秦时明月之君临天下，见证了两千多年的日出日落，见证了两千多年的繁荣昌盛以及沧海桑田。秦朝修建潇贺古道是为了实现封建社会的"中国梦"，今天我们挖掘潇贺古道文化，为的是实现新中国建设"一带一路"的新梦想、新蓝图！

目录

/

CONTENTS

宝藏面纱

第一辑

藏着的北陀

广西贺州市昭平县北陀镇，位于潇贺古道的西侧，今昭平县的中部，中间是丘陵地带，四面环山，形状似陀螺，素有小盆地之称。北陀镇位于桂江北面，故名北陀。全镇总面积为 417 平方公里。下辖 13 个村委，总人口为 3.78 万。

这样的小镇在贺州有很多个。北陀镇，它不像黄姚古镇一样，山可以入画，水可以入诗。北陀的山水，给人的印象是，它不显山、不露水，看山还是山、看水还是水，平常得不能再平常。

说北陀是藏着的、掖着的，缘于北陀镇地宫里蕴含的深厚的、博大的文化精华。换句话说，北陀镇有令你刮目相看的一面。

真正让我记住"北陀镇"的大名，缘于在广西壮族自治区博物馆里的一件东汉中晚期的文物。

是什么宝贝，能让它登上省级博物馆的大雅之堂，成为北陀镇的一张亮丽的名片。

它就是国家一级文物——铜人吊灯。

那天，我走近铜人吊灯时，就被它精美的外形和独特的设计所震撼。展台上，放置着一个 13.5 厘米高的小铜人。从他较瘦的面部、发型、大耳朵、深目、高鼻梁等特征来看，都像外族人的形象。他头戴莲花云雷纹小帽，上半身赤膊露体，下半身身着短袍至肚脐，双手捧着圆形的灯盘，双膝跪地，脚尖着地，脚掌却向外翻着，虔诚地朝贺着。铜人吊灯灯盘口径为 9.5 厘米，高 2.8 厘米。一条 16.5 厘米长的铜链，从铜人的盘端穿过。灯盘底边沿向有一蹄足，与铜人双膝呈三足鼎立状。灯盘内有乳形尖钉，便于插蜡。铜人额前和后枕部位，各有一个环形钮，额前钮眼与铜链相连。铜链的另一端也设有挂钩，用于悬挂，也可以与后枕部的环钮相连。这铜人吊灯表面锈迹斑斑，完全没有了当年鲜亮的光泽。而在当时，它的造型和光泽都显得尊贵富丽，成为主人身份和地位的象征。铜人吊灯，设计新颖，造型别致，美观大方，集实用性、艺术性、科学性为一体。

　　遥想当年，铜人吊灯确是主人的至爱。他（或她）也许就在这盏铜人吊灯下长大、读书、习字。长大了，家里为他（或她）相了亲，订了婚，夫妻俩在这如豆的灯光下一拜天地，二拜高堂，夫妻对拜。从此，如豆的铜人吊灯，陪伴在俩人的芙蓉帐前，一对鸳鸯在这里恩恩爱爱，巫山云雨、一晃就到了生育儿女的时光。他（或她）也在这铜人吊灯下，含辛茹苦地哺育，望子成龙，望女成凤。后来，儿女长大了，儿女们有了自己的生活。唯一不变的，是铜人吊灯与他（或她）不离不弃，伴他（或她）度过寂寞的长夜。他（或她）在夜里缝缝补补，相倚相伴，直到白发苍苍，积劳成疾，卧床不起。在灯主人病榻前，昏黄的铜人吊灯下，儿子媳妇、女儿女婿、亲朋好友、满堂子孙都来探望他（或她），为灯的主人寻医问药，希望他（或她）早日康复。灯的主人在灯的光亮中回光返照，临死之前，指了指悬挂着的铜人吊灯。儿女点了点头。他（或）她满意地点了点头，闭上了双眼，撒手归西。也正因如此，墓主人死后，后辈子孙也要把这铜人吊灯作为殉葬之品，以尽孝道。

铜人吊灯的发掘，打破了北陀两千年的沉寂。这件东汉中晚期的铜人吊灯表明东汉是我国灯具史上的重要发展时期，在广西出土的文物中实属罕见。到目前为止，我国出土的文物中也只区区两件。另一件是1974年湖南省长沙市征集来的，馆藏在湖南省博物馆里。

我一瞅广西壮族自治区博物馆里的铜人吊灯的发掘地，原来是广西贺州市昭平县北陀镇。心里想，北陀还真是藏珍卧宝之地。

从博物馆回来后，我便着手研究北陀镇出土的铜人吊灯和其他文物的来历。

北陀镇山山环绕，形如盆地。土地肥沃，物产丰富。只有一条峡谷进出，真是个易守难攻的好地方。据史料记载，明朝万历二十八年，戴耀下令修筑北陀城（今北陀中学所在地），城墙高两丈，周围三百六十四丈，城内总面积八万平方米，城开三门。每个门上建有砖石结构的城楼及窝铺四间。设镇夷左右二营及九冲十八营堡，并配备重兵把守。遥想当年北陀城里，车水马龙，熙来攘往，无尽的繁华与喧闹。

可见古时候的北陀是一个中转战，它一头挑着"潇贺古道"的太阳，一头挑着"湘漓古道"的明月。奔腾不息的北陀河，帆船点点，直航富群江而入桂江，溯流而上西江，最后进入大海。旱路往南走二十里则是桂江中游的军事要塞龙门堡。商贩们用船满载盐巴、布匹、铁器、丝绸、瓷器……停泊在龙门古渡，换取北陀人们的茶油、黄豆、大米、药材、茶叶、米酒等土特产。

"险仄漓江峡，龙门驿路通。军麾沙水上，春色瘴烟中。深树埋豹虎，穷荒绝雁鸿。天山勋亦壮，吾欲挂雕弓。"

这首《龙门驿》，情景交融，直抒胸臆，出自龙门堡的第二任参将徐问之手。他于弘治十五年擢为进士第，从南京豹韬卫指挥的任上，调到龙门堡驻守任参将一职。

徐问不怕艰苦、忠于职守，在北陀执政期间，政通人和，百废俱兴，深得朝廷的赞赏和百姓的拥护。他从此平步青云，官至广西右布政史，一路顺风顺水、春风得意，当到南京户部尚书。

穿越历史的时光，由此上溯至从汉朝派遣官员到北陀建立城郭、设立行政机构那段历史。屈指算来，北陀已是一个两千多年的要邑了！三国东晋西晋南北朝动乱后，公元 618 年（唐武德宗元年），朝廷在北陀设立北陀营。而龙门堡距离北陀营仅二十里，距离狼康营和良风仅五里地。即便到达镇春营也仅有四十里地。龙门堡与九冲两假营也相通。唐武德四年，北陀和博县都兴建了城郭，隶属于富州。

可见北陀从汉代开始就是"潇贺古道"上的一个要塞，许多的兴衰都在这里上演。当剽悍的战马在这些营道间穿行，当商贾旅客在航道上往来，他们留下了多少不为人知的人文和故事呀！北陀在这时，孕育了精湛淳厚博大的历史文化。随着唐代宰相张九龄开通"梅关新道"后，北方与南方的商道，从湖南改道广东韶关，潇贺古道从此走向没落。烽烟散尽，暗淡了刀光剑影，北陀镇里的人，偏安一处，过着平平淡淡的日子。曾经的要塞，千年古邑，北陀无语，就这样藏着、掖着，一度沉寂下来，直到 20 世纪 70 年代，文物考古人员揭开她那神秘的面纱。

1976 年到 1978 年短短的两年间，一支文物工作队来到昭平县进行文物普查。他们走村入户，进行地毯式地普查。

文物工作队从北陀镇的风清村、乐群村、立教村等村民手中，接过一枚枚古币。经鉴定，这些古币上有"五铢"二篆字，就是东汉铸造的五铢钱。工作队顺藤摸瓜，依据群众提供的可靠线索，终于在这些村寨的山岭间，发现了大批的东汉古墓群。其中，风清村有东汉古墓十一座，分布在风树岭、大坪岭一带；乐群村有东汉古墓十三座，分布在付屋岭、松树岭、罗坪头及文机岭一带。

工作队员连夜赶写申请发掘保护这二十四座东汉古墓的报告，很快得到了上级文物部门的批复，并制定了周密的发掘方案，调拨了一批精湛的考古人员到北陀开展工作。

发掘工作开始了，考古队员小心翼翼地挖掘这两千年的封土。令他们感到心寒的是，他们的挖掘比不上贪婪的盗墓者的脚步。

在月黑风高的深夜，一批又一批身着玄衣的蒙面汉，手执洛阳铲等工具，肆无忌惮地把黑手伸向了北陀的东汉墓群。他们像打了鸡血一般，挥镐和洛阳铲的力度又狠又大又准，求财的心情又急又盼又贪。一些墓室被这些盗墓者鼓捣得面目全非。考古工作人兴高采烈而来，难道里面陪葬的金银财宝等贵重物品都被他们洗劫一空了吗？考古队员们仰天叹息，难道这次挖掘要无功而返吗？

发掘现场一度躁动不安。终于，文物工作队员发现一座七号墓还没有被人盗挖过。考古队员又重新树立了信心。

从这座七号古墓中，深藏千年的宝贝终于重见天日。这次发掘收获颇丰，出土了青铜镜、青铜马、兽形花槽等青铜器皿，虽然锈迹斑斑、色彩剥落殆尽，但从这些出土的文物中，人们不但发现了汉风习习，也窥见了当时的社会风貌。加上七号古墓群中陶罐、陶碗等陶器类文物，国家一级、二级文物总共达到了四百多件，同时还出土了三百八十枚古钱币。在这堆古钱币中，发现了一枚王莽时期的"货泉"古币和一枚"大泉五十"古币。

更令人啼笑皆非的是考古人员的一次意外捡漏。1978 年在北陀风清大坪岭一号古墓中，一盏铜人吊灯大概被古代的盗墓者认为不值钱，而留在了古墓的土包里。孰料，这盏不起眼的铜人吊灯，却成为登上广西壮族自治区博物馆大雅之堂的国家级珍宝。

在乐群七号古墓中，还残留着一件兽形铜笔座。它高 8.7 厘米，长 13.8 厘米，宽 8.1 厘米，外形是一只形态逼真的肥大怪兽，四只脚成蹲伏状，两只锐利的眼睛圆睁，两只角向后翻着，它憨态可掬地张着嘴龇着牙，舌头向外延伸，舌头前端连接着一个铜盘，用于盛墨水。也许里面盛着的是用漆烟和松烟调制成的墨汁，又或许盛的是"丰肌腻理，光泽如漆"的徽墨。"怪兽"两只前腿各置一个铜管，怪兽的背部中央隆起的地方也背负一支铜管，作插笔用。也许，当年铜管里插的是蒙恬造的笔，安徽宣城的兔毛，写出来的字美得令人咂舌。铜管里抑或是插着墓主人情有独钟的制笔世家诸葛氏的笔。细细端详，这只怪兽头像龙头，身体却酷似大象，而脚又似鼠类。这古里八怪之物，却有着精致的工艺。工匠们能博采众长，打破常规地去创新，故而能做到独树一帜。这个兽形铜笔座，为我国首次发现青铜文物的稀有珍品。

一件件出土文物掘出，一个个厚重的喜讯传来。

我国最早发现的玻璃制品，掘自北陀乐群村东汉五号古墓，挖掘出了玻璃耳珰和玻璃料珠。玻璃制品璀璨、透明、细密的质地，生动地反映了东汉时期人们的审美风格。它的发现，表明中国制造玻璃的技术早在东汉时期就已经掌握。

"位至三公""长宜高官"等铜镜，从北陀风清村二号古墓中出土，表明东汉人当时就讲究生活品位，乐于创造。铜镜被岁月留存下来，真是一大奇迹！

当时首次出土的广西陶器文物，也是在北陀东汉古墓里挖掘出来的，如镂孔座陶灯、釉陶薰炉、陶屋等。这些都是当时高官贵族的普通生活用品，恰恰侥幸躲过了盗墓者的一次次浩劫。你瞧那件陶屋，屋里的猪呀、狗呀、鸡呀、鸭呀等家禽家畜，形态逼真，是两千多年前富贵人家生活的真实写照。这一盏灯，一个笔筒，一个薰炉……都这么精美、这么讲究。东汉人的生活真让我们羡慕。

1984 年，广西壮族自治区文物队在北陀镇立教村、敬业村的庙头角、庙坡坪、红泥岭等地还出土了石刀、石凿、穿孔石斧、粗瓷片等一批新石器时代的文物。

这些文物的出土，对研究东汉时期岭南地区的经济发展、文化活动、生活生产、丧葬习俗具有不可低估的参考价值，为研究潇贺古道的中原文化、岭南文化、客家文化、湖湘文化、楚越文化、珠江文化……多元文化的融合交流贯通，以及海上丝绸之路，提供了重要的实物佐证。

藏着的北陀，是大美的北陀。

我们期待着，若干年后，北陀的大地下还会出土一些文物，还会有石破天惊的消息传来。

惊艳稀世南汉大铜钟

　　曲径通幽的阶梯下，有一弧形的钟廊，红柱碧瓦，美轮美奂。在各式各样的基座上，土黄色的古钟锈迹斑斑，如一尊尊罗汉，牵着一条铁索，这是一条当年横渡贺江的渡船拉动时用的铁链。古钟手拉着手般一溜儿，在贺州市博物馆主体大楼对面的留趣山上排排坐。

　　这些陈列的古钟最早的一件是五代十国之一——南汉国的大铜钟，其余的古钟均是明清两代的铁钟。

　　这些古钟铸造技艺娴熟，流线型的外表给人以美的视觉。雕工精细，精巧剔透，多为上乘之作，让人眼前一亮。比如有的土黄色的钟体顶上是挂铜钟的悬钮，上面有两条如龙似虎的连体兽，弓着身子立着，它们四只锋利的爪子牢牢地抓住钟体。铸造者匠心独运，设计得既美观又科学。

　　古钟上的铭文，内容包含铸钟缘由、祝福、庇佑、寄托话语、捐赠芳名、铸造匠人、铸造时间等。

　　那古钟上的钟志铭文，笔道有力，錾刻行云流水，坚挺有力，潇潇洒洒，体现了制造模具、灌注铜或铁液体等流程的高超技术。钟志铭文，是人们了解古钟的窗口之一，它既美化了人们的生活，又陶冶了人们的情操。

每当我用手触摸这些古钟精灵的时候，感觉每一件古钟都是一件精美的艺术品。它们都有属于自己的故事，等待人们去打开它的密码，等待人们去揭开神秘的面纱。

这些古钟像一个个栉风沐雨的长者，见证了中原文化、吴越文化、楚粤文化、珠江文化、荆楚文化、湖湘文化、岭南文化、古道文化、客家文化、瑶族文化、壮族文化等的变异和融合，交流和碰撞。它们深深地烙刻着当时的冶炼历史、经济兴衰、宗教文化……

在一座六角飞檐翘角、琉璃碧瓦生辉的古亭内，悬挂着一口让人眼前一亮的南汉大铜钟。那件重一千五百市斤、高一米六的南汉大铜钟，给我留下了深刻的印象。

南汉大铜钟铸造于南汉大宝四年（961年）。我目睹这件南汉大铜钟，钟表面镂刻有阳文，錾刻镌文1288个汉字。内容包含诸如乾亨寺僧人（主持）的姓名、西头供奉官、都护贺州防招应援守、内省侍、内府局、令赐紫金鱼袋梁廷康等，还有女弟子蒋氏六娘、黄二娘、徐十四娘、欧阳十八娘、峡山大德从惠、铸造匠人梁道崇、书人区昱、镌字匠齐延齐握，还有桂岭县事欧阳忠、冯乘县事孟汉稚、连山县程崇珪、富川县知梁珠、荡山县科敬（或许是官名）杨蕴、试读孔目钟全义，另外还有临贺县耆宿虞师岳、陈子璩，桂岭耆宿李罕馀，富川耆宿王汉膺、黄仁兴，冯乘县耆何仁富，荡山县耆宿黎霜層等内容（依据民国廿三年（1934年）出版的《贺县志》记载的）。这些钟志铭文，为研究贺州佛教史、贺州地方史，以及五代十国岭南地区生产力水平、冶铸工艺、南汉官职等提供了丰富翔实的资料。

像西头供奉官、西头高品、西上阁门使、管甲指挥使、后类都押衙、各种孔目官、都行耆寿等，许多职官名目都是《十国春秋》百官表中所没有记载的。铭文中涉及的寺院还有善慧寺、胜果寺、峡山寺、灵化寺。表面上，当时寺与寺之间已经频繁交流，友好往来。一些僧侣名称在其他地方也没见过。铭文中谈到的地名，依据专家考证，临贺县在今贺州市贺街镇，桂岭县在今贺州市桂岭镇，富川县在今钟山县钟山镇，冯乘县在今富川县麦岭镇，连山县在今属广东省管辖，荡山县在今昭平县富罗镇。

南汉大铜钟原来悬挂在南汉属地贺州市桂岭镇乾亨寺，曾是乾亨寺众僧起居、功课报鸣、信众撞钟用的大铜钟。它承载着潇贺古道深厚的文化底蕴，承载着贺州千年的记忆。可是，这样的一件宝贝，却遭遇颠沛流离。

乾亨寺变为废墟以后，南汉大铜钟像一个流浪汉一样，流浪到了离乾亨寺几里之遥的龙珠观。后来，它又被人们用船顺风顺水运到贺县县城贺街的三乘寺。再后来，三乘寺改为学校，南汉大铜钟又流浪到县中山公园复以塔。新中国成立初期，南汉大铜钟被贺县城厢小学当作上、下课的报时司钟使用。直到 1963 年，它最后一次流浪到贺县八步公园。

可以说，这些迁移，南汉大铜钟都是受尽委屈，都是寄人篱下，都是满腮的泪水，苦不堪言。直到它入主贺州博物馆，登上大雅之堂，南汉大铜钟才觉得扬眉吐气，才觉得走在春风里，才觉得物尽其用。

今天，我们能够在博物馆一睹南汉大铜钟的风采，得益于博物馆的工作人员为它的馆藏做了大量细致入微的工作。他们真是劳苦功高！

走近南汉大铜钟，让我用心感悟它的秀美与敛颖吧！我仔细端详这件南汉大铜钟，感觉自己是在用心灵聆听远古历史向我诉说的一场对话。

我不得不穿越时光，回到南汉国那段历史风云中。917年，刘岩身披龙袍在广东登基称帝。国号大越，定都兴王府（今广州），918年，改国号为汉，历史上把它叫作南汉。它是五代十国的封建地方割据政权之一，管辖的是岭南一带物产丰富的疆域，位于现在广东、广西两省及越南北部。疆域东至广东福建之交，北抵湖南郴州，西控广西大部地区，南逾海南岛，周边与闽南唐、楚国和少数民族政权大理等地方政权相邻。在十国中，南汉国疆域最大、经济最强。据史料记载，南汉后期，全境共辖60州214个县，拥有17623万户，面积约40万平方公里。到开宝四年（971年）被宋朝所灭时止，经历了四帝，国祚为五十五年。南汉国建国初期，社会稳定，国库充实，国力强盛。特别是南汉国君主信笃佛教，佛寺庙刹遍布全国各地。铸造铜钟置于寺内，就是其中重要的赏赐形式。

南汉乾和六年（948年）八月，南汉主刘晟为结姻亲，派遣制浩钟允章到楚国求婚，遭到对方拒绝。在得到楚孝王马希萼起兵武陵，正与楚王马希广决一雌雄的情报后，刘晟审时度势，乘此良机，以求婚遭拒为由，悍然派兵进攻楚国。一时金戈铁马，鼓角争鸣，刀光剑影。终于南汉军大败楚军，史称楚汉贺州之战。攻克贺州城后，南汉军马不停蹄，一鼓作气，将昭州（今广西平乐县）收入囊中。贺州南汉大铜钟就是在这些背景下应运而生的。贺州南汉大铜钟是在攻贺州城十三年后铸成的。

当我又把目光投向这件南汉大铜钟时，我的目光在寻找，我的脑海在波涛汹涌般回忆。这贺州博物馆馆藏南汉大铜钟与以前合瓦式的乐钟不同，采用顶部隆起、腹腔横截面为正圆的形制。钟体光洁圆滑，字字精美清晰。可见它采用的是我国传统的地坑泥范法铸造而成。我们难以想象，早在南汉时期，贺州的冶炼技术、铸造水平就已经这么炉火纯青了！

众所周知，我国古代的金属钟，大致经历了两个发展阶段，第一个阶段，指商朝、周朝、秦汉时期，这个时候的金属钟铸造匠人，采用合瓦形或者扁圆形结构，以精铜为原材料，制作甬钟、钮钟、镈钟等青铜编钟。主要用途是奏乐，统称乐钟。第二个阶段指秦朝、汉朝之后，一直到明朝、清朝时期。这个时候的金属钟制造者，原材料除了采用青铜外，还采用生铁，制作朝钟、佛钟、更钟等正圆形的大钟，统称大钟。我国通常将重量大约有 1000 斤或 1000 斤以上的大铁钟称为千斤钟。贺州博物馆馆藏的南汉大铜钟重 1500 市斤，高 1.6 米，口径 0.94 米。由此可见，贺州博物馆馆藏的这件南汉大铜钟系千斤钟无疑。而现存的千斤钟，包括 1840 年鸦片战争后清朝后期的千斤钟在内，才共有 130 件。可见，贺州南汉大铜钟是稀世珍品，不愧为贺州博物馆的镇馆之宝，不愧为广西壮族自治区重点文物。

朦朦胧胧之间，我的眼前浮现贺州市桂岭镇乾亨寺的僧侣撞钟，耳边仿佛听到南汉大铜钟所发的铿锵、雄浑、洪亮、有力、清脆悦耳、动人心魄的钟声。东方露出鱼肚白，当僧侣用长木撞击南汉大铜钟时，漫漫长夜已经过去，方圆十里的民众荷锄而出，开始了一天的劳作；而众僧则晨起早课，木鱼声声、边翻经卷，诵读经文。白天，善男信女在悠扬古朴、余音绕梁、响彻云霞的钟声中祈祷，有的祈福门庭兴旺、富贵双全，有的祈福生意兴隆、财源滚滚，有的祈福早生贵子、人财两旺，有的祈福学业有成、金榜题名，有的祈福早日康复、福寿弥昌，有的祈福平步青云、连升三级……沉静的黑夜，乾亨寺的钟声，让寺里的僧众不忘念经拜佛，不敢懈怠荒疏课业。

贺州南汉大铜钟，你见证了乾亨寺的晨钟暮鼓，香火鼎盛，普度众生；饱览了千年世间万象，沧海桑田。

贺州南汉大铜钟，你凝结了铸造者梁道崇、书人区昱、镌字匠齐延齐握等人多少的智慧和心血啊！

贺州博物馆馆藏文物共 3385 件（套），合计 20172 单件。其中，一级文物两件，二级文物 109 件，三级文物 816 件。包括南汉大铜钟在内的《贺州古钟展》，只是沧海一粟。

《贺州汉魂》《贺州古碑展》《贺州瑶族风情展》等都有品位、有看头。它们都是贺州精华所在，让我魂牵梦绕。我会抽时间常到博大精深的贺州博物馆走一走，看一看。我一定会有新的发现，奉献给大家。

风情万种的陶俑

古代，王公贵族府上死了人，那还得有人去殉葬。历史学家认为，这一陋习的起源，可能在新石器时代末期。到了商代，这一陋习越演越烈，达到登峰造极的地步！

日月如梭，朝代更替。叹以人殉葬，让多少人泪奔。

到了汉代，殉葬这一陋制被明令禁止，王公贵族再也不敢明目张胆地搞以"人殉葬"的行为，公开殉葬的陋习渐渐淡出了人们的视野。但王公贵族们仍旧怀念生前醉生梦死的生活，他们梦想死了以后，在冥界也能如在阳间一样，锦衣玉食，享不尽的荣华富贵。朝廷不给搞以人殉葬的行为。可以！但总得有物品陪葬！这些王公贵族绞尽脑汁，匠人也拿出了自己的方案，为了迎合他们的心理，工匠想出了替代以人殉葬的东西，终于获得王公贵族们的认可，于是让世人至爱的陶俑应运而生。

这些陶俑就是肩负为古代王公贵族陪葬的冥器的使命，经过陶匠们的制作，经过火与土的涅槃后，来到人间的。

王公贵族面向社会招贤纳士，制造冥器。被请来的匠人们是要花许多心血去赶制冥器的，谁敢抗拒不遵呢？更何况，这陶俑能替代许多殉葬人殉葬，还能让生者心安，逝者安息，工匠们何乐而不为?

于是，能工巧匠们就用各种材料塑造出人的各种形象，用于王公贵族死后的陪葬品。这些俑通常为木质或陶质，又以陶质居多，所以我们就称它们为陶俑。

陶俑的出现是陶匠用永恒的艺术、浓厚的人文气息，融入精湛的技术，用自己的血泪，博得了王公贵族的欢心。它的出现，是人类文明进步的一道里程碑！

2007 年 12 月，广西贺州市八步区将军山出土了两件陶俑：一件是牛车人物瓷俑，另一件是骑士瓷俑。经考古学家鉴定后，认为这两件陶俑的制成时间应为东晋到南朝期间（即 316—589年）。现在这两件沉睡在地下的泥制灰陶终于重见天日，让世人刮目相看，被认定为国家二级文物，收藏在贺州市博物馆里。

让我们走进贺州市博物馆，一睹这两件陶俑的芳容。

通长 21.7 厘米、通宽 18 厘米、通高 14 厘米的牛车人物瓷俑，惟妙惟肖地立于长方形的平台之上。陶牛体形健硕，躯干矫健有力，一根车衡架在它的脖子上，牛躬着背，俯着头，正在用力牵拉，车上坐的是主人和手持车绳的忠于职守的车夫。他们主仆的出行，应该是家常便饭。你想，一个王公贵族，衣食无忧，谁不想饱览大好河山？或者是去收租之类，要出行，得有代步的工具，于是车诞生了。我们现在再回过头来看这陶俑，它生动地再现了当时的生活情景。看，那是长方形的车厢，平平的车顶，顶棚前面伸出檐，车厢前面全部敞开，坐在车厢里的人可优哉游哉地观赏沿途的风景。车厢两边却是封闭式的，上下车都从车厢后设置的门进出。车厢内较窄，只能乘坐两人和置一张放双手的小凳。此刻，陶车双辕平行前伸，两端连接车衡，车厢下两个辐条式车轮由车轴相连，正"吱呀，吱呀"地在道上行走。主人生活奢侈，牛车边有三位仪仗俑保驾护行整装而发，车前两人，车后五人。整件陶俑人物衣衫的褶皱、姿态动作、人物表情等细节制作得传神细腻。这件牛车人物瓷俑，制作精美，手法细腻，生动逼真，一股浓郁的生活气息扑面而来。牛车与人俑，均施青釉，可惜现在已脱落。

我的眼前呈现出了东晋至南朝的东晋、孙吴、宋、齐、梁、陈六朝王公贵族奢华的生活场景。

一个雍容高雅、体形高大，方形脸、浓眉毛、凸眼睛、高鼻梁、大阔嘴、大耳朵，满脸胡须的汉子，目光炯炯，正视前方。他头戴高冠，威风凛凛地跨坐在矫健硕壮的马上，给人以威武勇猛之感。汉子双手紧握马绳，在两名牵马俑、一名文质彬彬的侍从俑、两名忠实的仪仗俑护驾下，策马出征。马是一匹剽悍的烈马，躯干粗壮，头戴马套，背附马鞍，可见骑士对它宠爱有加。这是贺州市博物馆收藏的另一件骑士瓷俑，它精工细作，层次分明，无声地向我诉说当时的生活情景。可惜马俑、人俑施饰的青釉，历经风雨侵蚀，现已脱落，不见昔日的鲜彩。

这两件令人艳羡的陶俑，造型及细部刻画逼真，比例恰到好处，人物清棱秀气，匀称自然，线条操作娴熟自如。精美精细的程度令人叹为观止。陶匠用寥寥数笔简单的线条，就为人们勾勒出朴实无华的陶艺神韵！陶俑的形体塑造传神，衣着服饰写实与写意交织在一起，不愧为"秀骨清像"艺术风格的扛鼎之作！

透过这两件绚丽多姿的陶俑，我们一层一层地去解开历史的封尘。你小看这方寸小陶，它里面蕴含着当时厚重的历史文化信息，折射了墓主人生前的世俗百态。在这两件鲜活的陶俑身上，生动而真实地反映了当时社会政治、经济、文化、艺术、生产、生活等方面发展的状况。它烙刻着那个时代地域的不同，呈现出文化的多样性和独特性。

我们的目光，再次穿越到东晋至南朝，解开陶俑身上的密码。

东晋至南朝这一时期多为乱世，称帝人数多，总共就有长达几百年的战事。譬如"八王之乱""五胡之乱""两魏五战""宇文邕灭北齐""隋灭南陈""江南内战""侯景之乱"等，致使生灵涂炭，人民处于水深火热之中。从另一方面来说，战乱使得大批北方难民（包括工匠）沿着潇贺古道南迁。这样南方北方正式有了许多交流与切磋，中原文化与楚越文化、岭南文化等有了更多的碰撞，汉民族文化与少数民族文化也水乳交融。

北方的工匠在潇贺古道沿途定居落户，看见贺州这一带有丰富的高岭土可作原料，有茂盛的山林可作燃料，有丰沛的溪流……特别是这里处于山国之中，战争较少，还有潇贺古道、湘漓古道沟通外界。这些有利条件，让工匠们喜出望外，重操旧业。在贺州八步、富川、钟山境内，就催生了许多古窑址。如贺州铺门镇兴华村的宋代古窑、富川瑶族自治县朝东镇水谷村的三十六个古窑……据《宋史》记载：广西西路年产瓷器约四百万件，最多年份达八百万件。而贺州产的陶瓷，不仅满足本地人民的需要，还依托潇贺古道、湘漓古道供应出口。

缘于此，贺州八步区将军山出土的这两件陶俑是不是就产自贺州我不敢妄下大推断，但贺州当时已有生产这种陶俑的能力和条件！

也缘于此，我们可以欣喜地看出，在东晋南朝时期，陶俑已发展成熟，达到炉火纯青的地步。

从贺州市八步区将军山出土的这两件陶俑看，表明东晋南朝时代的陶俑生产沿袭了汉魏传统。比如少数民族的人物，多以出行、仪仗的形式排列，间或有庄园内的生活场景。专家孙影梅在

《南京出土六朝人物俑研究》一文中，将六朝人物俑的发展过程及演变脉络梳理得一清二楚，即孙吴西晋、东晋早期、东晋后期、南朝刘宋时期、南朝中后期几个阶段。

孙影梅还根据人物俑文化面貌的不同，将俑细分为侍俑、武士俑、文士俑、伎乐俑、劳作俑、奴仆俑，外加代表墓主人的俑。可以说，现实生活中普遍可见的典型形象，都被陶匠写实地融入陶俑的制作中。

我们不得不向那些默默无闻的陶匠致敬！没有他们的辛勤付出，就没有今天惊世艳俗的陶俑。

这些陶匠们面朝陶土背朝天，在热火朝天地研制陶俑，他们为人类留下了灿烂的陶艺文化遗产！

陶匠们每制作一个陶俑都是大手笔，每一道工序都了然于胸。他们每天都沉浸在陶俑的成形和装饰中。成形工艺的捏塑、单模、合模、轮制、夹芯、粘接，他们一丝不苟，对施彩装饰工艺刻画、彩绘更是匠心独运。陶匠们用心把泥质灰陶的整体烧制技艺干得风生水起，当陶匠们像呵护婴儿般，把灰头土脸的陶俑小心翼翼地装进窑里，经过1000多度烈火的涅槃，陶俑经窑火的淬砺后着色和裂变无比炫耀，促成了六朝时期的陶俑出现了"秀骨清像"等艺术风格，再现了南朝画家陆探微的面目清秀、棱角分明、比例合理、端庄宁静、刻画精致细腻等风格，成为该时代陶俑发展史上最高的成就，成为王公贵族家人死后神痴心醉的陪葬品，让多少海内外商贩为之倾倒、纷至沓来！

风情万种的贺州陶俑，像一块磁石，吸引我们去研究，去发现！而石破天惊的发现，也是贺州博物馆的工作人员为大美贺州做出的贡献！

遇见水谷宋陶

在广西富川瑶族自治县朝东镇蚌贝村水谷自然村后，有一片总面积约两平方公里的岗地进入我的视野。目之所及这里草木繁茂，藤蔓葳莛，水泽土肥。就在这样荒芜的土地上却遗存着一处宋代窑址。2015 年经过文物专家考证认为，这里在宋代，形成了以水谷村为中心的秀水、豪山、马山、石鼓村一带近百处窑堆。岗地中较为低洼的地带，是窑场的原料产地。

专家们一语，石破天惊。文物工作者从这些窑址上，发掘出许多碗、盏、碟、盅、盘、杯、瓶、钵、盆、坛、炉、盂、罐、砚滴、碾槽、器盖、灰陶兽面纹滴水等陶器。

人们开始对水谷宋代窑址刮目相看。在岭南山国草莽中，竟然有藏在深闺人未识的宋窑。

巍巍都庞岭的西南面下就是曾经生龙活虎的水谷宋代窑址所在。水谷宋代窑址东南面与城北镇马山窑址相连，而西北面就是碧波荡漾的东山水库，西面为清凌凌流淌的石鼓源河。东北面有潇贺古道与外沟通。秦汉时期（公元前 221 至公元前 220 年）是中国陶器发展史上的一个重要的阶段。被誉为"世界第八大奇迹"的八千多个兵马俑工艺精湛、形态逼真，场面壮观，生动地再现了秦兵剽悍雄伟的真实面貌。那极富特色表面刻有龙凤纹和各种画面的空心砖、各种纹饰的瓦当等，把"秦砖汉瓦"推向了一个极致。这条古道把中原先进的制陶技术带到了岭南，带到了水谷窑场。

在千年以前的宋代就有不少的制陶、烧陶工匠云集朝东镇蚌贝村水谷自然村。他们在这荒山野岭，赤身露膊，甩着豆瓣大的汗珠，盘泥修陶。各种瓷胎被一双双勤劳的手放在慢轮上修整，朝东水谷宋代窑址的窑匠们，采用的是轮制拉坯法。这是一种比较成熟的制陶方法。他们坚毅刚强的脸上，显得十分的自信，娴熟地用手把陶胚，分一次性制作完成或分段拼接制成陶器。陶匠们对每一道工序都了然于胸，他们博采众家制作工艺，深纳名窑精湛技艺于腹中。每一道工序都精细操作，圆器的制作细腻讲究，唇部以尖圆唇和方唇为主，尖圆唇的唇面平整圆滑，方唇平直。口部有折沿、侈口、撇口、敞口、直口、敛口、束口、花口等不同形态。侈口器内底多为平底，部分为坦底、圜底、尖圜底，腹壁则主要为弧腹和斜弧腹，少量为圆弧腹和斜直腹，器内底图案种类繁多，有几十种。陶匠们对外腹壁采用旋削修壁，多残留旋削痕，内壁则平滑。力求线条流畅，器形完美。底足则吹圈足为主，少量饼足与卧足。圈足是用工具把炻土挖足而成。足外墙近直，内墙多内斜，足内底多数不规整，细看，有挖足残留痕迹。足口多为平口，足墙较宽，高低不一，呈玉环状，与外腹壁相接处多有切削痕迹。

压印的纹饰是用印模在做好的胚胎上捺印出来的，制作的模式为手制、模制、轮制。其最初的目的是出于防止器物变形，加固陶坯。故早期的印纹陶上多留有布纹、席纹、绳纹的痕迹，后随着技术的发展和人们审美能力的提高，纹样就变得更加丰富、精美。拍印是用阴刻的条形、方格形、几何形的陶或木板拍印在陶坯上。刻画即以木棒等作工具,在陶坯上直接划出弦纹、几何纹、点状纹,其中的弦纹是当时较为常用的一种纹饰。

朝东水谷的陶工们训练有素,他们对印花模制作比较讲究,种类繁多,布局严谨,采用阴文单线深刻,陶壁为绕壁刻花、底有印圈,印圈内刻花或素装,壁和底纹样普遍不一致。印花主要装饰在碗、盘、碟、盏等器的内底、内壁之上。内底往往有大小不一的圆形印圈,花纹布局对称和谐,一般为等分或三分、四分、六分或八分格。印花题材有植物、动物及文字,或者是这些题材的组合。多以植物花卉为主,常见植物有莲花、菊花、水草等,又以折枝、缠枝或出水荷花多见。动物以游鱼为主,有少量的蜻蜓、蝴蝶、虾、鲵鱼、花鸟等。依据不同器物内底形制制作不同形状的印花模,有大平底、小平底、圆底、尖圆底之分。花纹在器内的分布面积也大小不一。花纹图案有的夸张、变形,夸张中彰显奇思妙想,变形中见统一和谐,有的却简化到寥寥数笔,有的图案却又重复而不累赘,充分表现了富川瑶族自治县朝东镇水谷宋窑的陶匠制造陶器对天人合一、自然与生命和睦相处的认知和把握。在陶艺上,匠工们追求的是一种雍容而不失华丽、质朴而不失内敛的审美效果。

碗盘类内底较平坦者,多印出水芙蓉等图案。内壁底辅以单层莲瓣或重回纹做边纹,花纹分布面积大,内圆底碗心印圈内多印朵菊、莲蓬或素装,内壁印花于下半部或近底部,多为鲢鱼纹,少见满壁印花。碗盘内还常见内底印单字或朵花、花纹、鱼等,内底配以各式小朵菊,碟盘内底多印双鱼。刻画技法主要见于壶瓶类,多刻花草、弦纹,部分碗外壁刻上菊瓣等。

朝东水谷宋窑制出的陶碗内底主要以平底为主。少量碗底为圈底和坦底为主。碗、碟、盏、盘绝大多数为玉环状圈足，部分挖足较浅，内底中心留有小圆饼突起，形成环日状足，而碟盏类器饼足器略高。

他们像呵护婴儿般地在陶胎上拍上印纹。一排排轮制拉坯法做成的陶器胚胎整整齐齐堆满窑坊，准备接受 1000 多度的泥与火的涅槃。窑匠们在进窑前，在高岭土神、窑神菩萨面前燃了香纸，供了清酌时馐，割了雄鸡。乞求神灵保佑，烧制出好的陶器。

制陶、烧陶工匠再把那质朴、灰头土脸的陶器小心翼翼地装在马蹄窑、馒头窑、葫芦窑、鸭蛋窑、龙窑……这个汉子烧制的是馒头窑。夏代出现了用馒头窑烧制陶器。馒头窑的火膛和窑室合为一个馒头形的空间。点火后，火焰自火膛先喷至窑顶，再倒向窑底，流经坯体，烟气从后墙底部的吸火孔入后墙内的烟囱排出。

汉子的手有力地打，随着火石"嗤"的一声，火光把柴火或者后来用的煤料点燃。火焰高了起来，"哔哩哔哩"地响，烧窑的汉子一脸的笑靥，用火叉把一团柴火又抽送进了火膛。火膛是口小底大的袋状坑，燃烧时，空气供应充足，柴草能够充分燃烧。熊熊的火焰沿窑炉底部均匀进入窑室，使窑内温度提高，可以达到 1050℃ 的高温。有多股垂直的火道像一条条火龙通向窑室，最后，烟从窑室顶部的排烟孔悠然自得地排出窑外。烧窑的工匠在单调寂寞的燃火工作中哼着民歌。他的工作非常有意义，小到人们一日三餐用的器皿，大到出口国外的瓷器，都是他们制造出来的呢？外国人不是把中国叫作和瓷器同音的英文"china"吗？这样想着，他每一天烟熏火燎地劳累一下子就烟消云散了。当下一个烧窑的工匠来接他的班时，看见要下班的汉子蓬头垢面，少不了哈哈大笑。

窑里的温度越升越高，排出的烟变成乌黑。又一名烧窑工边烧窑边哼起了民歌："乌烟上天变乌云，陶胚进窑变陶宝……"

当烟雾散尽时，窑匠们开启了窑门。陶胎经窑火的淬砺后的着色和裂变涅槃浑然天成，那光洁如玉的陶器让窑匠们欢呼雀跃。

朝东水谷宋窑烧出的陶瓷，多呈青灰色、灰白色，或因生烧等原因而呈姜黄、砖红等不同颜色。从收集的陶瓷残片仔细观察，我发现陶胚内含较多细沙，较紧密，烧结良好，局部可见孔隙或气泡，胎壁总体较薄，厚度普遍为 0.3~0.6 厘米之间。玲珑剔透的陶器，让多少王公贵族神痴心醉，让多少海外商贩为之倾倒。

朝东水谷宋窑烧制的陶瓷，按外观颜色分类，装饰的釉有青釉、褐（酱）釉、乳白釉、黑釉、绿釉、窑变釉等类别。但多以青釉为主，有翠青、青灰、青黄、青褐等色泽之分。有的青釉玻璃质感较强，光润透亮。釉层普遍较薄，器外壁稀薄透明陶器可见拉坯旋痕，釉面有细小冰裂。

施釉主要采用浸、荡、刷等方法，以浸釉为主，陶器内多为满釉，器外多半釉不及底，部分器盖、缸、罐不施釉或局部刷薄釉。

朝东水谷宋窑的装饰技法可分为胎饰、彩饰、釉饰三种。也有三种技法综合使用的情况。多以胎饰技法最为常见。有印花、刻画、按压、锥戳、堆塑等手法，又以印花为主，碗、盘、盏等圆器内多有不同印花纹。

朝东水谷窑址的器形、印花装饰及支钉间隔叠烧法，与广西永福窑、藤县中和窑、湖南江永允山窑、江西吉州窑等一些印花和彩饰为主要特征的南宋至元代时期窑址近似，此外水谷窑址中还可见类似龙泉窑、建窑、耀州窑等南北名窑风格的产品。这类印花和彩釉装饰窑址的兴起，与当时南北宋交替之际北方战乱造成大量民众包括工匠南迁所造成的日用陶瓷消费习惯转变和南北制瓷技术交融有关，或与朝廷大力发展经济，在南方发展陶瓷生产，出口东南亚有关。

水谷窑址的制瓷工艺独领风骚，尚保留着宋代哥窑、汝官窑、定窑、龙泉窑、仿越窑、瓯窑和婺州窑的遗风，是中原文化与南粤文化完美的结合，可与同期著名的景德镇瓷器媲美，某些工艺水平甚至超过了景德镇。

那可是多少王公贵族艳羡的宝贝，那可是多少世人的至爱呀！多少个日日夜夜的心血终于没有白费。窑匠们那制陶、护陶、烧陶、卖陶的艰辛，都融入了那被世人无比炫耀的宝贝陶瓷里。不少商贩纷至沓来，他们在水谷附近的集市上贸易，依托潇贺古道把陶器发往各地。客商们轻而易举就挖到了人生的第一桶金。

绵延不息的窑火，就在富川朝东水谷窑场熊熊燃烧。从燃烧中，涅槃的瑰丽陶瓷，烧铸成水谷宋窑悠久厚重的陶瓷文化，烧铸成南岭瓷村的亮丽名片。

富川朝东水谷宋窑群的发现，具有深远的意义。它表明，富川在宋代，经济社会已经发展到一个高级的阶段，手工业也风生水起，富川的瑶胞早在宋代时，就对黏土有了新的认识。富川制陶烧瓷业内部分工明确，拥有了一大批能工巧匠，而在岭南鼎盛一时，成为古代岭南制陶烧瓷业的一个胎记、一个传奇、一部史诗。

如果把潇贺古道比喻成一本线装的古书，那朝东水谷宋窑就是其中令人艳羡的岭南陶瓷文化绝美的一页。宋元时期，"海上丝绸之路"又被人们称为"陶瓷之路"，这里，应该有潇贺古道的功劳，应该有广西贺州市富川瑶族自治县朝东镇水谷宋窑的功劳。

陶美传千年

远古时期，南方古苍梧瓯族部落里，贺州先民就在这里刨食、果腹。

到了春秋战国时期，生活在楚国的贺州先民用智慧和汗水，烧制出陶器。陶胚经过烈火的涅槃，有了刚韧相济的形体。那些煨汤煨番薯的瓦罐，是入侯府、进豪宅、入草堂的尊者。坛坛罐罐，装油、蓄水、烧饭、煮菜……满室生香，罐行天下，岁月顿时流香溢彩起来。陶器可谓是乡村的魂！

秦统一全国后，贺州归南海郡管辖。潇贺古道的开通，把中原的文明，经过贺州传入岭南其他地区。

茫茫潇贺，有人的地方就有陶器的存在。一个风姿绰约的女子，脸上两坨红晕，如黛的青丝飘逸，她手捧一个纹饰的陶罐，去河里淘米。人们用陶器烹煮和储存食物，熟食就产生了。

一位腰弯得像张弓的老母亲点燃小小的陶盏，如豆的灯下，一个少年手拿竹简夜读。甚至人过老后，他们的灵魂就躲进了堆贴鸟纹四耳塔式魂罐，塔式四系酱釉陶魂罈等陶器里。

潇贺大地上，处处有古陶器的讯息。广西贺州市富川瑶族自治县新华乡先锋村委旱塘村，是一个巴掌大的小村子，至今人口也只有两百多人。旱塘村与湖南江华瑶族自治县河路口镇石井村接壤，与涛圩镇接力岗村相邻。一座几百年的古凉亭——"喜乐亭"就矗立在湖南一方的山坳上。附近山上白岩寺的晨钟暮鼓声随风而来，山谷间林丰草茂，鸟禽出没，美得让人为之拍掌。

狗公山在这里迎来日出，送走晚霞。在离地面五米的地方，有一个眼前这个土得掉渣的叫"大口岩"的岩洞。岩口东北面有一眼地下泉水汩汩地流着。春燕飞舞，人们耕地播种，北雁南飞，人们收禾收豆。

直到1973年，广西文物工作队和富川县文物工作人员来到这里，才打破了这里的沉寂。

经过考古挖掘，文物工作队员在洞内采集到两件线条优美的河卵石打制石器。岩内厚达一米的文化堆积层里，螺壳、碎骨化石让文物工作队员一阵惊喜。洞内少量破碎的陶片，是这次文物考古调查的意外发现。

2014年3月，正是桃红柳绿的季节。广西自然博物馆和广西民族博物馆的莫进尤、黄超林、谢绍文、廖卫等人并肩发掘，再次在大口岩发现了一些陶片、一些旧石器。更难得的是发现了两颗古人类牙齿化石。经过美国贝大实验室检测，北京大学和南京师范大学相关机构对送检的相片、实物进行鉴定，检测出陶片距离今天为1.1万年以前。这些文物说明在贺州这片热土上，在新石器时代就已经普遍掌握了制陶技术。先秦时期，贺州先民还开始掌握了原始青瓷器的烧制技术。这些文物的发现，表明贺州原始农业在先秦时期就出现了。因为旧石器、陶片和两颗古人类牙齿化石的发现，从而震惊了世界。

1963年，广西考古工作队在贺州市富川瑶族自治县柳家乡长溪村、毛家村横岭的新石器遗址中，发现在一片地麦中横七竖八地躺着许多方格纹和米字纹硬陶、重菱纹硬陶片、夹沙陶片、瓷片的"尸体"。

八步区信都镇石福村新石器遗址中，考古人员也发现了一些碎陶片。此外，大量的细沙泥陶片、方格波浪夹砂红陶片在昭平县北陀镇立教村、敬业村新石器遗址中被发现。

种种迹象表明，在新石器时期，制陶技术在贺州已经得到长足的发展。

珍藏在中国历史博物馆里的众多陶器中，有一件春秋时期轻盈精巧、细腻典雅的陶瓿，让参观者叹为观止。这件陶瓿是当时全国出土的同一时期同类文物中独一无二的完整品。它的发现填补了当时我国春秋时期印纹硬陶出土完整件的空白。它代表了南方春秋时期百越先民制陶烧制陶器的水平。

这是一件直口口径为 19.2 厘米，高为 24.9 厘米，腹径为 28 厘米的短领型，鼓腹，圆底的陶瓿。瓿的上腹有穿孔小耳。瓿下部的夔纹历经几千年的风侵雨蚀仍然很清晰，风韵犹存。瓿下部用方格纹缠缠绵绵装饰。这件陶瓿是研究中国古代越文化弥足珍贵的文物，属于国家一级乙珍贵文物。这件陶瓿令人遐想，令人陶醉。

这件珍美的春秋时期的几何印纹陶的发现，有一个动人的故事。

故事发生的时间是 1961 年 3 月，地点是在玉带般的大宁河岸边、贺县桂岭公社进民大队燕子岩村（又名巫家村）。村子的对面就是具有一千多年历史的庆坪古城。那天阳光灿烂，村民巫资振像往日一样，扛着锄头向屋子后面的猪观岭走去。他此行的目的是去猪观岭猪肝山脚下开荒种地。他抡起锄头，在荒草地上开挖，那地土质好。巫资振心里满心欢喜，这要是种玉米，一定会又大又多；要是种花生，一定会饱满花生籽儿多……他往手心里吐了点口水，抡锄头的力儿更大了。不曾想，举起的锄头，像被人点了穴道一样停在了半空中，他挖出了一个坑儿。难道是墓地？他又挖了几下，发现除了较多破碎的陶罐外，没见棺木和尸骨。原来这里是先民藏东西的一个地窖。巫资振用手小心翼翼地把泥扒开，清理出破碎的陶片，看见有三只大坛罐。可惜最大的一只陶罐已被挖碎，所幸另外两只陶罐却完好无损。那个时候物质匮乏，父亲巫远回把儿子带回家的一只陶罐用来装猪的潲水，另外一只陶罐他用来当夜壶。这一用就是两年。

两年后的 9 月，广西博物馆的黄增庆、巫惠民来村里进行文物普查和古墓保护调查。巫惠民是本地人，知道桂岭一带的地里有不少残破的夔纹、云雷纹、方格纹和水波纹的陶片。这些陶片，符合春秋时期的特征。

后来经过文物工作人员晓之以理，动之以情，巫资振最终把两个陶罐捐献给了国家。另外一个盛潲水的雷纹方格纹陶罐，属于国家二级文物，现收藏在广西壮族自治区博物馆里。

在广西壮族自治区博物馆里，陈列着一些精美的陶器。那件国家一级文物：釉下彩青瓷壶，如诗一般的韵致，让广大参观者眼前为之一亮。这件珍贵的陶瓷出土地为广西贺州市昭平县走马镇。

文物专家仔细端详着这精致的釉下彩青瓷壶。它张着撇口，外卷着唇；瓷壶伸长着又短又直的颈，弧线优美的溜肩，瓜棱形的壶身，长腹，但腹至足底却渐渐收势，多像一个不肥不瘦的英俊少年。瓷壶底足有一圈外撇，平底，肩部设计为短流，古拙不失细腻的短流刀削八面，极富民间审美、实用的特点。壶颈的上端和肩之间与流对称处设一扁形把。一只活蹦乱跳的小鸟把瓷壶流的腹部当作树冠，在那里左转着头，翘首以盼，它张开双翅，惟妙惟肖，呼之欲出，好一幅淋漓尽致的"飞鸟图"。

此外，还有国家二级文物：战国米字形纹陶罐、春秋时期原始瓷擂钵、汉代陶俑灯、东汉悬山顶干栏式陶屋、东汉弦纹双系陶壶、东汉陶灶、东汉弦纹双耳釉陶壶、东汉镂空弦纹陶簋、东汉刻划纹翻陶鼎、东汉弦纹青黄釉陶壶、东汉曲尺形杆栏式陶屋、西汉四联罐、东晋—南朝青釉骑马人物陶俑等。

国家三家文物有：东汉陶屋、东汉三足陶鼎、东汉弦纹双耳釉陶仓、东汉镂空座陶灯、东汉陶焦壶、宋代堆塑鸟纹水波纹魂罈、东晋陶杵屋等。

这些泥与火涅槃成的精灵，在大雅之堂，为今天的人们了解古代人如何制作陶器、如何用陶器生活，提供了直观翔实的佐证物件。

人们在欣赏这些简朴素雅的陶器，赞叹古代能工巧匠智慧和才干的同时，一次又一次地在脑中画下一个大大的问号：这些宝贝是怎么制成的？是贺州本土制作、烧制成的吗？

带着这个疑问，我们走进广西贺州市八步区桂岭镇的兴德村古制陶烧窑文化的传承基地，这里有一座全氏龙窑，始建于 1950年，至今龙窑烟火不息，连续 70 年烧制，是一座有悠久历史的龙窑。

古代烧制陶器的窑，大多已灰飞烟灭，我们姑且通过这座健在的"龙窑"身上，去了解贺州古代制陶器制作、烧窑、出窑的情形。贺州市古代的烧瓷窑大多已经塌陷，烟消云散，比如富川朝东水谷宋窑遗址、八步区贺街镇南村宋瓷遗址……因此全氏龙窑，就是潇贺古道烧窑制作陶器行业的一个典型的缩影！

江西景德镇，中国四大名陶之一的钦州坭兴陶，其他地方烧制陶瓷的窑口我也没去过。但贺州全氏龙窑让我对陶匠制陶、烧窑精益求精、千锤百炼的工艺流程产生敬意，你要脚步轻轻地走进去，因为你要心存敬畏。你去拜访，就会有一次刻骨铭心的体验，就会有意想不到的收获。

热土行吟

诗意黄姚

　　清晨，东方才露出鱼肚白，黄姚古镇在人潮涌动中迎来新的一天。

　　清凌凌的姚江水穿绕着恬静、祥和的古镇。妇女们在仙人古井里的第三、四个井池里浣洗着衣服，第二个井池里的老妇们一边洗菜，一边与浣衣的妇女唠嗑。健壮的汉子从第一个井台里担满两只桶，甩着手臂，晃悠悠在石板路上行走。小贩们开始摆摊，开始一天的营生，店铺打开门迎来八方宾朋。

　　古榕掩映着青砖黛瓦的房舍。这些房舍，有的叫"郭家宅"，有的叫"司马第""郎官第"……岭南风格的房舍里，生活着一辈又一辈淳朴、憨厚、踏实、勤劳、善良的人们。他们留恋这儿的慢时光，在这里繁衍生息。

　　一棵棵百年树龄的古榕，虬枝散叶，像一团团翠盖，为人们遮阳挡雨。古木参天，绿树成荫，成为黄姚一道亮丽的名片。

　　青石板上，小孩们说着方言，活蹦乱跳地穿梭在游客中。老人们坐在石墩上，有的迷恋着楚河汉界，有的旁若无人地拉着二胡，唱着笛子，有的抽着旱烟有一搭无一搭地唠嗑。

　　青石板上很少看见当地的姑娘。偶尔遇到几个，但见她们衣着朴素，淡抹之妆，神态矜持，朴素中透着一种无与伦比的美。以前的姑娘们大多在阁楼上织着布，纳着鞋底，打着毛衣……现在时代在发展，黄姚的姑娘们都上哪了呢？仔细一琢磨，她们中，有的选择去外地打工，有的在家里绣着十字绣，有的在小广场上跳广场舞，有的则在家里为家人做瓜花酿、丝瓜辣椒酿……试想，在青砖黛瓦、飞檐雕花的宅院里，主妇正"哚哚哚"地剁着半肥瘦的肉馅。纤纤玉手把滑嫩的豆腐揉碎了，把肉馅藏在里头，捏成大小匀称、形状相同的小包子，一个个摆在盆里。男人在旁边打下手，点燃灶膛里的火，把油倒入锅内，油"嗤嗤"地响着，冒着青烟，烧得翻滚。男人把豆腐酿几个一批几个一批放进油里煎，待豆腐酿表皮变黄有点变焦的半熟时，便用铲子捞起沥干上面的油。小孩们在院子里，早已经停下唱着的客家山歌《月光光》，馋猫似的等着淋上豆豉水焖熟的豆腐酿上桌。慢的时光，温馨、祥和的日子就这样，如白驹过隙。黄姚的妇女把柔情蜜意酿在菜心里，滋润生活，让家人尽情享受春花秋月的乐趣。

黄姚兴建于明朝万历年间，有一条主街、八条街巷，均用青石板铺设。九宫八卦布局的街巷名字折射出深厚的文化底蕴，如安乐街、迎秀街、锦秀街……人间真情真、善、美，每天都在这里上演。

川流不息的游客衣着华丽，在巷口花两块钱买一碗凉粉，倒入黄糖水，用瓢匙捣碎，坐在桌椅上轻喝一口，醉心地看着蓝天白云在头顶上流淌，看着爬山虎在斑驳的墙上摇曳，听着不绝入耳的叫卖声，闻着不远处随风飘来的黄姚豆豉的醇香味。一种返璞归真的诗情画意迎面扑来。

太阳当空照。小巷里，店招旗迎风舞着探戈，琳琅满目的商品任君挑选。本地的店主与外地的老板共存共荣，童叟无欺，公平交易，和谐发展。他们有商业眼光，既方便了群众，又促进了当地的财政收入，繁荣了当地建设。既为当地民众提供了工作岗位，又鼓了自己的腰包，利国利民利乡利己，何乐而不为？在"花制作原创民族服饰品牌"店里，一个身着白色衬衣、大红榴花裙子的女大学生，正在这里打暑假工，进行社会实践。她正耐心地向几位顾客推荐几款时尚的民族衣服。

一个个圆圆的青花瓷，从窑里出来，它们没有用在餐桌上，却被精明的黄姚人匠心独具地吊成串儿，悬挂在斑驳的墙上，倒也显出一种别具风格的美。墙下的磨台，它过去的繁忙已写进峥嵘的档案里，就这么静静地待在边上，勾起你的无尽思念。原来，在黄姚古镇，除了有"广西省工委旧址""广西日报旧址""欧阳予倩故居""何香凝故居"等红色之旅的人文景观外，除了触摸高士其、梁漱溟、陈邵先、莫乃群、千家驹、陈兴等人传播革命的种子外，除了追寻革命先辈、民主人士当年为抗日救国而奔波，大声呐喊，发出民族抗日的最强音，挺起民族的铮铮风骨外，你还可以探寻先祖的农耕文明，感受这些农耕器具的观赏价值、文化价值、实用价值、历史价值！

六边形的木质窗镶嵌在灰砖墙中，窗台关不住花盆里美人蕉勃勃的生机，让人浮想联翩。石碾子立在农趣园里，它不遗余力，力图复制古旧的劳作场面。人们在这里抚今追昔，升腾起一缕缕的乡愁。

童年时，我跟父母去油榨坊榨茶油的艰辛场景，又一幕幕在脑海中浮现。

农历九月后，父母亲就带我们去茶树园中摘茶子。家乡的坡坡坎坎种满了茶树，一个个拇指般大、圆形的茶子压弯了枝头，茶子外表颜色红绿相间。我们在茶林里穿行，一路撒下欢乐笑语。我们把茶子摘下来，放进背包里。不一会儿，包里就沉甸甸的。我们再把包里的茶子倒进箩筐里。

茶子采回家后，父母把茶子倒在晒场上，堆成一堆，上面用玉米秆盖住。这样做的作用，是让茶子在里边茶籽与茶皮脱离。一周后才用木刮刮成薄薄的一层，让它经受烈日的暴晒。过了些日子，圆圆的茶子晒干了皮，像一朵朵莲花开裂。我们还要把一瓣瓣褐色的茶籽挑出来，丢进箩筐里。

挑出的茶籽就是榨茶油的原料。记忆中，父母亲带着我把茶籽装在双轮车上，拉到村子的油榨坊里。父亲把一担一担茶籽从车上卸下来时，常常累得汗流浃背。

那榨油坊的老板见有生意来了，脸上堆满了笑容，招呼坊里的伙计把茶籽倒到烘坊的竹篾上进行烘烤。茶籽烘烤好后，榨油的工匠再把茶籽进行炙炒，炒到半焦半黄的时候，伙计们快速地把茶籽弄到碾坊的石头碾槽里，牛拉着碾架的轭套。我是小孩，只知道玩。赶牛拉碾磨就是我父亲的光荣任务了。牛沿着碾石槽盘转，我在牛屁股后跟着驱赶吆喝。石槽里的茶籽慢慢地就变成了粉状。榨油的工匠把茶籽粉末舀进桶里，然后倒进灶上的木蒸桶里进行蒸熏，大约蒸熏十分钟，再把茶籽粉末倒进放有稻草的扎匣里，做成茶籽饼，装进榨槽中。榨槽装满茶饼后，榨油的师傅们才开榨。只见一个师傅执掌榨撞头，榨撞尾左右各有两人帮出力，一声号子，声音在油坊屋梁上绕梁三日。当一杆榨钻撞出时，一股色泽清亮晶透、黄中带绿、清香扑鼻、沁人心肺的茶油顺着榨槽慢慢地流入油桶之中。

在小巷的石板路上走久了，你可以换乘一叶小舟继续旅行，也别有一番滋味。蓝色平铺的帆布顶篷，边儿坠着锯齿的黄边，外挂几个红色的小灯笼。甲板上两边是红色的木质椅座，绿色的护栏在两边矗立。游船泊在码头，等着你去荡舟。在黄姚，这么精致喜气的游船荡漾在碧波上。你就在这一叶轻舟之上，穿行在石拱桥下，游走在瘦石、古木、亭台楼阁、青山绿水间，心情是何等舒畅！

当你感觉饥饿了，不妨找一处地方坐下来吃饭。"酒壶山酒店""古林农庄""来群食府""郭记酒店"……都是你选择吃饭的理想之所。这里的大厨们早已翘首以盼，奉上店里特色名吃招牌来，奇珍异馔，一解你的馋样。

夜幕降临，昏黄的灯光在小巷里投下浪漫的色彩。黄姚夜色更神秘迷人。此时那古色古香的黄姚大剧院，正门墙上披红挂彩，展开双臂，拥抱四方宾朋来这儿欣赏一场千年传奇的大型古装歌舞剧《临贺长歌》。

唯美炫耀的灯光让舞台变幻莫测，清新丽质的音色在剧场绕梁，大屏幕上高清的画面像一卷画轴徐徐展开。九幕的歌舞剧，从"祭祀"闪亮登场。随着灯光的变幻莫测，一波三折的剧情抓住了你的心。风度翩翩的岭南酋帅钟士雄手握重兵，威震潇贺古道一带。他誓死效忠朝廷，保一方平安。而这一歌舞剧的另一个重要人物临郡东山峒峒主陈文豪，是原南朝宋临庆国王刘氏的后裔。陈文豪隐姓埋名在东山峒，他野心勃勃，一心想割据疆土，自立为王。于是，他设下巧计，用两道高仿的圣旨，妄想逼迫钟士雄和他一起倒戈反叛朝廷。可陈文豪的小九九，算计不过深明大义的英雄豪杰。身为酋帅的钟士雄，本是个聪明睿智的将才，他智勇双全、赤胆忠心，在慈祥的蒋母和未婚妻潘蝶花的循循善诱下，在正义之师的帮助下，直捣黄龙，一举歼灭了叛贼陈文豪。《临贺长歌》为我们深情地演绎了国家统一，精忠报国的千年古镇风云故事。观赏之余，你会感叹，在这僻静的黄姚，怎么还可以观赏到这么高大上的文化盛宴，怎么有这么唯美的视听歌舞剧。

那可是 2014 年度广西文化精品项目，2015 年度广西戏剧展上获得桂花剧目铜奖的大型古装歌舞剧啊！

夜深了，剧院散场了，人们鱼贯而出。游客们找到自己早已下榻的"舒馨憶栈""聚雅轩客栈""梦公馆""幸福里"……在幽雅的居所，枕着黄姚古镇迷人的山水，听着清脆的蛙鸣，不知不觉就进入了甜甜的梦乡！

三晋遗风湘南情

从江华县城往东南方向行走约十公里就到东田镇水东村了。水东村在滔滔的潇水河畔，现有人口 1500 多人，全为王姓。水东村王氏族人把开疆拓土、不忘初心、不忘祖先、慎终追远当作座右铭。

水东村的族人，是从山西太原辗转至广东，再从广东迁徙而来。屈指算来，已有 300 多年的历史。这一路走来，山一程水一程，泪一程汗一程，点点滴滴都铭记在十五本厚重瓷实的线装谱书中。民国三年重刻的《浈昌太原王氏七修族谱》一书跳动着先人的光辉足迹。族谱里翔实地记载了王氏族人的来龙去脉和村庄简史。王氏自古多名家，所以水东村的王家至今也奔涌着先人的文化脉搏。

既然水东村的先祖来自山西太原，那么他们的后裔一定会有山西太原的文化烙印，比如北方的传统腰鼓、踩高跷等。而水东村的族人，时至今日也没有丢弃祖先的文化。

著名作家刘成章曾对壮阔、豪放、火烈、惊心动魄、令人叹为观止的安塞腰鼓进行了浓墨重彩的描写：骤雨一样，是急促的鼓点；旋风一样，是飞扬的流苏；乱蛙一样，是蹦跳的脚步；火花一样，是闪烁的瞳仁；斗虎一样，是强健的风姿……

从山西太原氤氲而来的水东村腰鼓舞，秉承了北方腰鼓的特点，又杂糅了南方的柔韧、轻逸、律动等元素。那水东村的客家女子，打起腰鼓来，刚柔相济，丹凤亮翅，精彩纷呈。女子们上身着绿色衣服，胸前却是大红的肚兜样，下穿红色花长裤。一般为九人组合，身前背着小腰鼓，左右手执鼓槌，鼓槌上绑着红绸，上下挥动时，红绸招展，煞是好看。

至于经久不衰的水东村踩高跷表演，像从山西太原的踩高跷复制粘贴而来般。演员穿着戏剧服饰，扮成传说中的人物。他们所用的高跷，多为木质，踩双跷的，双跷绑扎在小腿上。而踩单跷的，则用双手持住木跷的顶端，这样一来，上下自如，妙趣横生。水东村的高跷队员，文跷时，一边扭着秧歌，一边变换着"一字长蛇、走八卦、交叉剪子"等队形；武跷时，频做"翻跟头、鹞子翻身、老虎跳峡"等高难动作，表情笑容可掬，让人看了乐不可支。观众们在高跷表演的"扭中美，美中浪，浪中俏，俏中哏，哏中逗"中，高潮迭起，喝彩声、欢呼声、口哨声一浪高过一浪。人们在南方看见地地道道的北方踩高跷表演，怎么能不高兴呢？

起源于唐宋时期的民间舞蹈——花伞舞，在水东村赓续与嬗变中相得益彰，那些穿着浅蓝色衣裙的女子，下穿绿色长裤的演员，衣袂飘逸，袅袅婷婷。花伞有四把黄伞、四把绿伞、两把粉红伞，一般为十人组合。在优雅的乐曲声中转动那桃花色、嫩黄、翡翠般的花伞，张伞似蘑菇开，收伞如蚌埠含珠，动作洋溢着浓厚的乡土气息，如燕似莺，如凤似鹤，如花似玉，莲步轻移，聚散离合，造型绚丽壮观，风情万种。

舞龙是水东小伙子和青年人的绝活。舞龙者穿杏黄上衣，下穿黄色长裤，腰扎一条红绸带。龙珠带着龙身，在里三层外三层的人群中先是东南西北来了个作揖三次的礼节，然后绕场两周，在场中央翻云覆雨起来。龙珠往下，龙头往下，龙珠升起，龙头升起，龙身一起一伏，看得你眼花缭乱。有时候，龙珠带着龙头在龙身节中穿行；有时候，龙珠带着龙珠摆字；有时候，龙珠又诙谐地带着龙身打盹；有时龙珠在前，龙头龙尾并列弯成 U 字形，上下舞动，不一会儿，龙身下坠，龙珠从龙身上跃过，龙头也转来，带着龙身从龙节上跃过，奋起直追龙珠……动作时而快如闪电，时而慢如蚁爬，时而响如雷炸，时而静如沉璧，让人叹为观止！

水东先祖的居所，自然也有山西太原遗风，但也有湘南风情。

两根朱红的立柱支撑的"八"字形门楼恭迎你的进入。走进村子就像翻开了一本古老的线装书。这座大门楼系清朝秀才王大志倾其财力，请能工巧匠建成的。王大志早年在广西富川任知县，后来又被朝廷封为五品官员，调任四川潼川（今三台县）任知府。四川潼川州，始置于明洪武九年（1376 年），所辖今四川省三台、射洪、中江、盐亭、蓬溪、遂宁、安岳、乐至、重庆市潼南等市县。八字古门楼，一块一匾两封的红底鎏金匾额，门额的匾上阳字为"浩封第"，阴字为"敕授登仕郎第"，诉说着族人曾经的声名鹊起、辉煌显赫，让族人进出村子，时刻铭记修身治国平天下、学而优则仕、为国建功立业的思想。旧时江华历届知县平步青云，走马上任第一站，都选择到水东村的"浩封第"来登门拜访。这是他们云程发轫的第一节廉洁自律课。

过了大门楼，沿着锃亮的青石板路，进入古村巷道。一座座古宅就在你眼前，闪发出它独特的魅力。江华水东村的古堂屋布局与清式流行于岭南闽粤一带的"厅井式"结构是一脉相承的。

现在保存的清代古民居15座、炮楼3座、门楼1座，都可以看见它的遗风。

信步步入一座南北朝向，有耕读诗书气象的府邸。老宅由上、中、下三进厅堂和左右厢房组成。正房与厢房、厢房与下房之间都设计有一个天井，用于房子的采光与排水。天井用料为青石板，又牢固又美观。墙体一律为青砖黛瓦，不用石灰粉墙，只勾勒墙缝，但檐牙翘角却用石灰塑得威风八面。石墩也在石匠的精心打制下，极致雕饰。繁花、条纹、瑞兽明暗清晰，惟妙惟肖，呼之欲出。内墙上粉了白石灰，天井两旁为木板隔墙，板上的窗棂为镂空形，雕刻精美。侧面砖墙上左右各有一个镂空门窗，瘦柱斗拱，瓦当在檐最低处。照壁、祠堂、牌坊等一应俱全。

有的房子油画般的墙，白、黄、红、灰交错在一起，岁月留痕，斑斑驳驳，却也别有一番风味，成了画家们不可多得的素材蓝本。有的房子木雕窗被窃贼偷盗严重，令人叹息。

有的古宅的门和窗棂，被工人独具匠心地雕上了许多吉祥、唯美的图案，如松鹤延年、蟠桃贺寿、麒麟献瑞、游龙戏凤、鲤鱼跃龙门……古宅的樑楣枋上，更是花纹雕饰浓墨重彩的部件，有金龙戏珠、松竹梅兰、喜鹊登枝、祥云腾盛、麒麟吐书等图案。在水东村有一古宅透着书香门第气息，梁枋上就是麒麟吐书图。麒麟在中间，头朝左，吐出的宝书在下，并刻有"麟吐玉书"四字。而另一古宅大门的门枕石也是一个麒麟吐书图。石墩下方为左右各一象头，象鼻卷曲。象身上披着三角形的大花纹被，上面驮着一个浮雕的"麒麟吐书图"。麒麟在中间，头朝左，吐出书卷在左，书中卷着宝剑，右边为花纹。寓意"文武双全，子孙圣贤"的美好愿景。灯笼形的石墩美观又大方。王姓族人的声名鹊起、审美情趣都在这里淋漓尽致地表现出来。连山西平遥的人看了都竖起了大拇指。

清朝咸丰四年（1854 年）浩授朝仪大夫、翰林院编修、四川潼川知府韩春华，在正九品官王贵开的父亲王月舫老人七十一岁寿诞时，送来的一块红底鎏金的贺匾"体寿乔松"，在第三座老宅堂屋上方挂了一百多年，激励人们爱老、敬老、孝老、感恩父母。

王家大院第四座堂屋，系五品官员王大恩的故居。他的正堂屋上，悬挂的却是一块"笃庆太原"的大红匾额。这块匾额，铭记着王家是来自太原的。红匾就像一个横批，因为两边还配有一对联：世德应三公，家声传四杰。家族的源远流长，可见一斑。

往里继续走，又看见中房的堂屋上，文生王贵安父母分别满七旬、八旬双寿时，光绪四年（1878 年）朝林院待讲、提督湖南学政的顾苍波送的一块金字匾额"庆衍齐眉"，向我们昭示着父母为子女成长操心操脑，奉献甘脂，养育之恩比山高。教育人们懂得人生七十古来稀，山中只见千年树，世上难逢百岁人，敬老孝老要及时，子欲养而亲不待的道理，以及子女应牢记"鸦有反哺之义，鸡有报晓之声，羊有跪奶之恩，人有尽孝之礼"的古训。

清同治元年（1862 年）丁巳科举人、江华儒学教渝谭兴龄为荣膺九品冠带的王思翁，同时又为王思翁之子王贵安考中秀才赠送的一块红底烫金的匾额"盛世耆英"，就挂在堂屋正中。这是对天道酬勤的一种表扬。

"人寿并书"匾系钦命翰林院编修、提督湖南学政张亨嘉在1894 年（光绪二十年）为廪生王恢张、文生王恢器、监生王恢远的严父王竹楼老人七十一岁寿诞时敬送的一块红底金字的匾额，现仍挂在老宅第六间古堂屋里。在这些客家古民居里，长幼有序地安居。家中长辈尊居正房，家庭成员或客人荣居厢房。他们和睦相处，三代同堂，这是天伦之乐。

古堂屋的周边有四座清代末年建造的炮楼，像四位武林豪杰，护卫着村子，现存三座。炮楼为青砖和石灰浆砌成，琉璃瓦盖顶。侧面墙上有一个或三个门窗，有瞭望孔、射击孔。原来建炮楼的初衷是防御土匪来袭。后来，在抗日战争时期，日寇来犯，英雄的王家儿女就在这炮楼上居高临下，狠狠地教训了一回不可一世的鬼子。

水东人是不忘本的。他们把脚踏碓、豆腐推磨、皮篮、鸟笼、座椅、方桌、箩筐、瓷碗、铁锄……客家人的老物件收集起来，建成一个农耕文化展示馆，让人们在参观中触摸客家人重孝悌、重耕织、重农桑的奋斗史和发展史，让子子孙孙明白这宅院不仅是一个单一的吃喝拉撒、造人的伊甸园，它应该成为像先祖们建的房子一样，是耕读文化、书香文化、中孝传家的精神栖息地。后裔们触摸着旧时光里的故事，乡愁油然而生，从而让族人爱乡爱国，回报乡梓，报效祖国！

看见那豆腐推磨，我就揣摩他们磨豆腐的情景。先是把黄色饱满的黄豆放在温水中浸泡半个小时，等黄豆泡得胀鼓鼓了，才把黄豆用瓢倒入磨盘中（现在有些瑶胞也用打浆机磨），石磨发出"吱儿，吱儿"的声音。在磨石的作用下，颗颗黄豆变成了乳白色的琼浆，瑶胞们把它盛在桶里；然后放到豆腐架上去过滤。"十"字形的木制豆腐架悬挂在房梁上或树上，架上挂上细纱布，把豆浆倒在纱布上，用人工轻轻摇着架子。瑶汉子们嘴里哼着"吱呀吱呀磨豆腐，起新房呀买百货；吱呀吱呀磨豆腐，今天娶呀明天嫁……"不大工夫，豆浆都过滤出去了，豆腐渣则留在纱布包里。接下来的工序是把豆浆倒入大锅里熬，二十多分钟后，就变成了一锅纯白透香的豆汁儿。接着的工序很关键，要舀半瓢卤水，缓缓注入烧得翻滚的豆汁儿里，否则这锅豆腐就杀不清了。有了卤水的中和作用，如片片雪花的豆腐脑儿才沉淀在锅里。连着是在预先放好的豆腐框上，铺好豆腐包布，用豆腐脑儿倒满，合严包布，再盖上框盖和石块，大约半个时辰，就把豆腐脑中的水分挤压出去了。最后是翻开框盖，用刀均匀划开，那晶白细嫩的豆腐就制作好了。

水东人在这方热土上休养生息，繁衍后代，安居乐业。他们不忘北方的饺子，但南方麦子稀缺，就用豆腐、苦瓜、茄子、南瓜花、竹笋等替代面粉，把饺子中的肉馅移植到食材之中，就形成了水东村的酿豆腐、酿苦瓜、酿茄子、酿瓜花、酿竹笋……他们在早出晚归、披星戴月的辛劳之余，酿人间风花雪月，酿人间柔情蜜意，酿人间幸福绵长。一个个春糍粑，就是一颗颗爱心，就是一个个口福。做得吃得，吃得做得。吃了再去索得，用了再去创收，开源节流，细水长流，瓜瓞绵延，其家壮也。

荷花塘是水东人及游客游玩赏花休闲的好去处。周敦颐在《爱莲说》里已详尽地述说。而这里与周敦颐的家乡江永县楼田村是邻居，他的儒家思想也在水东村发芽、长叶、开花、结子。蓝天白云下，一袭接天莲叶翠盖，亭亭玉立的凌波仙子，露出红花映日，白花衬云，娇滴滴，艳迷迷，娆媚媚……荷香满园，柳拂千枝，蝉醉万户，在水一方，心旷神怡。

古雅的水东让许多游人纷至沓来，在这里，你不用去太原就能看到北方的腰鼓、踩高跷、花伞舞、舞龙等三晋风情，在水东独特民俗风情中，在古朴沧桑的古民居中，在客家美食中，感受水东的美、水东的乐、水东的情。

醉美亭路村

　　停路村位于湖南省永州市江华瑶族自治县桥头铺镇西南部，全村共有 193 户、940 余人。村口古树参天，沿着曲折蜿蜒的小道进村，沿途美景让人心仪。

　　有小石拱桥如虹跨溪而过，在这样一条清澈的河里，你只要在里面捞上几网，就有一餐酸菜炒虾米的美味了！一幢幢古民居沿溪而筑，溪畔杨柳婆娑，古朴风情如历史画卷般韵味深厚地在人们脑海里出现。

　　田野中蜿蜒盘旋一条青石板铺就的古道，路旁原有的一个古凉亭已经驾鹤西去，只有一个废墟坪子在那里叹息。历史上，这里是江华进入道县的必经之路，也是江永的最后一个村子。路途附近有凉亭、古井、石板路、商埠和人烟鼎盛的村庄，亭路村因此而得名。

　　亭路古村发源于元朝，追根溯源，蒋氏一族还是从山东迁过来的，先落户在道县祥林铺杨柳塘，后来再迁来这里。蒋氏家族在这里传了 20 多代，500 多个春夏秋冬，现繁衍人口近千人。

　　走近亭路古村，首先映入眼帘的是一株高大遒劲的古树，村里的水泥新路与青石板老路在这里交汇。重阳木古树虬枝散叶，枝繁叶茂，距今有近千年的树龄。以前有个戏台就在这重阳木旁，但年久失修，坍塌后，就把它修成了村小学校。不过没过几年，由于村小学校功能萎缩，从而变得荒芜起来。村里的老人喜欢来古树下唠嗑，东家长西家短的，谁家的收成好，谁家添了丁，谁家的娃娃考上了大学……一下子就全村子都知道了。小孩子则在这里玩藏猫猫、过家家或老鹰捉小鸡的游戏……

沿着青石板路铺成的"青地毯"进村，只见路两边房屋均是用青砖砌的墙，用木料做成的房。潇贺古道从亭路古村两旁民居经过的青石板路有三里多长。由于饱经岁月沧桑，路上的青石板早已磨蹭得锃亮，平整光溜。以青石板古道为主轴，把亭路古村一分为二划成两半，两边还保存着一些古老店铺的遗址和旧物，从中不难看出这里当年商铺鳞次栉比、货如轮转、客似云来般的繁华景象。

这里很快成了商家小贩念生意经的平台。遥想当年，店家向南来北往的行人、商贾、书生、马夫、走卒等推销当地的花生、红薯、豆腐、鸡、鸭、鱼、肉等物品。小街故事多。穿灰色长衫的书生，望着首饰店里的一个兰花银手镯发呆。他的袋子里没有攒够钱，不能买下它来送给绸缎庄蒋老板的二小姐。裁缝店里的大金牙，正在连夜赶制嫁衣，米酒坊的刘老板两天后要为长女结婚等着急用呢……

听村里老人讲陈芝麻烂谷子的事情：当年红军就是从这里进入江华的。红军打这里路过，不仅对房子周围挂的红薯、玉米球和在外放养的鸡鸭秋毫不犯，而且他们买老百姓家里的东西也讲究价格合理、公道，不让老百姓吃亏。

从村头戏台沿青石板路进村，一条小河穿过村前，河上有一座石拱桥。古树从右边卧龙般盖过来，翠绿的伞盖遮天蔽日。桥的右侧有一套石桌石凳，两位老者正痴迷于"楚河汉界"里。

不远处的一棵大树下，有一口清朝嘉庆十三年重修的古井。走到井边，上面立着的一块记录重修水井的石碑，叙说着"吃水不忘挖井人"的故事。水井用青石块围住，井水默默无闻地哺育着这一方人。

从井头往上走不远，沿着一条向右拐的岔路右转进去，就可以看到一扇半圆的拱形门楼。这是一个用青砖砌成的牌坊式门楼。门楼大门为砖砌成的单形拱门，拱门前面两侧矗立着一对呈圆扁形的门当（抱鼓石）。踏着青石块铺就的人行道从门楼走进去，两旁是用来养猪、牛、鸡、鸭等牲畜或放置劳动生产用具的古色古香的杂房。向前走十余米，中间又呈现一座门楼。门楼的木制大门居中，前面竖起两个雄伟门当（抱鼓石）护着宅院。抱鼓石下面为长方形的石墩，侧面有并蒂盛开的花卉图案，侧面是浮雕的凤凰图。抱鼓的边缘有阳刻的钉，下方有花纹，上方有浮雕的鼓昂环。门楼立着四根木柱，板壁、椽条都是用杉木料做成。门楼前，一条用青石板砌成的大道与门楼一样宽，形成了一个小广场，现在已芳草杂生。门楼无声地述说着亭路古村悠久的历史和沧桑的岁月。

经过两道古朴庄重的门楼，沿着四通八达、鸡犬相闻的青石巷道，可连通到蒋氏家族的每座砖屋瓦房。岁月的刀把这雕梁画栋的老宅剐成老态龙钟的模样。每座房屋之间一般都留有三尺宽的小巷。在亭路古村，约有近百座这样外面是砖墙里面是砖木结构的房屋，房屋错落有致地散布于青山绿水间。由于修造的年代久远，里面雕龙画凤的门窗、柱子及横梁被岁月有情的烟火熏得漆黑，老掉牙的桌子、椅子、凳子等出现不同程度的残缺和破损。有的房屋因没有或少有人住，已经废弃，破旧不堪，有的甚至出现了断檐残壁、瓦砾成堆的现象。即使有人住的房屋，也多是留守的老人为主。

亭路古村的古民居，有相当一部分不同于我写过的古民居。这类民居是"三间两廊"式，原是粤中地区民居的典型代表之一，但它却在潇贺古村落里生根发芽了。这种民居在潮汕一带被称为"爬狮"，是粤中及潮汕地区民居的一颗明珠。它的平面布局为"∏"形三合院。

你看这座蓝天下的古民居，鹧鸪在老屋旁的树丛中展翅飞翔，燕子在老宅檐下筑爱巢。一位大叔坐在庭院里，干着细致的篾匠活儿，他娴熟地完成砍、锯、切、剖、拉、撬、编、织、削、磨等工序，手中的箩筐慢慢地成形。

瞧！这一座屋子很特别。这是一座两屋四坡倒水的房子，屋檐没有飞檐翘角，从正面有大门进入，大门居左侧。不同处在于二楼与徽派民居二楼一样，比较重视房子的装饰。这座古宅采用了"跑马楼"的形式，即在房屋外面，用木牛腿伸出墙头六十公分左右，有三根木柱子立于楼顶的檐梁下。有华美的木栏杆，栏板上还建有带扶手的飞来椅，俗称"美人"靠。看来，这房子的主人金屋藏娇了。这阳台既可躲雨、防晒，又可乘凉休息、晾晒东西，还可与美人观赏外面的景色，真是一举三得。在这老房子里，朦朦胧胧中，我仿佛看见木制的梳妆台洋溢着胭脂气儿。它的底部是平常的长书桌样，中间有一个抽屉，桌上左右各约为三十公分高的拦花板儿，后面是立式的"∩"形花板，样子像一宝座的靠背。顶层为乳形的镂空花板，花板的中间是花开富贵众星拱月般簇拥着的一块镜子，下面是一个置立于桌面上的百宝箱。箱盖的上面、左侧面、右侧面都浮雕着瑞禽名花，上面上方为浮雕的花开富贵，中间左右并排有一个小抽屉，下方有一个大的抽屉。靠背左右也各有一组对称的花板，上面的图案是繁花似锦，下方的图案是花衬千金。一个小蛮腰端坐在梳妆台前，她从百宝箱里取出口红、梳子、玉镯……精心地描眉涂口红，细心地打扮，舒心的日子就在这时空流走。

　　亭路古村像一条穿越时空的隧道，是潇贺古道给后人留下的古朴、厚重的印迹。近年来，随着道贺高速、洛湛铁路及国道线从这里聚集经过，亭路古村会迎来一个保护与开发和谐发展的春天。

大田古戏台

我今天要写的是广西贺州市钟山县公安镇大田村的古戏台。

这座建于清光绪四年（1978年）的古戏台，与大田小学毗邻，和水口庙相对，苍劲的大树在它两旁交相辉映。一百多年来，大田古戏台在这里迎来朝阳，送走晚霞，见证了世事变迁、沧海桑田。

先说说大田古戏台的美。

大田古戏台坐西朝东，砖木石结构，重檐歇山顶在蓝天白云下风华绝代。戏台平面呈凸字形，台基在匠人细腻的雕工下，最底部前中雕一寿星，两旁雕八仙，寓意"八仙贺寿"。其上为"二龙戏珠""双虎咆哮""双狮献瑞"等美轮美奂、呼之欲出的图案。而那些为大田古戏台的修建慷慨解囊、乐捐的义士也在戏台台基的石碑上留下了芳名，名留千古。戏台前为舞台，舞台面宽6米余、深5.5米，总面积33平方米。后为后台化妆间，作道具陈列用，宽10米、深3.6米，面积36平方米。

戏台台基高1.8米。8根水桶粗的红柱子穿梁斗拱，支撑着高10多米双檐翘角的屋顶。前台与后台之间用木格屏风来巧妙地隔开。正中是一副对联，中间的三块木屏，刻着刀法娴熟的

"楼阁山川辉映""彩凤仙鹤齐鸣""牧童樵夫劳作""文臣武将辅国"……惟妙惟肖的图案。

大田古戏台舞台上方是八角形的藻井，既美观又实用。它设计科学，不但让人感到视觉完美，而且使戏曲声音更臻完美，产生共鸣和扩音的作用。戏台后台两侧用青砖砌成马头墙的英姿，屋脊上用砖瓦装饰的鸟兽等图案诉说着大田古戏台昔日的雄姿英发。这马头墙，另一个功能就是防火墙。1981 年，大田古戏台被广西壮族自治区人民政府公布为自治区级重点文物保护单位。

每年的 6 月 16 日庙会期间，这座精美绝伦的古戏台就迎来了唱大戏的欢乐时光。这个时节玉米、花生的管理已到中后期，丰收在望。水稻呢，正在拔节，处于稻穗灌浆的阶段，可以说是"稻花香里说丰年，听取蛙声一片"。人们从春种到夏管，汗流浃背地在田地里刨食，他们急急地需要一个快乐的节日，去释放压力，去痛快一场，去过瘾一场，享受他们自己的传统节日，属于他们自己的狂欢节！

先是那些唱戏的名角坐着车子，拉着行头和道具来了。他们先是惊叹于这座戏台的壮美，说是去了不少地方，这样的戏台保存如此完美，很难得。戏师傅们决心在这里一展身手，让当地百姓见识一下城里专业剧团那炉火纯青的表演。于是，他们忙碌起来，拉幕布，摆道具，安音响，装灯光……唱戏的消息早就传到了方圆百里。白发苍苍的老大爷老大妈们已有了一笔高龄补贴，乐哈哈地挂着拐杖，颤巍巍地来了；刚脱贫的大叔，在驻村书记的帮扶下，吃上了低保，并有了扶贫产业补贴，这会儿他刮了胡子，仿佛年轻了几岁，屁颠屁颠地来看大戏；穿着一身新衣裳的大婶带着孙子孙女聚到了戏田下；头发染黄的、染红的小伙子们牵着花枝招展的姑娘们也赶来凑热闹；那些儿童们都喜欢在戏台下溜达或者穿梭在卖玩具、卖小吃的摊子前……

水口庙那乡道上停满了三马车、拖拉机、摩托车、电动车、面包车、小轿车……有的拿着彩旗、雄鸡、香纸烛炮虔诚地去水口庙里礼神祈福还愿；有的扛着制作棉花糖、烧烤、爆米花等工具的正在摆摊；有的在村荫下聚众打牌……

戏还没有开场，小商小贩们的经济台儿却已经开场了。你瞧这位卖气球、冰糖葫芦的大哥，左手拉着五颜六色，打得胀鼓鼓的气球，有的是光头强的形象，有的是熊大熊二憨厚的样子，有的是鱼的形象……右手拿着一杆冰糖葫芦，欢天喜地地给孩子递上酸甜可口的食品。

卖烧烤的夫妻，围着围裙，男的把一串串鱿鱼、牛肉、鸡翅膀、鸡腿、香肠等放到炭火上，发出"嗞嗞嗞嗞嗞嗞"的声音，不一会儿就香味四溢。男人把烤品翻过来，让另一边也烤熟了。女人则把烤好的食物用一个小刷子刷上麻辣配料，用一袋子包住，递到顾客手里。小孩子们则围在抽奖的，用圈套玩具，卖火柴炮、冲天炮的摊子前，他们露出好奇的目光，久久不肯离去，有的买了孙悟空的面具，戴上，还真是威风八面。有的哭着闹着，当大人的拗不过小孩，只好掏了腰包，买下了小孩喜欢的悠悠球。

一个庙会，一台大戏，就是一道亮丽的民俗风景线，就是一个社会的缩影。小孩子们就闹着要爷爷奶奶买玩具。爷爷奶奶疼爱孙儿，经不住孙儿的一哭二闹，一年难得有一回庙会参加，连忙从兜里掏出钱来，帮他们买单。小孩子们这才破涕为笑。

小商小贩是很会打"小九九"的，他在农村的会期中，既抓到了钱，又赶了会期。虽然忙得不可开交，但心里是美滋滋的！

随着七星锣鼓的声音在戏台上空飘荡，唱戏的开台热场工作开启了！还没到戏台的观众听到鼓声，不由自主地加快了脚步，生怕去迟了，错过了戏曲的精彩部分，错过了戏曲的完整版。

戏终于开场了。大田古戏台前的戏迷们可谓人山人海，他们都静下来，期待着心目中的名伶们给他们带来的戏剧盛宴。这天白天场唱的是桂剧传统剧目《双拜寿》。

随着大幕开启，身穿朝服蟒袍，英姿飒爽的小生郭艾上场了。这郭艾，是汾阳府郭子仪的小子。想当年安禄山河东起义，将唐主赶出了美良西岐。郭子仪临危受命，单刀破垒，力挽狂澜，才保得万岁爷驾坐华夷。唐皇论功行赏，望春楼卸凯甲官封王位。唐皇把自己的公主唐君瑞许配给郭艾为妻。"辞别文武回故里，回府来与爹娘拜寿揖"。这是郭艾此行回乡的目的。小生郭艾的扮演者唱念做打到位，一下就抓住了老戏迷们的心。观众们屏息凝视，渐渐地就入了迷。

汾阳府内，时逢郭子仪夫妻双寿之喜，府中张灯结彩，热闹非凡。唐皇派内侍臣送来了寿面、蟒袍等重礼，文武百官都来祝寿。郭子仪夫妇俩寿星端坐高堂，笑容满面，接受儿子儿媳的祝福：汾阳府内双寿喜，愿二老福寿万万年。但这次贺寿出了点小插曲，郭艾的哥嫂回府拜寿都是成双成对，只有郭艾独自一人回府贺寿。这就让郭喜拿来当笑柄：莫怪愚兄取笑你，普天下怕老婆算你（郭艾）第一，外加三级。

欢众们听到这里都满堂哄笑。本来嘛，你郭艾又不是单身，既然已婚就应该夫妻双双给二老拜寿。

郭艾在郭喜的鼓动下，脸一下子红了，心里越想越不是滋味，他想自己乃男子汉大丈夫，却在妻子唐景瑞回汾阳府拜寿的事上，任由妻子由着性子。在几杯酒的酒精作用鼓动下，郭艾想这事不能就这样算了，得好好地给妻子点颜色看看。

郭母得知此事大骂郭喜做事没有想妥当，说他是唆使鬼，是厚脸皮，劝阻郭艾三思而后行，并将郭艾的动机告诉了郭子仪。

此时的唐君瑞正在宫中，头戴凤冠明珠翠，身穿八宝绣罗衣，如此倾国倾城的容颜，好比仙女下瑶池，但对于自己公公婆婆的寿涎，唐君端却以没有父母的圣旨、母后的懿旨而不敢乱为。只好命宫娥女将红灯高高挂起。其实这事哪里要圣旨。这下子郭艾借着酒精的作用，气不打一处来，便蛮横地把红灯打落在地，还进宫打破了绫花镜。他扬言今后夫妻要一拍两散！唐君瑞此时还蒙在鼓里，以为是朝中大臣欺压了夫君。等驸马爷郭艾说了事情的原委，唐君瑞却说哪有君女拜臣妻的道理。唐君瑞还泼辣耍狠，说什么君即天，臣即地，蝼蚁敢把泰山欺，并扬言你郭艾要为自己的行为负责，到时候恐怕会被皇上削去官罢去职。

血气方刚的郭艾哪里受得了这口气，一下子怒火中烧。

唐君瑞从小在宫中长大，也没有受过这种气。她自然想到唐皇和皇后那里去奏丈夫郭艾一本，至少让郭艾今后清醒头脑，收敛一下傲气，再也不敢胡作非为。明处，唐君瑞答应郭母不会去父皇、母后面前奏本，暗地里她却想一定要去父皇母后面前出这口恶气。

观众们乐了，敢情皇宫内院也会有家庭矛盾。看来，好戏还在后头呢。得，有意思，咱好好看！

唐皇和皇后是明理中人，少年夫妻，怎没有磕磕碰碰，而郭家为唐王朝立下汗马功劳，也是要掂量掂量的，今后国家大事还少不了让人家郭家帮衬着呢。他们深知是忠良才称得春秋二字，是良将才上得万古流芳。当公主在唐皇和皇后面前哭哭啼啼，把本提时，他们还以为是哪家大臣欺压公主了。

公主唐君瑞说，一不是宫娥女不顺她意，二不是众姨母娘把儿欺，都只为二公婆双双寿喜。因自己缺席了这次寿喜宴会，郭艾对她欺压，并说郭艾的不是，他口出狂言道父皇的江山从何起，并骂唐君瑞是勾郎女。郭艾还上用拳打，下用脚踢，把公主的绣罗衣扯破，头上凤冠全打碎。希望父皇、皇后为女儿做主，不惩治郭艾定不依。

观众们想，这本来是家庭常事，但这事发生在朝中，家庭之事就上升到国家大事了。

唐皇皇后见公主又是撒娇，又是哭闹，心里已明白了几分。

这下慌了郭子仪夫妇，说郭艾捅了娄子，闯下大祸了，并让人绑了郭艾儿罚跪在丹墀，听候唐皇发落。

唐皇对郭子仪的做法不予支持。他喝退了刀斧手：哪个敢斩皇的乖乖巧巧，又不是那国狼烟起，要你们亮铠保社稷。

回头又叫驸马郭艾换上朝衣，并手提龙头笔钦封，加封郭艾太子与大保，十八学士为第一。唐皇又苦口婆心奉劝郭艾：唐君瑞哪点儿不顺意，若还打死公主，到时为皇定不依。唐皇说自己今年已经 47 岁，膝下无儿视女儿为掌上明珠，塘里无鱼虾米贵。还说，别人打你姐妹，你依不依。把个郭艾骂得脸红把头低。

唐皇说服了郭艾，才带他到后宫，又当着皇后的面，对唐君瑞一番教诲，说她亏是皇家金枝玉叶，三从四德全不知，不可无理取闹。最后促成郭艾与唐君瑞行了和气礼，夫妻恩爱如初。

中午的时候，戏散场了。有的去地摊上买了饮料或者水果，准备去亲戚家吃大餐。也有的平时在家里吃，现在在外面看戏，正好借这个机会享受一下当地的小吃。于是就围在小桌边，来一碗螺蛳粉，点几碗油茶，喝一盅酒……继续看一场夜戏。有的带着板凳，往家里赶，夜戏是没时间看了，但一路上，都在议论刚才的戏，议论那个旦角怎样，议论那个花脸如何，议论那个小生是否出彩……有的父辈则直接向儿子质问，都年龄接近三十五了，还没有对象，还没有带女朋友回来过六月十三的水口庙会。儿子听说，看了双拜寿后，明白了古代的"成家立业，忠孝为本，不孝有三，无后为大"等道理，并向长辈表示自己会尽快结婚，让父母亲早日抱上大孙子。

另一家的话题却是一位老大娘当着儿子的面数落儿媳。老人说，我膝下生有三男两女。你爸去世得早，是我既当爹来又当妈，辛辛苦苦拉扯大儿女。又含辛茹苦，为子女成家成室。中年时，虽有不少汉子青睐她风韵犹存，但她怕后爸亏待子女，所以一直选择未婚，守寡至今。晚年，又帮儿子带大了四个孙子孙女，可谓劳苦功高。现在老娘老了，你们三个儿媳都不想养老，逢年过节也不叫老娘吃餐饭。希望儿子回去后多吹一下枕边风，教育好妻子，负担起赡养老人的责任。儿子们表示一定好好说服媳妇，赡养老人，不忘养育之恩。

还有一家的话题是儿子常年在外打工有了外遇，每次回家都吵着要和妻子离婚。妻子是个好妻子，孝敬父母，任劳任怨，哺育子女呕心沥血。但她就是舍不得孩子，舍不得二老，因此也绝不离婚。这次看了戏，二老当着儿子、儿媳的面，促膝长谈，终于使儿子回心转意，表示与那相好的断了，夫妻恩爱如初。

一场戏，久演不衰，定是经得起岁月的磨砺，定是有一定的教育意义。一座戏台，久建不倒，定是在老百姓心中有一定的分量。

大田古戏台裹满了平民百姓的喜怒哀乐！裹满了中华传统美德的教诲！裹满了忠孝仁义礼智信！

大田古戏台见证了人们的嬉笑怒骂，见证了人间的悲欢离合，见证了人间烟火的不绝如缕！

风土吉壤的石枧村

俗话说，不到长城非好汉。如果你到广西贺州市富川瑶族自治县石家乡的石枧村，却不走近古炮楼建筑群去走一走、看一看，那你就不能说是去过风土吉壤的石家乡。

在石家乡山舞青莽之间，石枧村的炮楼与葛坡镇罗佳本村、新华乡盘坝村、东湾村的炮楼一样平平凡凡。它虽然远不如山西乔家大院和福建土楼一样闻名中外，近不如贺州客家江氏围屋与朝东状元楼一样荣升世遗新贵，但是饱经风霜的石枧古村在我的眼睛里仍然风情万种。可以预见，不久的将来，这里会再现辉煌。

顺脚走进石枧村，但见民风古朴，村容整洁，鸡犬相闻。这个村最吸引人的要数西面村头高 11.9 米的炮楼。据说炮楼建于清宣统三年（1911 年）。屈指数来，它在石枧村已经有 101 年了。我用手抚摸着那凿子留下痕迹的大青石，看着那青灰砖上的一抹青苔，几株探头探脑的小草向人们诉说着这里的沧海桑田。据说建设这些防御性的炮楼的初衷是为抵御匪乱。炮楼的来历说来话长。

原来，石枧村的先辈们，是一个颠沛流离迁徙而来的林氏族群。入富川的始祖林通公为进士、左都监察史，先祖得润公为户部员外郎，茂公系广州府的一名教授，于明朝永乐年间在石家乡看见石枧村这里碧水蓝天，绿树掩映。湛蓝的天空下，郁郁葱葱的树木撑开它们的翠盖，遮天蔽日；苍劲的藤条缠缠绵绵，恩恩爱爱；土地肥沃，流水潺潺，鱼游水底，鸟翔山林，这里以朴实、生态打动他在这里安家扎寨，开疆扩土。这里北邻湖南江永县枇杷锁村，东至江华瑶族自治县白芒营镇，他瞄准这一潇贺古道的交通要塞具有很大的商机。这里是汉朝交通命脉"楚粤通衢"陆路的一个分支，接通唐宋元明清以来的从中原进入岭南的富川驿道，通往湖南的永州（零陵）、道州、谢沐（江永）。水路是秦始皇自开凿灵渠，沟通湘江、漓江后，又开辟的一条沟通潇水与贺江、进入珠江的中原进入岭南的新道。北连潇水、湘江，联结临水（富江）、封水（贺江）与西江的出海大通道，使长江水系、珠江水系沟通。商机就在潇贺古道上产生了，于是乎，茂公让族人在家门口淘金。潇贺古道上的精明的石枧人看见长长的马队在逶迤的古道上连成一条线，马脖子上的铃铛杂乱而悠长地响着，他们就从那一刻起开始捕捉市场信息，在与马帮、驼队的往来中找到了马、骆驼的驮子里是茶叶、盐巴、药材、丝绸、铁器、面粉、烟叶、布匹……的价值和利润空间。于是他们认为，搞物资流通比种庄稼更容易来钱。慢慢地他们就向晋商、徽商、浙商学习，学习他们的经营理念，薄利多销，树立买卖公平、诚信待人的经商理念。石枧村的街道上自从有了第一家商号，随后，商铺就像雨后春花般涌现，酒坊、茶馆、粮店、盐站、客栈；手艺人齐聚这里淘金，打铁的、修伞的、裁缝的、染布的、卖炊饼的，可谓车水马龙。

茂公号召族人尊老爱幼，广交朋友，和睦乡党，诚实守信，勤俭节约，他注重用中原文化、湘桂文化、楚越文化、珠江文化来教育族人。族人知道了平等、开放、包容、团结、互利互惠的精神……茂公带领大家发展经济，族人吃苦耐劳，不畏艰险，追逐财富，终于他们的腰包渐渐地鼓了起来，成为富甲一方的财东。

儒商在石枧村代有人才出。现代比较著名的有林家勋、林家盛两兄弟，他们是石枧村人的骄傲，兄弟俩原来是富川"十大烤烟大王"之一；林家勋、林家盛的脐橙等水果农业开发公司乘着改革的春风，走规模化、专业化、产业化的道路，承揽了富川县内大部分的水果种植及包装、销售等一条龙的经营业务，近年还将此活动延伸到外县及湖南邻近乡镇，成为富川最早、也是最大的脐橙种植销售公司，产品主要销往北京、广州、西安、长春等省市。近年来兄弟俩比翼双飞，做大做强了企业，他们把富川的脐橙漂洋过海，远销加拿大及东南亚国家和地区。他们的龙头企业拥有水果种植基地1万多亩，年水果销售1亿多公斤，公司固定资产达2亿多元，发展让他们实至名归。公司董事长林家勋既是县政协常委，又是全国星火带头人；副董事长林家盛是自治区优秀共产党员、自治区劳动模范及全国劳动模范。

有了钱，石枧村的先辈们开始注重衣食住行。清朝光绪年间，族人中的大户外墙用1米多高的巨大青石砌墙基，上面用水窑火砖行墙，美观耐用。这些祖屋现在还保存完好。当我们走进这些青砖黛瓦、极具南岭瑶族特色的"大宅门"时，无不啧啧称赞。林氏祖屋匠心独运，富丽堂皇，独具一格。房屋设计科学，客厅、中堂、书房、厨房、卧室、储藏室、左右厢房一应俱全。

马头墙和飞檐翘角在阳光下璀璨夺目；"万"字窗，门上雕刻着喜鹊登枝、花开并蒂、岁岁平安等栩栩如生的飞禽走兽等文化内涵丰富的画面。随着子子孙孙的繁衍，这样的房子也越建越多，形成了大小房门共 72 扇的建筑群。可以想象，林氏族人三代同堂，儿孙绕膝，和和美美地生活在这样的房子里，是一件多幸福的事情。

尊师重教也是石枧村的先辈们大张旗鼓做的事情。孩子是石枧村的未来。万般皆下品，唯有读书高。所以石枧村的先辈们在一边与马帮、商队做买卖的同时，一边聘请先生在书房、书院教子孙后代专心读书，他们都有一个共同的理念，即"读书育后，稼穑传家"。在石枧村的参访，我感受到了他们浓浓的书香气息，阵阵仁义礼信的儒雅之风扑面而来。长江后浪推前浪，林氏后代的文化修养和文化品位都青出于蓝而胜于蓝。据《林氏族谱》记载：茂春公上下九代人中，贡士、举人不少，代代都有读书人。其他"财主屋"亦然。而其中业田公之围墙屋人，既非财主，亦非贫农，家境不算富裕，但民国后，教育子孙们要知书达理、与人为善，蔚然成风。从增字辈起，曾经当田借债也送子女孙辈读书的族人数不胜数。民国时，业田公 5 个儿子，就有 3 个儿子读书，老大就读桂林两江中学，毕业后曾任乡长，又入桂林军官学校就读，后于柳州供职，老四、老五新中国成立后为人民教师。新中国成立后，从"长"字辈到"家"字辈三代人中，先后有大专以上学历者 30 多人（含外甥及女婿 13 人），其中硕士研究生 2 人。

"祖父、祖母，年猪已经杀好了，等一下到孙子家吃猪东道酒。"

"要得！我们老人家好有福气。"

"叔叔婶婶，你们的衣服我帮你们收回来了。"

"谢谢乖娃娃！多亏了你，不然衣服就淋湿了。"

这些日常生活中的动人情景，虽然是鸡毛蒜皮，但它无一不是石枧村人待人接物，知恩感恩报恩，潜移默化，代代相传的真实写照。

慎终追远，追本溯源也是石枧村的先辈们很乐意做的事情。族人修编族谱，为族人的祖先树碑立传。立祠堂建庙宇，祭祀祖宗。村东头的林氏宗祠，古香古色，是石枧村的族人心中的圣地。家风、家规、家训、家事都在这里演绎，光宗耀祖在这里弘扬。值得一提的是，宗祠前面左右立着的"日月石鼓"意在祈求上天保佑，阴阳平衡，同时警示后人，凡事要遵循阴阳平衡之道，维系儒家中庸之道，以求万物生长，共生共荣，万事顺利，人人和谐，天长地久。所有这些，都春风化雨，润物细无声般教育着族人。

村里的老人们告诉笔者，石枧村的族人，民风淳朴，勤劳节俭，路不拾遗，向往大同世界。谁料到了清末光绪年间，时局动荡，民不聊生，盗匪打家劫舍猖獗，让林氏族人感到很头疼。为维护村上平安，防匪防盗，村中富户增华公召集族人在宗祠里商量对策，族人畅所欲言。他们知道创业难，守业更难的道理。现在他们除了继续扩大业务外，已经在家乡建设房子，为后代子孙留下一份厚重的产业，让家人过上舒适富足的生活。为了保护劳动果实，避免匪患骚扰，他们赋闲在家，享受天伦之乐，于是，在生意场上摸爬滚打的石枧村的先辈们高瞻远瞩，拍板要建设一座炮楼。大家审时度势，一致认为应该在村中建设一座炮楼。有了炮楼作为制高点，族人对四周一公里左右的距离居高临下，一旦发现敌情，了如指掌，有利于村民同心协力守护村寨。以后，经过几代人的续建，增其旧制，才有了今天规模庞大的建筑群。石枧村的炮楼就是在这样的背景下应运而生的。富户增华公更是慷慨解囊，大家在他的带动下，有钱出钱，有力出力，才有了今天炮楼建筑群的雄姿。

石枧村炮楼占地面积为 14.4 平方米，楼基用大青砖砌成，楼共五层，三、四、五楼层设计了 4 到 6 个枪眼，枪眼一般都高 62 厘米，内宽 12 厘米，外宽 5 厘米，厚度为 40 厘米。炮楼下四周建有石砌屋基的民房，如众星拱月般与炮楼遥相呼应。这样的居所，折射出石枧村村民居安思危、同心同德、众志成城、保家卫国的精神世界。

1944 年的农历九月，日本鬼子打着狗皮膏药旗第三次由湘入桂，从麦玲南下途经石枧村。天刚露出鱼肚白，20 多个鬼子在石枧村西面的马路上停下来，5 个鬼子缩头缩脑进村抓挑夫，村上民兵决定将计就计，设计引鬼子入"烂泥田"，鬼子陷入田的沼泽中后，越是挣扎，越陷得深。齐腰深的烂泥让鬼子几乎失去战斗力，炮楼上抗战指挥部的民兵以最佳的位置及有效的射程狠狠打击鬼子，待鬼子一身淤泥狼狈逃回马路上时，其中一个被击中要害已近半死，另两个也身负重伤，鬼子呜里哇啦，气急败坏，临走时用迫击炮向着炮楼发了一炮，疯狂反扑。然而得道多助，失道寡助，炮弹打偏了，落在村后 400 米远的土堆上。日本鬼子对这个富裕的农村垂涎欲滴，无奈有族人建设成的这一座居高临下、一夫当关万夫莫开的炮楼镇守，有誓死保卫家乡的族人把守，鬼子的侵略梦破灭了。

长歌当哭，当年打击日本鬼子的前辈们都已作古，但其英雄事迹碧血千秋，永垂不朽。他们的动人事迹，代代相传。今天每一个走到巍然屹立的古炮楼前的人，无不为林氏族人的英雄壮举肃然起敬。

　　于是我想，家之感情坚如磐石，丰衣足食在于和睦。村之坚如磐石，百废待兴在于和睦。谓之好牛爱草岗，好人爱村坊。石枧村的炮楼、古民居在日新月异的新农村建设中，早已不再鹤立鸡群。相反，在今天石枧村人的高堂广厦中，古炮楼建筑群并没有荒芜，没有失宠，它永远是石家石枧村人的"万众一心，众志成城，肝胆相照，共生共荣，抵御外患，保家卫国"的"精神楼"和"英雄楼"。

　　子孝孙贤，族将强大；兄弟和睦，家之壮也！美哉，石家石枧村！壮哉，石枧村的炮楼！

探秘岩寺营村

　　清雅美丽的湖南江永县岩寺营村，距县城 50 公里。岩寺营村，是潇贺古道湖南段进入广西前的最后一个村子。

　　走进地理位置如咽喉的牛塘峡，过了兰溪乡，一个被两侧草木繁盛石灰岩山包所夹的峡口迎面而来。轻微的鸟鸣像仪仗队的迎宾曲，风儿摇着打盹的古树，一切让你感到新奇。

　　走上一条青石板路，这可是声名鹊起的"湘桂古道永州段——牛塘峡青石古道"。古道边屹立着一座单边石亭，一方碧绿的潭水汩汩地流，过往商旅行人一路风尘仆仆，正好歇息喝水。石亭的瓦顶已经崩塌，石墙还竖着两块碑石。其中一块是民国十九年（1930 年）立的《重修牛巷上下大路题名碑记》，记述了牛巷大路（当年不叫牛塘峡）的环境、走向、修路的缘起和状况，以及捐助人的姓名、钱额等内容。"若此地大面山一路，虽车马辐辏之孔道，实为出入往来之要冲。南通富邑，粤山楚水交辉；西望雄关，虎踞与龙蟠并峙"。表明这是由湖南向南通往广西富川县的重要通道，并且与西边的龙虎关是唇亡齿寒的关系。另一块是民国二十年（1931 年）立的《大地主人重修大路碑记》，字迹已被青苔覆盖得模模糊糊的了，隐约中还可以看到"三湘"

"两粤"的字眼。

从湖南道县西关码头—江永的上甘棠村—岩寺营村—广西富川的岔山村—贺州八步—贺街镇到广西贺州市贺街镇，可以说是千山万水，这条潇贺古道西线大约长 230 公里。兰西线是唐宋以后穿越萌诸岭的主道，在明清时已成为由潇水入贺江的驿道。历史上"守九疑之塞"的一军，一般认为是从九嶷山余脉的萌诸岭一路进攻的。

潇贺古道过去的时光历历在目。一些波斯人正用蹩脚的中文在关隘口与守关人员交谈，一个官员对他呈上的通关文牒仔细查看，终于挥了挥手，让波斯人喘着粗气的驼队过去。那骆驼上驮着许多货物，驼铃发出"叮叮当，叮叮当"的声音……

出了牛塘峡口的地方叫山门口，螺丝井就在入口那边，而古道则在山门口直穿小盆地到岩寺营村。平坦无阻的盆地中间，石板古道所经之处，蓝天下、旷野中屹立着一座孤独的风雨桥。这就是"朝天桥"。

朝天桥桥两头侧面为砖瓦结构的马头墙入口。每边侧面的左右有三层的大青石，大青条石上用火砖砌桥身，样子像大秦帝国的钱币样。桥两边的栏杆已销声匿迹，而让无数过往商贾樵夫、军士行者休息的长凳还剩一张。那个盛满甘甜的泉水，供足了将士、马帮、商旅……饮水的石雕圆形大水缸还在。多少挑夫、车队、马帮喝过这儿的水呀！往事如烟，岁月无情，而"朝天桥"这一个元老，见证了古道的兴衰。

朝天桥显得小，而且装饰也极其普通。但它作为潇贺古道上的一个符号、一个标尺，也是学术界了解古道的一个密码，它的建筑特征是一个时代意志的体现，因而列为国家级文物保护单位。

　　明初设置了六营两所的军事机构来防卫管理，桃川地区设置的叫桃川千户守御所，岩寺营为六营之一。由于军丁逃亡严重，屯田荒废，正德以后，改以募兵填充兵力。有一批从广东阳山招募前来的雇佣兵，在这里立寨扎营，耕垦屯田荒地。他们这些人是值得我们敬仰的，这些雇佣兵远离家乡亲人，把一腔热血都赋予了这个守御岗位，赋予了这个兵营，赋予了这片山河。他们为国家勇往直前，为人民赴汤蹈火，没有他们的付出，就没有国泰民安。那些阳山士兵刚到此地，并无城堡房屋，就在岩洞立寨结营，这里就是战功赫赫的士兵，人困马乏时的栖身之所。当年这些明兵为了家国安泰，甘愿在岩洞艰苦生活。可惜在清康熙二十七年（1688年），朝廷撤除桃川千户所。一时间，戍边的前哨嬗变成了村庄，当兵的军户涅槃转为民户了。他们这些村民，正是那些阳山军户或叫"杀手"的后裔。阳山兵解甲归田后，开垦荒地，繁衍生息。那些兵士结束了刀枪鼙鼓的生活，他们选择了"岩居穴处"，在山脚下开出菜地、耕地、水田，种点韭菜，插些水稻……围几个圈儿养豕养鸡养鸭……他们牵惯了马的手，改牵温驯的牛儿下田耙田；他们摸惯了锐利刀枪的手，改摸锄头镰刀，弯腰劳作。全村村民以冯、卢、陈、钱、邵姓为主，现有人口86户568人。这些明兵后裔所建的村庄，村名原来叫"雄福坊"。

　　而半月岩留下的岩口城墙，便成为一抹鲜红的胎记。即使在民国时期，城墙倒塌了，村民为了慎终追远，不忘水源木本，铭记大将杨公的功勋，在岩洞里集资重建起杨公庙，在村民每年祭祀下，岩寺香火鼎盛。杨公庙的名气越来越大了，久而久之，人们就称这个地方为岩寺营了。

　　杨公不是指宋代杨家将中的杨六郎延昭，历史上他是山西太原人，一生戎马，在北方与辽军作战。也不是指另一员猛将杨再兴。在北宋灭亡时，杨再兴跟随曹成十万义军来到道县一带驻扎，把守岩寺营附近的镇锣关。岳飞派遣张宪部前来征讨，杨再兴将岳飞的弟弟岳翻斩杀；曹成失败，杨再兴又被岳飞收降，最后与金兵战死在河南临颍县小商桥。杨公庙的天启三年《雄福杨公庙碑记》和不知年月的《重修杨公……》的碑文，也说明了村民实际拜祭的是杨公、冯公两个神像。

岩寺营村古建筑群保存有集中成片的清代、民国时期古民居30多栋，多为红砖青瓦两层古民居。古村背靠狮子山，穿出村后的狮子山下，是一个石灰岩洞，旧称半月岩。岩洞穿透山体的两面，两边洞口都用石墙封砌，开有一排方形枪眼和一个出入的木门，石墙里面的墙根还高砌了一层台阶，供人方便往外投掷石块以打击敌人。

山洞前有十七八座青砖瓦房。精神抖擞的牵牛花在恬静的小菜园边的篱笆墙上摆开了阵势，仿佛在吹着瑶胞耳熟能详的"一枝花""蝶断桥"。岩寺营村的古民居整体上来说还是过于简朴，表明这些军人先祖"振纲立纪，成德达材"，无私奉献的精神。从另一个侧面也说明了兵丁的清贫，财力有限。那天，我看见有人在村子里弹棉花，勾起了我对过去的回忆。弹棉匠用木槌频频击打木弓上的牛筋弦，木板上的棉花渐趋疏松，然后呢，两个弹棉匠娴熟地把棉絮两面用纱纵横交错，固定成网状。下一道工序是用木制圆磨盘压磨，磨盘一圈一圈地转，均匀用力，使固定的棉絮平贴、坚实、经久耐用。

当日历翻到每年的农历十一月二十四日，翘首以盼的"杨公庙会节"到了。岩寺营村彩旗飘舞，人头攒动。村里大红灯笼迎风飘扬，到处洋溢着欢庆节日的气氛，好客的村民杀鸡宰猪敬祖宗。一时间家家户户都迎客看大戏，人潮人海，高朋满座，热闹非凡。

村头的空坪上，建有一座戏台。主体建筑由台基、台面、阁楼三部分组成，台基呈"凸"字形。整体为砖木结构、木柱抬梁、歇山顶、飞檐翘角、小青瓦盖顶。中间屋脊上，塑了一个宝葫芦，寓意葫芦万代，象征子孙万代，儿孙满堂，瓜瓞绵延。前后台以墙相隔，前台由四柱与后台间隔墙组成表演区，舞台高约1米。后台为单檐硬山顶，饰拱形龙脊，面盖小青瓦。这座身上层层积累了历史风霜的戏台，被列为省级文物保护单位，成为"杨公庙会节"的主会场。

村民们秉承了先祖的军人风格，艰苦创业，兢兢业业。历史厚重的岩寺营村越来越美了。古村留下不少的悬念，希望我们下次再来。

山下九牧居

　　山下自然村位于城上村旁边。始祖岁贡生林盛公于明代宗时期（1450年）从城上村迁居于此。后来，又有林成公从井头白菜来此卜居。至今繁衍十多世，后裔88户，350多人。

　　水口是选择村落定居的关键。山下村左边，有一井水，从城上分流而来，这是村人的饮用水源。村前又有一条名叫"三星河"的河流，从龙湾村舒缓、静静地流来，经石枧、黄竹、六丈、城上，流入山下村境内，一直流向龟石水库。村前阡陌纵横，村后有后龙山、走军山、枧头山环抱。村子枕山面水，负阴抱阳，是一处风水宝地。三星河河水清澈见底，最深处的妈妈洞有3米多深，浅处有1米多深。河水一年四季绿水长流，终年不干涸。河水流到莲花地时，在河中形成了一个溪洄曲绕的小洲。洲上树高林密，树中有一石桌，可供游人下棋对弈或打牌或谈笑风生。

　　山下村的古门楼是富川风格独特古门楼的典型代表之一，位于村子东侧，坐南朝北。门楼前用大青石砌成三级的斜坡梯，斜坡梯呈"上小下大"的梯形状。边上左有两个石墩，右有四个石墩，供人们休息、聊天用。门楼左右两边的门枕石上，各有一只浮雕的狮子图案。古门楼前是小广场，广场右边的田基上立有四个拴马石。一辆三马车装着一车橘子，车夫喘着粗气爬进车子，穿着油污中山装的杀猪佬一边砍着一只猪脚，一边对他说，你怎么才来，刚才已经来了一帮卖橘子的人了。

山下村原有四座门楼，现存两座。

从门楼后的石板巷道往里走十余步，右侧有一座气势恢宏的"日"字形大宅院（由两个三合院组成）。宅院为"三进两井三间堂"模式。院内有厢房四间，横层三间，三间堂主屋一栋，后翻轩一栋。大宅院系先祖林祖璘所建。大宅院的外墙由五层大方石砌成，方石上再砌青砖墙。下堂屋正面两头为马头墙，大门开在右边的马头墙下。大门的石门框与八字门楼的石门框一样。门楼上的门罩已毁，空留两根横木伸出墙头。跨入下堂屋的大门是一层式的穿梁斗拱木结构走廊房。右边有木门通往巷道。左边则进小天井。天井由青石板铺砌成，天井下方有一堵照壁，往左走便是厢房。老宅里，我们总会触摸到先人生活的气息。林祖璘的儿媳就要生产了，儿媳躺在卧室的床上，嘴里不停地呻吟，而接生婆正鼓励似的说："用劲使呀！用劲使呀！"

中堂屋的正面墙为大长方形。石门槛、石门框组成的大门质朴瓷实大方。下堂屋的门枕石正面为浮雕的图案：祥云中有旭日东升，太阳中有一个阴刻的"日"字，下方是两只麒麟，寓意祥光普照、麒麟献瑞。侧面的图案是书卷和中间的一把剑，寓意麒吐书剑、文武双全。右边的门枕石正面也是浮雕的图案：左下角为鲤鱼跃出波涛汹涌的海面，右上角为金龙探出云层，寓意鲤鱼跳龙门。侧面的浮雕的图案，左边是一只仙鹤张望，右边是一个花瓶内几朵荷花盛开，寓意"福寿双全"。中间石门槛上有三组精美的浮雕图案：左边图案是花枝招展，中间是"百花盛开"的三角形锦绣，右边是"喜鹊登枝"。外有门罩，内有门池（天井）是典型的明代建筑风格。可见，潇贺古道，带来了汉瑶文化的融合。跨入中堂屋的大门，是大青石砌成的天井和左右厢房。厢房墙上有一木门和一直格式窗棂，是一层两坡倒水歇山顶式的房子。

穿过中堂屋的天井，就是小青房坡屋顶，砖木结构三间堂的主屋。主堂屋中间是神龛，供奉林氏先祖。有门通往左右厢房、卧室。三间堂屋后又加穿堂屋，俗称后翻轩。

这座"三进两井三间堂"的大宅院侧墙，共有四道木门，但没有窗户。斑斑驳驳的墙下有阳沟与天井相连，排水系统很完善。宅院屋尾左侧墙角的设计很人性化。建房师父根据生活实际，在房屋邻巷口的转角处砌成"抹角"的形式，方便行人挑担、抬轿、扛木、让路等村民出行，在乡下俗称"拐弯抹角"。一位大婶提了一篮子本土鸡蛋，从这里走过来，到村里的电商处卖蛋儿。她家的蛋儿成了城里人饭桌上的美味佳肴了！

林祖璘建的古宅右侧，有一家私塾。私塾是庠生林普森（又名林大宇，号平山）的父亲斯莠（又名自僖）在清朝康熙年间组织建起的。用的地皮是他一个胞弟的地。这是一个两进一天井的院落。只可惜，现在下厅已经拆去。私塾从一侧门入内，便是过道，穿过过道，有一青石镶成的天井小广场。前面的下厅堂已拆。这是一座锁头式房子，左右两侧有一木门通向左右厢房。一楼凹处正墙全部用石灰抹刷，不留一窗户。二楼凹处正面墙，全用木板制成隔墙，中间有一个木制的花格窗。木隔墙上方到屋檐下，是用木板拱成，俗称"万户朝笏"，寓意学而优则仕，人才辈出。推开居中的大门，便是正堂。正堂一二楼是空的空间，只是二楼后墙前有一米多的通道，连通二楼的左右楼房。通道临正堂的面，用木板制成隔墙。正堂的屋顶用木条制成一个"藻井"。
藻井底为八边形，顶为小圆形。小圆形与八边形之间，用四十多
条木条如叶脉般拱成，外观漆成红色，仰望如清朝顶戴花翎官帽
的内部。正堂左右两侧有一木门连通两边的厢房。右边厢房中，
有一木楼梯可上二楼。当年，村里的林氏子弟都来此读书，私塾
成为培养林氏子弟学习文化的摇篮。

　　私塾的后面，是林增陵、林增国的曾祖父林祖诚建的祖屋。

　　山下村还有一座"一落双井"的古宅院，俗称"七十二堂
门"，是清署理平乐协麦岭营白沙汛把总林忠良的曾祖父林普森
建的。这一老宅给了建筑学家和文物专家更多的惊喜。大门在下
堂屋前墙中间位置。大门前有两根木柱，立在"一品莲花"的石
础上。柱上穿梁斗拱与正墙建成三面倒水的门罩。那正墙上的两
根横梁与立柱相连，檐角有垂花篮雕饰。前、左、右三面有雀替
连接吊花镂空窗板。门罩下的石板，高出巷道石板五厘米左右。
门前是一个三十多平方米的石板巷道。那石板缝已长出青草，草
绕石板，一格又一格，诗意扑面而来。下堂屋的门枕石都是浮雕
的图案，左为"并蒂莲花"，右为"花团锦簇"。正面墙上无窗，
穿过下厅堂大门就是过厅，这个过厅与大门前的门罩相仿。立柱
与大门外一样对称，两根木柱中间是木板门。过厅屋檐下有檐角
垂花篮雕饰，三面有长方形的吊花镂空窗板。人们从中间的两扇
门进入下天井。青石板砌成的天井，天井两侧是一坡倒水的厢
房。厢房的下半部分用砖砌成，上半部分用木柱竖在墙上，斗拱
撑起房檐。砖墙左右各有一个直格式木窗。

　　穿过下厅堂的天井，就是被时光消磨得走色掉牙的穿梁斗拱
木结构的中堂屋。厅堂呈"凹"字形，正面并排有两列共四根水
桶腰粗的木柱撑到屋檐下，木质上乘，可见主人建房时对材料精

挑细选，粗大气粗，横抬梁也很粗大。正面用六扇下为木板、上为镂空窗棂的门扇作中堂屋的大门。每个窗棂内是六个"寿"字组成的花纹，二楼也用木板隔成墙。墙中间有一个正方形的花格窗，花纹为一排排的"n"字，侧面两柱之间各设一木门进入下堂屋天井左右两侧的厢房。

　　进了中堂屋的大门就是中堂屋厅堂。前墙用下为木板、上为花格窗的木门隔成。后墙由木板组成封闭式的隔墙，上面无窗，左侧有一门进入中堂屋后的天井。天井用大青石铺成，天井左右一楼为空的走廊。二楼用樑与中堂屋组成转盘楼阁。天井左右的楼阁是下为木板、上为六扇直格式木花窗棂组成隔墙。中堂屋二楼用三扇镂空花格窗组成的回廊与天井两侧的回廊连成一体，形成"转盘楼"。

　　我脑海里常常出现这样的光景：穿红绸袍子的林普森托着一只鸟笼进了厅里，然后坐在樟木雕花椅上品着夫人端上来的铁观音。

　　穿过中堂屋后的天井，就是上堂屋。上堂屋为青砖小瓦，三间堂两坡倒水歇山顶式。大门居中，有三级大青石砌成的台阶，沿阶而上就是大门。大门由门枕石、石门槛、木门框组成。门枕石正面、左右的浮雕图案都是花卉。石门槛上却没有花纹。大门上的窗棂为"十"字形，一排排分列。一楼左右两边墙上的窗棂很精美，为镂空花窗。

　　这座老宅院右侧旁边的一座具有300多年历史的古民居也很有特色，是邑庠生林帝凯死后，由他妻子所建。从一道券门进去，就是青石板铺成的约30平方米的通道。大门的门枕石都是浮雕图案：左边的图案是花开富贵；右边的图案为并蒂莲花。大门一楼左右上方与门楣齐处，各设一个小花格窗，窗格为百花并列而成。大门上方二楼的大窗棂也是一个漂亮的花格窗，中间是一个大"囍"字，旁边为六个"弓"字形木格花纹。

"七十二堂门"左侧前方也有一座三间堂的古民居，是八十八岁老人林增各的曾祖父建造的。堂屋的神龛上木雕美轮美奂，颇具古道色彩。神龛上的木雕，中间是一个凉亭，两匹马立在道上，上方是龙凤呈祥。可惜木雕在2006年时，被文物贩子盗走。

山下村的后背山下豆丝岩、鼓仔岩下有一道石围墙，用五层大青条石砌成，围墙把山下村的古民居揽入怀中。现在这些石砌的围墙已破败，残存的部分也已长满青苔，爬满了藤蔓。

古宅后面有两个岩洞：豆丝岩、鼓仔岩。豆丝岩在左边，洞内可摆下十几桌酒席。洞内有石笋、石幔可观赏。鼓仔岩的口子很窄，两个人并排可进入洞中，洞内曲折通幽，据说可以穿到石家乡曹里村。现该洞出口已封闭。在山下村树木葱茏的后龙山与定军山的山坳处，有一个被村民称为"炮台岩"的岩洞。岩口石壁上有凿开的"口"字形口子，林远青老人介绍说，这是古时用于安置炮台用的。山势陡峭的定军山上有一块三亩地宽的平地，周围用大青石砌了围墙，围墙上设计有石门、射击口、瞭望口。日寇入侵时，村民曾躲进石围墙的防御堡垒中自卫。在古城墙附近，还有一口豪猪岩。

山下村里居住着林家子民，他们相依清溪，相闻鸟尽虫鸣，相看草木烂漫，相约美好明天。

绮丽的神岗村

　　江华瑶族自治县神岗村，族谱记载是李世民二十八世孙重述公移居楚南；明弘治年间盛一公（兵德公三世）由江华河路口上五堡牛路村移居平栎团排楼岭；清朝康熙年间（1666年）经音洪公由排楼岭迁徙神岗安居。物换星移，世事沧桑，神岗村已是一个350多年历史的古村落了。

　　从蜿蜒曲折的207国道旁，往西边山间行十几里道路，眼前是一条叫"神岗河"的碧水从孔家山下流过。上面有一座气势恢宏的神岗大桥，四个桥墩托起厚实的桥身，桥墩上分列19个小桥洞，用于发洪水时分流。两岸绿树参天，山环水绕。

　　神岗村里共有十六座坐北朝南的青砖黛瓦屋，均为一座三间的模式，炊烟氤氲处，清新质朴的粉墙栋栋，黛瓦行行，就仿佛打开了一部厚重的线装古书，细细读来，令人叹为观止。地面那铺满光滑而又坚硬的青石路，在村内纵横交错，共有五条岔道如同棋盘贯通南北东西。

　　李员外的古民居经过几百年的"洗礼"，带给我们的仍是惊鸿的一面。可惜，左侧前方的横屋已被一棵山上的大树压下来，倒塌了。主屋正门是用砖砌成的圆形拱门。从正门进去就是用大青石砌成的"回"字形天井。天井用青石砌成，承担起古居采光、通风、排水、聚瑞的作用，有阳沟把水排到外面。右侧有木门通往巷道。天井往上是大明厅——敞开的三间堂屋结构。中间是堂屋，左右各有一边柱，边柱立在方形的石墩上，直撑到二楼屋檐下。二楼临天井的隔墙是用木板封成的，中间留一个楼门口通风、采光。一楼边柱两侧各有一个小长方形的花格窗。左边的花格窗由三个"回"字叠成，二十朵花儿分三行，众星拱月般围绕中间的"鹿回头"透雕。右边的花格窗与左边的相仿。不同的地方是二十朵花儿围绕的是"喜鹊登枝"透雕。一楼左侧有一根柱子，穿梁斗拱，直到二楼屋檐下的横梁。从一楼下面空的走廊，经一拱门可入左厢房。正厅中间是神龛，供奉着"天地国亲师"。堂屋里那些高一米五的大神台桌、手推磨石、轿顶，就堆在堂屋里，面面相觑。房子用青砖砌成，并用石灰勾勒了墙缝。屋顶为两坡倒水歇山顶式。

由于时代的变迁，村内保存完好的古民居只剩下14间。而从许多老屋的旧址，也足可见繁华时期长达三公里的石板街道、员外楼、钱庄、布铺、饭铺等古建筑的规模，这里曾经是掌柜的与顾客讨价还价，客似云来，货如轮转之地。李员外营业的钱庄，位于村中青石板路旁。大门左边门帮侧面有一幅动人的浮雕图案：天上四朵祥云，围绕着一轮明月，月中有一棵桂花树，明月下有两只可爱的小兔，寓意"瑞兔呈祥"。右边门帮下方的是精美的"两只喜鹊飞上枝头"的图案，寓意"双喜临门"。正面右侧墙上有一个长方形的木窗户，上方有两个"1"字形的门砖孔。

走入大门，便是一个小小的过厅，从过厅的侧门，便可信步进入钱庄的大堂。这是由三间堂的堂屋改成的古道金融窗口。右边的边柱石墩上的精美浮雕图案是麟吐剑书，寓意文武双全。左边的边柱石墩上图案是仙尘飞扬。右边隔墙上窗棂的图案为十六个萝卜对接的样子。左边的隔墙上窗棂的图案为上下各四枚的大铜钱，中间还有三行小花。二楼的房梁又粗又密，估计是因为楼上需要堆的光洋、铜钱多的缘故！钱庄布局科学严谨，自然合理，对于研究古道当时借贷、兑换金融部门建筑、营业都有很大的价值。遥想当年，许多人来这儿，面对对面柜台里一戴老花镜、穿长衫者，正翻着厚厚的账本，噼里啪啦地打着算盘，为顾客办理用银票兑换硬通货的业务，办理一笔笔借贷、存贮、兑换业务。

　　神岗村的古道呈三角形在古建筑群中延伸到远方。那些平平仄仄的石板，曾经走过马帮，走过太平军，走过挑夫，走过商贾俗人……它从村头已拆的门楼为一起点，现有的门楼为一个点，李员外后代的"一进一天井"古宅为终点，三点成线。一些底层为黄泥砖，上半部用木板隔墙，两坡倒水歇山顶的房子，就是当时的商铺、客栈。今年 78 岁的李昌本老人说，李员外以前在麦岭府带过兵，后来回神岗村建了房子。有一年走长毛（太平天国军士），前不见头、后不见尾的军队走了七天七夜。李员外家的房子和邻近的几座房子，就是那时被烧掉的。我们现在看到李员外家的房子，是大火后重建的。沿神岗村古道往西过去就是潇贺古道东线、越陵古道线上的富川石家乡石枧村、城上村、山下村等古村落。当时许多从富川古城往来的客商，因"槐沙塘"路段常有劫匪出没，所以都喜欢赶到神岗村住宿，以保安全。当年挑盐客们住的客栈还在，而大多旧宅和街道只剩下断壁残垣，石板路还剩下几百米。昔时，在这街巷里，有一片片的青叶包着糯米和花生、芝麻、糖、板栗做馅的灰水粽；有用柴火熏制的土猪腊肉；有用玉米粒、小米、红薯丝混在一起和特制酒曲酿出熬成的瓜箪酒，有风味独特的猪红香肠……村里发现的清同治五年的"德垂后裔""赞助云程"两块木匾和"剿匪记"等古石碑数块，是对神岗村历史风云的见证。

村里的门楼与众不同，在山旮旯里安逸自在地矗立了几百年。门楼右边石墙上有两块石碑，其中有一块是民国三年甲寅岁立的捐款名单石碑，另一块《奉县正堂韩示》是光绪十七年正月二十八日立的。清清的河水淙淙地从门楼和马头墙房子旁流过。门楼下是三五成群的"洗刷刷，洗刷刷"的妇女，构成了一幅古楼、流水、人家的动人画卷。

神岗村门楼左边有一口水塘，沿水沟边是用五层青石砌成的墙，对面塘岸边是几座古味盎然的民居。有座两边横屋加一座三间堂屋模式的房子就很吸引人们的眼球。青砖小瓦，两坡倒水歇山顶的丽影倒影在水中。一个大爷正俯下身子制作木扁担，他动作娴熟，面目慈善，令人敬佩。

神龙广场边堆放着石槽、石墩、坛坛罐罐……广场的最左边有一座房子，像一阕散溢在古道上的宋词。

神岗村的祠堂古色堂皇，气势不凡。宗祠左前方新立了一对狮子，房子为锁头房式，两层两坡倒水歇山顶式，但没有飞檐翘角。这古色古香的宗祠，恰好是峥嵘岁月赋予了它地标的身份。神岗村宗祠内部为全木结构，穿梁斗拱，形成楼宇，不用一颗钉子。左右两侧各有两根柱子，直撑到二楼屋檐下，前两根立在圆鼓石墩上，后两根立在方形的石墩上。宗祠左边陈列着收藏的箩筐、鱼篓、竹篮、酒缸、橱窗、织布机、牛角、锯子、石碓等物品。

村里至今还保存着最古老的白龙圣帝祭典仪式，每年都要进行祭典，以祈求风调雨顺、国泰民安。神岗村的舞龙传承人，现已七十多岁。他十二岁开始学舞龙，1985年，他教出的神岗村龙队参加江华县庆，轰动一时。而今，神岗村舞龙后继有人，该村少年舞龙队，最大的15岁，最小的才7岁，平均年龄13岁。他们小小年纪就练习舞龙，曾率队参加全国"龙武研学夏令营"。你看宗祠前的广场上，他们舞着黄龙闪亮登场了。舞龙珠的少年带着龙头向东南西北作揖三下，然后时而翻云覆雨；时而腾云驾雾；时而龙跃盛会；时而龙盘俊踞；时而挥洒绕柱；时而金龙献瑞；时而龙兆太平……让观众在高潮起伏中，领略少年舞龙的精彩与纷呈。在庙会上，穿着白色的拳服，中间扎着一条红色绸带的瑶家拳手英姿飒爽地登场了。他们双手抱拳，先向观众施礼！然后随着欢快的鼓点，有的表演拳术，掌冲、掌劈、拳捶、拳收。有时是南拳出惊世，或黑砂掌击，或白鹤亮翅，再来个罗汉翻空和鹞子穿林……一招一式，有板有眼。有的表演棍术，棍急舞时如闪电，来一招如泰山压顶，或是一招声东击西……让人看得眼花缭乱，目瞪口呆。

　　神岗村，这里的一山一水，一草一木，一砖一瓦，是神岗人挥之不去的胎记。这是一个有故事的沧桑村落，随时欢迎你的到来。

人间仙境宝镜村

宝镜村的名字，是由"村前有田峒，有一井塘水清如镜，可食饮，又能灌田，故名宝镜"而来。

宝境村何氏祖籍为江西省泰和县鹅颈塘村，明正德年间，先祖何应棋带着家眷风尘仆仆到道州走马赴任。清顺治七年，何应棋拿出平日的积蓄在玳瑁山下兴建老堂屋。老堂屋的大门由门槛、门墩、门框三部分和谐自然组成，给人以牢固稳重之感，却又不失灵活和生气。图案有着强烈的图腾意味，与传统文化、湖湘文化紧密相连。老堂屋的石础上雕刻着花卉，有的是龙腾盛世图，有的蝙蝠展翅花间……手法精湛，呼之欲出。何应棋一家老少在这老堂屋一住就是好几代人。

到了何氏第八代祖何瓒公时，膝下有了三个儿子。分家之时，老堂屋分给了次子何育柏；长子何育松和三子何育栗另立门户，各建新居。应棋公，字彩君，成为宝镜村何氏的鼻祖。他两次建水砖房，一次建火砖房，一共十余间。他们从此在这里安居乐业，开拓家园。

宝镜村在明朝正德元年（1905 年）为永州府道州郡江华县管辖；清朝嘉庆二十年（1815 年）为永州镇管辖；大清同治九年

（1870年）为永州府江华县管辖；民国三年（1914年）至民国二十年（1931年）为湖南省第七行政督察区管辖；1949年前又划为湖南省第七行政督分署分管。新中国成立后，宝镜村先后由永州专区、零陵专区、湖南行署、衡阳专区、零陵地区革委会、零陵行政公署管辖。今天远离市场的宝镜村由湖南省永州市江华瑶族自治县管辖。

门楼北侧建筑面积710平方米的下新屋，正是长子何育松规划建造的。整座大屋有三个天井，青砖青瓦，砖木结构。那穿斗式的梁架，质朴的青砖清水墙，麻石阶梯，三间两厢的中轴主院，无不述说着这座建于嘉庆年间房子昔日的美。前厅为锁头房式。大门下部有方形的石础，两旁的石础上有浮雕的花纹。高高的石门槛上，用浮雕的手法刻上青松、仙鹤、荷花、花卉等图案。门上左右有两个小窗。木窗棂里透出薄荷糖的香味，一位娇美的女子，一脸灿烂，如三月里的一朵带雨的桃花，正对着窗前的镜子描眉画眼。那房子上面有一首对联：愿后裔家风丕振，仗先人世泽长存。横批是百代馨香。不知道出自哪个老先生之手。门上有一块"旌表节孝"的匾额。

这块匾额有一段来历。育松公之妻刘氏，闺字辰娥。清朝乾隆四十三年戊戌岁八月十四福生。刘氏24岁时，27岁的丈夫何育松却撒手人寰，刘氏的天就像塌了下来。但刘氏没有被困难吓倒，而是挑起了生活的重担，她咬紧牙关，省吃俭用，勤劳拼搏，含辛茹苦抚育她和育松公爱情的结晶何步蟾成长。孤儿寡母，一家人的吃喝拉撒，医疗住行，哪一样不要开支。生活中的艰辛可想而知。孩子有病了，刘氏会跪在祠堂的祖宗牌位前祈求先祖有灵，祈祷孩子早日康复；同时，寻医问药。孩子读书的银子，她会想办法挣，绝不会让孩子半途而废。她常把生活中的不如意藏在心底，把痛苦一个人扛，把微笑挂在脸上，让孩子安心学习，只有让孩子无忧无虑地学习，孩子的前途才有盼头，这个家才有盼头。何步蟾勤学苦读，终于高中秀才，成为邑庠生。刘氏此时喜极而泣。后来，刘氏的孙辈中，何家萃、何家煌均为国子监的太学生。何家焜也高中秀才，封为邑庠生。刘氏三从四德，为人如青松般高洁，为四里八乡所称道。刘氏的家门从此人丁大旺，有十七名重孙男、十名重孙女。他们中也有不少出人头地的：何修国、何修敬为秀才，邑庠生；何修基为甲午科恩进士，玄孙何治剧为广西柳州府试用县丞。清朝同治五年，永州府江华知县上报朝廷，朝廷念及刘氏贞节、人品，为何育松守节四十八年、勤劳节俭的妻子颁发了一块《旌表守节》的匾。刘氏的芳名入了湖南省的省志、江华县的县志。晨光透过木窗，撩醒了迎着日出劳作、背着夕阳归的主人。鸟儿在窗外奏出维也纳金色大厅乐队也无法上演的曲儿。过往歇脚的清风，在主人的房上打了几个筋斗。

而紧邻门楼坐着雍容典雅的新屋，则由何氏第九代、第十代先祖何育票、何步月、何步庭父子三人共同出资出力建造。建于道光二十二年（1842年）的新屋的大门石础，和下新屋大同小异。新屋大门上面有浮雕的花纹，但石门槛上都不饰雕刻，质朴无华。门帮和门头均为木质结构，给人以敦厚踏实和亲切之感。那些木纹理讲述着流金的岁月。但安徽、西安的民居大门则略显单薄。不同的地方是门头上有"U"形的飞檐，呈大鹏展翅状，既美观，又有遮阳挡雨的功用。出挑的木斗为镂空雕成的龙，龙尾托着横木，惟妙惟肖。大门前用大青石铺成一个半月形，前面的通道也用大青石平铺。三合的围墙，既能防火，又起照壁避邪的作用。旁边有拱形的院门出去。房内的石础上有麒麟等图案。

我轻轻地叩响那扇大门，从大门进去，第一个天井，全用大青石砌成。里面六个外形像吉他下部的石头分成两列，供行人穿行。进入第二厅的木梁上有梅花、鹿等浮雕图案。字迹模糊的"积德延龄"匾额，几百年来仍旧润物细无声，教诲着族人。下面有木板制成的照壁。第二厅的天井也用大理石砌成。左右两边的木隔墙很有特色。有的隔墙窗棂为四根木制的竹形窗栓，寓意竹报平安。邓小平同志曾经住过的房间隔墙木窗却是镂空的窗棂，刻有花卉、鸟兽等精美图案，显示了主人温文尔雅的品性和财大气粗的豪气。

厢房内也有天井，也是用大青石铺成的。厢房过道外置有石水缸、油榨槽、石磨、石碓等。几百年来的人事沧桑，物是人非，尽在这些老物件里。屋后还有木吊脚楼房。形成一个四合院式的后花园。园内种有不少的花草。主人在劳作之余，可以在这里闲庭信步，吟诗作画，强身健体；有时也在这里带小孩，享受儿孙绕膝的天伦之乐！正在拍摄婚纱照的一对新婚恋人，帅小伙像企鹅一样绅士，女孩一袭茉莉花的长裙，老房子给他们的婚纱照注入了古典婉约的色彩。

新屋是封建社会地主庄园经济生活的经典建筑。古宅知道有人来探访，心中难免不激动。但见屋外墙用麻石勒脚，既防潮又防盗，而厅堂则是穿斗式梁架。新屋主体建筑总面积2727平方米。内有80间厢房，12个天井，彰显能工巧匠的聪明和才智。老宅里左右各有一条四条腿的长凳，普通得不能再普通，油光可鉴。抱着孙儿的老人坐过，享受着儿孙绕膝之乐；奶孩子的小媳妇坐过；俏皮的外甥女坐过；回门的女儿女婿坐过，两人亲昵的修着指甲；劳动回来过来串门的乡亲父老坐过，话里有鸡犬桑麻……

何育粟进士出身，解甲归田后，回宝镜村兴办"底书坊"。

村口现在的荷花池，原来为村中的公租田，收的租金全部用作底书坊办学经费。村口两侧目前还保留文武书房各一所。底书坊一时学子云集，书声琅琅，人文蔚起。

何育粟的次子何步庭常年在外当官，平步青云，官至福建漳州府知府。

何育粟的长子何步月却留在宝镜村守大本营，一门心思钻研学问。他育有三个儿子，都学有所成，颇有建树：长子何嘉仁秀才出身，是岳麓书院的高才生；次子何嘉义，官至正三品的武官。那时天下风云变幻，中法正在交战，清朝军机大臣李鸿章和主持军务的广西巡抚大人徐延旭，采取对法国军不抵抗、妥协投降的策略。血气方刚的何嘉义时任广西巡检，他忧国忧民，是坚决的主战派。在中法战争爆发前夕，何嘉义却遭人暗杀，用年仅三十三岁的青春热血，谱写了中华好儿女的华章。何育粟的小儿子何嘉礼也是人中俊杰，任吉安府典史。

正是经过何氏家族数代人的苦心经营，成就了方有宝镜村今日的古建筑群规模。古色古香的古建筑群坐东朝西，占地面积80亩，有9个天井，18个厅堂，大小房间共108间房，俗称"三堂九井十八厅，走马吊楼日晒西"。明月的清辉，像一条银河，而那一闪一闪的萤火虫，就是河中镶嵌的星粒。在这静谧的夜，何公子手握书卷，那是一本《唐诗三百首》。朗朗的读书声挤过浸染了桐油的木雕窗花的窗子，回荡在夜空中。

何氏宗族作为勾挂岭东麓的名门望族，家大业大，他们如何解决守业难题？他们除了教育族人学而优则仕外，另外还有一条是自卫。宝镜村沿着玳瑁山山脚，建立了几座炮楼。它们是宝镜村防御工事的眼睛和耳朵。几百年的风风雨雨，使几座炮楼变为了废墟，只剩下位于大新屋后侧的明远楼。它采用攒尖顶形式，炮楼正面开有四扇窗户，高三层，中间苍劲有力的"明远楼"三个字在阳光下闪闪发光，寓意何氏族人从小立下读书明志、宁静致远的理想。楼体四周有内宽外窄的持枪射击口 27 个。一旦发现匪敌来犯，明远楼这个制高点与其他几个炮楼，连成密集的火力网，形成一道不可逾越的军事防御体系。当年太平军取道江华，曾经围困宝镜三天，但这固若金汤的宝镜村却让太平军大失所望，落荒而逃。

始建于民国五年的何氏祠堂，像一个范儿，闪亮地走进我的双眼。历时两年，到民国七年建成。宗祠宽 12 米，进深 50 米，总建筑面积 510 平方米，是宝镜村何氏宗族唯一幸存的家庙。规模宏大的何氏宗祠由前院、门厅、中堂、过亭和后寝组成。

走进大门，就是过厅。过厅上有盖藻井。过厅前廊上的穿插枋以及屋架部分，采用阴刻阳雕、浮雕等手法，把龙、麒麟、梅花鹿、喜鹊等形象，细腻生动地再现了出来。青竹的枝叶从宗祠的墙外伸了进来，很有诗意。过厅与中堂相连处还建有罩亭，上面装饰八角藻井，既起到美观的作用，又有聚瑞、扩音的效果。中堂为全族萃子聚于一堂讲三纲五常之道，聊族谊，谨族规的大雅之堂。全为大抬梁式砖木结构，并大量采用了雕琢繁缛的叠梁，蔚为壮观，独具匠心，为晚清的本地建筑艺术之典型之作。"祖德流芳""奉孝思先"匾就挂在宗庙里。最后一进是后寝，木制何氏历代先祖牌位台犹在，许多族中的考妣，熟悉的面容似乎不曾离去。宗祠里有两副对联，其中一对是：门前环古水襟东红袖西州彩练直涌百川雄，宗祠对名山左青龙右白虎祥瑞上腾万丈焰。另外一对是：尊祖敬宗岂专在黍稷馨香最贵心齐明而躬节俭，光肖裕后诚惟是簪缨炳赫自当家礼乐而户诗书。可见何氏族人对自家子弟的训导是多么重视。族人用《律式族规》《敬老条规》《圣功要旨六条》《圣论十六条》《族规家训》教育子弟勉而好学，不耻下问，循循善诱，尊老爱幼，拼搏发展，以壮族人。正是族人不遗余力要求子弟晴耕雨读，学而优则仕，所以，何氏族人人才辈出。

村中，清朝出庠生两名，佾生两名，贡生四名，廪生三名，进士六名，职员十名（其中有翰林侍召、卫千总、巡检、知县、典史等职）。文官最高者为何步庭，官至四品；武官最高者为何嘉义，官至正三品。

何氏一族，共出何大祯、何之藩、何之纰、何侃、何步江等邑庠生二十人。共出邑廪生何步月、何步廷等六名。佾生为何育柳、何家模等三人。共出贡生何育栗、何育柏、何育楷十一人。共出进士何家理、何家姓、何家炳等十人。清朝时，何氏一族门庭挺秀，何鸿、何步甲、何家承三人为登仕郎。何育樟为五千总，正五步武官。何步横为从九品。何家炳为国子监典籍衔侯选训导安福县训导，辛酉科副拔贡。何家艺官至广西巡检、正三品武官、武举人。何家理为钦加五品衔署理江西吉安府庐陵典史，翰林院待诏。何家姓为翰林院待诏。何修基为少卿癸酉科副拔贡。何修德为钦加理间衔广西候补厅。何修身为山东德平县知县。

民国时期，宝镜村何氏一族共有十四人在各部门任职。新中国成立后，宝镜村也出了不少的人才。

宝镜村，是人间的一面宝镜。农村建筑在这里，可以照出昔日的辉煌；农村科举文化在这里，可以照出往昔的兴盛。

在中国共产党的领导下，昔日大山中的古村落，现在嬗变成为中国传统文化古村落的一颗明珠，时时让人们梦牵魂萦，纷至沓来！

心仪桐口村

宋元年间（1084 年），卢绍基平步青云任道州刺史。于是他便举家从山东曲阜南迁，定居桐口村。至今已繁衍四十多代，人口六百多人。桐口村坐北朝南，以卢姓为主，盘、刘、周、贺姓杂居，和谐相处千年。江永县的黄甲岭、迴龙圩、允山、夏层铺等乡镇的卢姓都发迹此村。

从县城来桐口村仅十几公里。

一座让人眼前一亮的楼阁——鸣凤阁，位于桐口村的南面，枕着永明河玉带般的河水。建于明正德丁卯年，后在清嘉庆年间重修。

至亲至爱的鸣凤阁与青山绿水、屋舍田畴和谐相处，红色的是番茄，绿色的是辣椒，紫色的是茄子，灰色的是冬瓜，构成一幅美丽的田园山水画。带着古雅别致韵味的老建筑让采风的人兴奋不已。作家黄孝纪喜欢穿行在各地的古建筑中，从中汲取素材，写出了瓷实厚重的《老去的村庄》《瓦檐下的旧器物》《故园农事》……

鸣凤阁檐下有沟，流水来自桐口源，终年不干涸，汇入潇江。也许真有此功用。桐口村建村千余年，出了六位进士、一名探花，也出过翰林大学士。近现代也出过多名博士、教授、研究生、大学生等。

沿着村前的一条古板的石基阶梯台阶路而上，一弯就是一个坡儿，一个桃花源般的古村落映入眼帘。桐口村的总大门——卢氏门楼，门枕石雕刻工艺精湛，第一层为花纹，第二层为莲台，第三层为花纹，第四层为莲台，第五层为花纹。门槛石上层为花卉，下层为花纹。工匠将木头和石头的生命发挥到极致，精雕细刻，让人美不胜收。门楼前面的走廊旁立有石碑，并放有石凳，有年过花甲的人们在上面休息。几个红领巾正在门楼里玩藏猫猫的游戏。一个双腿痛风的老人剧烈地咳嗽着，反剪着手从门楼里穿过。

门楼为三进式结构，跨入大门便是过厅。过厅用四根木柱立在石墩上，巧妙地设计成凉亭结构。亭为双层黛瓦，重檐翘角。凉亭中间是八角形古藻井。外层为正八边形，内像一把撑开的大红伞，三十根伞骨均匀分布。又宛如八卦，让人扑朔迷离。屋架上匠人用心良苦，绞尽脑汁，让鸾凤和鸣浮雕彩绘声绘色，叹为观止。过厅两侧各有一门进入巷道，沿途进入各房各户。丁香般的新娘，颈挂麒麟纹银胸牌，头戴镶凤冠，发插银头簪，上身穿着红绸衣，肩披绣花银饰，手拿哭歌手帕，脚穿绣花鞋。唱着"婆家门前一条沟，连着娘家水长流。出门不忘娘教女，点点滴滴怀里兜……"她穿过门楼，走向一顶花轿。

那乘顶部竖着一个红宝珠，下面用鲜红的绸布覆盖着，七彩的帘儿迎风飘动。轿子披着红光油亮的外衣。轿身左、右与后面，下半部为实木板做成，上半部为镂空的窗棂式。在木匠稔熟的手艺下，那些花板镂刻成的秀美花枝、鸟禽龙凤，让方圆百里的年轻女子朝思暮想。谁不想坐上这一乘大花轿，风风火火地走村入户，进入自己心仪已久的男人家里呢？现在，这个新娘在锣鼓喧天、鞭炮齐鸣中，钻入轿中，端坐在小方凳上，此刻，她是多么幸福哟！

村内巷道狭窄，四通八达。有的古民居是百看不厌的砖木结构三间堂，两坡倒水歇山顶式。正面墙上一楼只有居中的大门，左右为了防火防盗，没有留窗户。人们在这样的房子里进进出出，鸡鸣则起，日出则劳动，日落则休息。桐口村的妇女们常常相聚在一起，写纸的、写扇的、写帕的，或织、或绣；有时母教女，有时姊教妹，有时姑姑教侄女……老人们躺在藤椅上，口里吐着烟圈，耳朵里听着桂剧，农村泥土的朴实、阳光的温暖、诗意的感动在小巷里涌动。妇女们将女书代代相传。有时"朱鸟节"的唱词在古民居上游走："亲娘留女过朱鸟""他家亦有朱鸟节，不比在家做女时"等嘹亮的歌声，让人驻足观看。

那些"泰山石敢当"的长条石镶进砖墙中，便是桐口村的一个密码；榨茶油的大石碾像一枚大铜钱立在石墙上，可惜右边有一道疤痕，那是桐口村的乡愁；有的门墩石上，上层为花纹，下层为龙凤呈祥的浮雕，有的下刻花纹、大象头像，上刻双雀对歌，那是桐口村的唐诗宋词……更有些精美绝伦的石墩、美轮美奂的木雕、精致上乘的饰件已被文物贩子窃走，让人仰天长叹，心痛不已。

门楼正门前有一对旗杆石，上书"例授明经进士卢秉教""光绪乙丑年"字样。门楼坪用卵石铺成，约为两百平方米的大坪，古代为祭祀时乐师舞蹈之用。从门楼入大厅为三进式，屋架上鸾凤浮雕栩栩如生，过道上方为八卦形宝顶，圆顶上是八卦图，周边是彩绘，大厅是村人聚会聚餐办喜事的公房，木架上有精美的雕刻。

古风沛然的鸣凤祠位于村子中间，非常引人注目。鸣凤祠其实就是卢氏宗祠，始建于北宋，已有上千年的历史，重修于明正德丁卯（1507）年，距今495年。嘉庆十八年（1813年）又重修。大门柱的檩枋上有三块镂空形花板雕饰。上面木雕的花台上，中间是长方形的嵌有"鸣凤祠"三字的匾额，左右各有一个长方形的镂空窗。字累经几百年风雨沧桑，至今依稀可见，里面雕着隽永俊逸的宝瓶，寓意"岁岁平安"。柱子出挑的横梁头下，各有一个宛如象头的木雕饰。

大门背后，与鸣凤祠前相仿。大门后前方有两根木柱，立在灯笼形的石墩上，马头墙边也各有一根木柱，木柱也立在石墩上，四柱与横梁穿拉，穿梁斗拱。中间两根立柱上，木横梁上是一层镂空花雕板，上面嵌有题着"多进士"的匾额。匾额左右各有一个镂空的圆形花雕。

中间是用十四块长青石板铺成的长方形的天井平台，嘉庆十八年重修的"乡进士"匾挂在天井外侧上方，四周有阳沟，把水排泄出去。

鸣凤祠的大堂内宽敞明亮。祠堂里，有少年儿童在背书："红日初升，其道大光。河出伏流，一泻汪洋……天戴其苍，地履其黄……前途似海，来日方长。纵有千古，横有八方……"

在"卢氏门中历代先祖考妣之神位"的匾额上方，还悬挂着"德劭名儒""敦义世家""笃义世家""隆养目痒"四块匾额。这些万历年间的匾额（有的为万历三十五年），无声地述说着卢氏族人的显赫家世、门庭兰芳。

鸣凤祠的彩绘有衙门情景，有神仙人物，都惟妙惟肖、形象生动、动感十足。

质朴大方的"祥云集"古宅的主人，可以说是见过大鱼拉屎的人。你看他的雅室，由正门半月形石和长方形石两级台阶进偏左边的大门。门槛石雕用工细腻，浮雕为聚宝盆、花开富贵、摇钱树。门枕石左边留有一个砖砌的小狗洞。大门上是用砖砌成的马头墙样式，飞檐翘角。从下往上第一层的长方形中，是白底黑字的"祥云集"三个字，长方形字框外是浮雕的花卉；第二层是上大下小的梯形，里面是黑底白色的画"鸾凤和鸣"图案。马头墙后有个圆形的砖孔，进入大门就是天井，天井用大青石砌成。天井内堆有瓦片三行，砖砌的池子已苔藓斑斑。如果是杏花雨来，屋檐下就挂起一条条的一帘幽梦。天井左侧有一拱门通往村巷。

　　天井左右两侧是木板隔墙，底层是长大青条石，木板立在大青条石上，既防潮又防狗咬猫抓。邻厅堂处各有一根大圆木柱，立在鼓石墩上。木板隔墙上各有四个雕花窗棂，可惜已不知去向，已空空如也。祥云集古民居，用料上乘，装饰讲究，精工细作，美轮美奂。屋子里满满的是主人的身份高贵、文化品位、审美取向、财大气粗的气息。

　　遥想当年，这里的主人在这样的居室吃着新鲜的蔬菜，品着香甜的水果，喝着甘醇的米酒，搂着丰腴的女人，过着裕实的生活。

　　从前，总有一些民间匠人来村子里讨生活。大树下，来了为乡亲们修补锅的手艺人。补锅匠前脚刚放下坩埚、火炉、风箱、砧凳、小锤、钻子、棉布卷等工具，有一人就去村里吆喝生意："补锅喽——"。另一位匠人就动手安好小炉子，连上风箱，烧燃炉子，并填入适量的焦煤，随着他一手一手地拉风箱，火苗又红又旺，小坩埚内的几块碎铁片慢慢融化了。村里的人陆陆续续地拿出了锅头来补。补锅匠趁铁片融化的间隙，清除铁锅上的烟垢，并用粉笔画了补的范围。铁片融成橙黄色的铁水后，将铁水顺着裂缝一点一点补上去。补好了破洞，补锅匠再用粗砂轮将锅里凸起的补疤略略地打磨，又细心地用细砂纸平整一遍。这样锅铲搅动才自如，不受妨碍。随着最后一道工序往疤痕上抹上黄泥浆，一个铁锅终于补复好了。

可惜有的古民居已废弃，成了牛栏鸡栖之所，成了杂草堆放之地。

走在古民居的青石板小巷道上，看见鸡鸭欢歌，小鸟啾啾，小猪哼哼，小狗汪汪，小猫喵喵；炊烟在鱼鳞般的歇山顶上袅袅升起，好一幅"暖暖桐口村，依依墟里烟"的动人画面。

桐口村内鸣凤阁、鸣凤祠、古门楼及古民居的门庐装饰都以凤、鸟浮雕彩绘为荣。室内窗格窗花都有凤、盘瓠、孔雀、喜鹊、葫芦等浮雕为主，门前两侧的石墩也是凤、鸟、盘瓠浮雕为尊。村民还有很典型的傩崇拜、盘瓠崇拜、葫芦崇拜现象。桐口村是江永县保留百越文化最集中及百越文化与瑶文化互相交织碰撞、共存共荣的典型村庄，是女书勃兴的村子。

江永桐口村有一个叫盘巧的九姑娘被恶少抢回去，强迫与他成亲，九姑娘抓起桌上的剪刀誓死不从。被软禁的九姑娘急中生智，在手帕上绣出她要表达的意思。九姑娘把手帕放进狗的嘴里，让狗带回了家。九姑娘的父亲和哥哥弟弟们都对手帕上的图案百思不解，聪明的九姑娘的妹妹用土话读懂了姐姐的意思。于是，在全村人的大力支持下，九姑娘得救了。从此这种图案字就在当地女性中流传开来，也许这就是女书的来历。女书成为瑶族女性的记事符号，女书散发出芳香，在女子间传来传去。

今天，在潇水之畔浦尾岛上的女书博物馆，述说着把女书复活的童话。在富川瑶族自治县民族博物馆里，陈列着一些女书作品，如锦带上的"恭喜发财""吉祥如意""四季平安""五谷丰登"等。这些与江永县上江圩女书园博物馆里陈列的一些扇面、背包、手帕上的女书作品一脉相承。它们那憨厚可爱的模样，成了我与女书谋面和对话的途径。

目睹这些女书，我眼前总会荡漾着瑶族女子的笑靥。她们用柔情的身体养育儿女，用纤细的双手兴家创业，用智慧和执着支撑着"女书"这一独特的文化。

二十六岁的女作家尚姝含用细腻的笔调，写出了我国第一部以"女书"为题材的小说《女客》。

2011年，以湖南省江永县桐口村为背景，以一个在江永流传很广的关于"女书"醇厚文化与女人之间凄美的故事为主题的电影《雪花秘扇》在全国发行、上映。《雪花秘扇》深情地讲述了发生在清末和当代跨越时空的两个女人之间的凄美委婉的感情故事。两对女性的故事在不同的时空中交替穿越展开。

江永人曾凡忠博士近年来多次深入女书发源地进行田野调查，掌握了第一手材料，一本《瑶学与女书研究文选》便横空出世。建在河南安阳的中国女书博物馆里，还有我们江永瑶族女书的文字历史展厅。可见女书发展的踪迹值得探访，瓜瓞绵延。

我吟诵着永州诗人刘中华的现代诗《女书赋》：

是斜阳，是新月

是中国南方稻田里游动的蝌蚪

是沙洲上飞出的布谷

……

女书，是姐妹们的心经……

恋恋不舍地走出了桐口村。

耸立心湾的潇江湾村

潇江湾村位于湖南省江华瑶族自治县最北端的沱江镇，距离县城只有 18 公里。潇江湾，乡土俗名——潇湾，它是一个有着六百多年历史的古村落。顾名思义，潇水在这里拐了个弯，故得名。历史上，潇江湾村除了 1955 年至 1988 年底属江永县管辖了几年外，一直属于江华县管辖。

这里山清水秀，茂盛的树木环抱着村子。如诗如画的潇水在村前俏丽地跳了一个"之"字形舞，流经村庄。潇江湾村面朝潇水，后拥后龙山，后龙山前左右各有一口水塘。潇江湾村全为唐姓，先祖唐太仂曾任山东兖州通判。明朝洪武三十一年，唐太仂慧眼识珠，选中了这块山清水秀、远离尘嚣的幽静宝地，在这里扎根定居创业，繁衍生息。至今有 600 多年历史，繁衍了 1800 多人。

潇江湾后龙山古木参天，植被茂密。古民居以古宗祠为中心，整个村子左、中、右各有一条主巷道贯穿全村。房屋大部分都是带天井的两进、三进的四合院。青砖瓦，徽式飞檐马头墙，粉墙上的壁画亮丽如初。脚下被踩得锃亮的石板路，曾经亲吻过不少放排工、贩卖客商、古道水路客人的脚步。那原始的油榨作坊，杂草丛中的碓臼石磨，被细尘覆盖着的风车、纺车、织机、簸箕，依稀可辨的水车遗址，都是潇江湾发展的缩影和村民智慧的结晶。

保存较完整、规模宏大的 50 余座古民居全部为青砖砂浆夯实结构，黑瓦盖顶，屋梁精美、壁画雅致。10 多块石刻和雕有"梅兰竹菊"的清代鱼缸，诉说着唐氏先祖的喜好和高雅的品位。

"沱川一派是湘源，浩瀚洄旋碧浪掀。蟠到襟前添数曲，浑如角带绕东园。"站在高处放眼望去，潇水河在阳光逆照下，水天一色，俏丽无比。河的对面、左右屏山并峙，长达 500 米的石壁斧劈刀削，耸立对岸，犹如案前笔架，气势非凡。清朝嘉庆、道光年间文人墨客对该村写下《高石峭壁》《榜山并峙》《秀阁凌虚》等 10 多首赞美潇江湾的溢美之词。

在村庄的右边，约 300 米长、50 米高的天然屏障，90 度的切面，让人抬头落帽。峭壁直插云天，如鬼斧神工，巍危欲倾。

村长说：原来这山顶有一座盘王庙，和尚常驻于此。善男信女，络绎不绝，晨钟暮鼓，香火鼎盛。

65 岁的该村老人唐德果娓娓道来，娥皇女英千里寻夫在潇江湾住过，还有那舜帝南巡建营寨的传说和抗战时期瑶胞躲避战争的仙人洞的故事。

位于村右前方的水口庙，始建于清朝光绪三十二年，占地面积约 180 平方米。新中国成立初期拆毁，现在的庙遗址上，只看见由大青石砌成的房基、芳草中卧着的石墩、左边立着的两块古碑以及用石头制成的石门。在这些石砾中，依稀可见当年水口庙的繁华。

水口庙的前边，有一座坐南朝北、占地面积 180 平方米的文昌阁。青砖黛瓦木结构，面阔三间，前为两头镶耳式亭楼，后为两坡倒水阁楼。文昌阁始建于清代，民国九年（1920 年）重修。阁楼左右墙各设有一砖砌拱门入内，中间有一天井。阁内穿梁斗拱，可惜已毁损严重。那精美的梁枋、精致的雀替、螺旋式的石墩，折射出古庙昔日的美貌，体现旧时匠人高超的木雕、彩绘艺术水准。整栋文昌阁设计科学，造型美观大方，样式既有中原的特点，又融湘南元素，是不可多得的古建筑研究实物样本。村民明礼仪、重伦理，尚文习武蔚然成风。从明代到清朝 500 多年间，文武人才辈出。清代时期出进士 7 人，举人、贡生、廪生、庠生等 80 多人。

唐三太爷是个有经济头脑的人，二十来岁，便是一个放排的好手了。潇江湾村前面的潇水河，就是他风里来雨里去的工作之处。唐三太爷在太平天国时期，就把本地豆角等特产收集起来，用木排沿潇水下沱江，过道州，穿零陵，抵长沙把特产卖了，又倒腾回一船盐到本地卖，实现了来回两头挣钱的经营模式。他省吃俭用，渐渐就有了一定财力，并建下一座大屋，大屋分上中下三个厅堂，左右各有一栋横屋，天井五个，占地面积近 2000 平方米。

唐三太爷是个见过世面的人，他建的房子很有文化品位。下厅堂正大门尤为精致。门枕石有浮雕的狮子头、花卉及鱼翔浅底的动人画面。石门帮上有一对浮雕花纹镶边，内有浮雕字体的对联：门迎沱水观龙跃，户列屏山听凤鸣。

进入下厅堂，地板用青砖铺成，房间用木窗棂隔成。那木窗棂历经沧桑，有四朵水灵灵的浮雕花儿，拱着一轮明月。明月中是镂空的飞鸟，正从花丛中探出大半个身子。也有的窗棂左右上角雕有蝙蝠，中间左右两侧各镶一朵花儿，左右下角雕有扇形的花儿中间是用娴熟的透雕手法，刻上喜鹊登花枝图。

　　中间人字坡檐下，有用木板拱成的"万户朝笏"式样。左右两侧的檩枋上有精美的花卉、龙凤呈祥的浮雕图案。左右两侧有木门通往横屋。前后为马头墙，侧墙下半部为四层青石夯基，上面用青砖砌成墙。墙顶用砖砌成"凸"字形一字排开，而瓦槽从砖孔中接出流屋檐水。穿过中堂屋，又见一长的"回"字形石砌天井。穿过天井便是三间堂的上堂屋。左侧有一木门通往屋后的巷道。

　　唐三太爷建的古宅院前面是一座一层式门楼。门楼的门枕石右边正面是"麒麟吐宝书"图案，侧面是"莲花朵朵开"。左边的门枕石正面用浮雕的手法雕刻着"雄狮凯旋"，侧面是花开富贵的形象。门楼的门槛石方寸之间，刻了三幅画，左右图案为花卉，中间图案为"麒麟献瑞"。一条青石板铺成的巷道，穿过门楼连接村民的民居。门楼前是用青砖砌成的单檐马头墙式的照壁。照壁上有白底蓝字的"天赐鸿禧"四个大字。照壁前有一口半亩见方的水塘。

　　唐三太爷的孙子建的大屋在下方。离唐三太爷建的大屋千多米远。孙儿建的房子规模比他建的房子小得多，只有"两进一天井，一右横屋"。房子样式模仿唐三太爷的老房子。现在有唐学政老人在里面住。

　　唐步麟的祖屋系上下厅堂，中间套一个天井，"回"字形院落。大门上方有门罩，雕龙画凤的木雕让人羡慕，可惜已被人盗走。门盖下的木攒，雕有龙形。推开厚实的木大门，四扇木窗棂组成的屏风，让人眼前一亮。从左右两侧可进入天井。这里还曾是江华县桥头铺镇潇江湾村党支部、村民委员会、治保委员会办公楼。从天井可以看到左右厢房的花格门窗，是木匠镂空雕技的大写意。花卉、飞鸟惟妙惟肖，栩栩如生。堂屋右侧的檩枋上，有美轮美奂的雕饰：中间是阴刻花卉，两旁有阴刻字联"水如碧垂，山如黛；鸟飞高梧，鹤飞松"。那龙形的牛腿，龙尾上翘，抵住横梁，龙头扎进立柱之中。可惜左侧对应部分已崩塌。

旁边的另一座房子的样式与唐步麟的祖屋大同小异，但神龛前的神台桌子正面的木浮雕图案系四幅花卉图，精美绝伦。其门枕石下方有花纹，上方有四枝荷花浮雕图案。右边门枕石下方也系花纹，上方是花开富贵图。门槛石中间是一轮圆月，里面是一枝梅花鹿，嘴含一朵荷花，寓意"福禄双全"。

这座古宅的旁边是两座古宗祠。沿着四级石台阶就到了上房宗祠门口。石阶左右各有一头约为一米六高、威风凛凛的雄狮。宗祠左边的门枕石正面图为雄狮，侧面下方为花纹，上方为象吐宝剑图，右边的门枕石正面图案与左侧一样。两狮对应，侧面下方为花纹，上方为"麒麟吐宝剑"图。门枕石左为喜鹊登枝，中间为蝙蝠，右侧为花开富贵图。门槛石上，中间的三角形中是光芒四射的太阳，左右各有一只凤凰，寓意"旭日东升""双凤呈祥"。

旁边的下房宗祠样式与上宗祠相仿。这座宗祠的门枕石也很有特色，左边的门枕石图案：下方是蝙蝠临门，上方为雄狮戏珠，侧面下方为花卉，上方为"龙腾盛世"图。右边的门枕石与左边一样，对称遥首相望。侧面下方为祥云，上方为"麒麟吐宝书"。中间的门槛石的图案也美不胜收：左边为喜鹊登枝，中间为"蝠（福）倒"，右边为"花开富贵"。

大门楼左前方有三块石碑。分别为：民国十四年腊月立的《重修路碑》；道光年间立的《新修路碑》；嘉庆五年十二月初六日立的《修水埠头碑记》。

门楼口右侧有一座分支宗祠，样式与上、下宗祠差不多。右边的门枕石，正面图案是三角形里倒立的浮雕蝙蝠，寓意"福到头"。上面为浮雕的"雄狮戏珠"，侧面下方为飞鸟，右为花开富贵。左边门枕石正面图案与右边一样，不同的是，侧面的图案，三角形中是浮雕的"瑞兔呈祥"。上面左为麒麟，右边为翼龙图案。

大门楼的左后方，有一座总祠。为两进，一天井，青砖小瓦，两坡倒水歇山顶房。中间的"唐氏宗祠"匾额是中国书画家协会会员，唐氏廿六世孙唐德国 2020 年仲秋书写。左边有光绪癸卯年唐拱辰立的"进士"匾一块。右边是光绪壬午岁进士唐选青立的黑边框，红底黄字"进士"匾一块。总祠内有一块匾额"慈良笃祜"，是大清光绪十二年丙戌仲冬月，钦命翰林院纂修提督陆宝忠为例贡生唐选青、庠生赵程之继母所写。

潇江湾村以前 90% 的青壮年男子都放过排。今年 80 多岁的唐全德老人，从 20 岁起就当放排工，他放的是三节排，一般二至三人同往。出发时，带上柴米油盐，在排上煮吃的，住在用木皮盖的棚子里。夜里，就把排停泊在水流平缓的河床上休息过夜。那时，他的工作就是去县采育场拉杉树下沱江，两至三天后，才到达终点站道县。有时候，也把货放排到零陵，在潇水上得漂泊七天才到。放排比较危险的河段叫涔江渡，即潇水与永明河汇合处。唐全德老人现在讲起来还心有余悸。这"浪里白条"的放排工作，一干就是十几二十年。

现在的年轻人，都不放排了，住进了两三层高的平房里。昔日祖上用放排的汗水建的房子日渐式微，颓废了，有的片瓦无存，有的断檐残壁，有的摇摇欲坠。总祠内，原有的二十几块匾已毁，大门楼的老石鼓已毁，二十二个拴马石已荡然无存……潇江湾失去的古物太多太多。只有到了大端午节，潇江湾的年轻人一划上龙舟，才体会到祖先当年在潇水河上讨生活的艰辛！

潇江湾二月初一赶鸟节、四月初八牛生日、六月初六尝新节、七月半鬼节等节日，与瑶族其他村子大同小异。

农历五月二十五，是潇江湾独具特色的大端午节。在我们老家，人们把空柏木、枣根、田鸡黄、伏地莲、左脚刺、绣花针、猪肝菜、野菊花根等十几种中药合成的"黄眼莎"，跟本土鸡熬熟，一家人一起吃，一起喝药汤，别有风味。

但是在潇江湾村家家户户都张罗了酿大豆腐，杀鸡宰鸭，杀猪宰羊，煮鱼，备上牛轭酒，邀请七大姑、八大姨、外家人、两亲家、未过门的儿媳妇、九亲六眷等客人，都来潇江湾村看大戏，看划龙舟过大节。彼时，戏迷们在帝王将相、才子佳人中过三五天戏瘾。在热情的潇江湾人拐弯抹角，套着尊贵的客人多喝酒的推杯换盏中，体会"牛轭酒"的味道。当你用筷子夹着形状像面包、外面香喷喷、中间嫩脆、酿肉酿心可口的豆腐丸时，食欲大振，一饱口福……

和煦的风吹皱了一湖碧水，潇江湾的年轻人跨上龙舟，一如先祖登上三节排上。他们要在这潇水河上来个表演赛，给到场的亲朋好友看看，昔日先祖们在潇水河上摸爬滚打，如履平地，镇定自若。今天，他们也要展示一下"浪里白条"的秉性。只见打鼓人像乐队的指挥一样，"咚咚"地敲响了欢快的鼓点，鼓声匀速，绕河三匝。在"咚咚"的鼓声中，舟上的划桨手"嗨，嗨"地喊，声音铿锵有力，桨在水里整齐划一，上下翻飞。掌航手娴熟地操控着龙舟。龙舟像离弦的箭，飞驰在潇水河上，把大端午的节日气氛推向了高潮。

春闺秀美的高家村

　　位于湖南省永州市江永县夏层铺镇的高家村在二十世纪六十年代，由高家、月亮潭、洞仔上三个自然村，11 个村民小组组成。全村共 388 户，1730 多口人。

　　义姓族人原籍山东德州平原县，始祖为义阳公。宋朝开宝二年，随管任居舂陵，而后又迁徙至营道。天圣年间移居永明县。起初卜居山脚，后又移居潇滨，最后在元大德九年（1305 年）才选择定居高家村、洞子上村。何姓族人在北宋绍圣元年（1098 年）迁徙到此卜居。杨姓族人在北宋重和元年（118 年）迁居到此。高姓是高家村的大姓。

　　高家村的村头是阡陌纵横的田畴，远山与蓝天齐立，白云与绿水同在一米阳光下。走进高家村，但见村前的一汪水塘，如一面镜子。水塘边有一些石头堆成护栏，上面也可以坐人，真是一举两得。一些大水牛进塘里游水，卷起了一圈一圈的涟漪。

　　沿着东边的碎石黄泥路，前面是一道拱形的门。围墙用青砖砌成，并用石灰粉饰。经过多年的风雨剥蚀，那石灰粉刷的墙已成墨黑色。围墙内，就是高家村的地标文昌阁。它建在村子东面，取紫气东来之意，像穿着祖母出嫁时衣裳的文昌阁，最初于明万历四十年（1612年）始建。今天我们看到的样子，却是民国七年（1918年）重修而成的。文昌阁共四面、四层，四重飞檐翘角，又美观又大方。砖木结构，穿斗抬梁。文昌阁清纯、自然、古朴的魅力就出来了。那些木工，精巧而细腻，亮丽而不露声色。

相邻的五通感应庙正面为两层楼阁。门盖上方是红底金字的匾额，上书"五通感应庙"五个大字。五通感应庙后殿为镬耳墙。这座大雄宝殿庙宇始建于明嘉靖年间（1522年），三十八年后（1560年）被毁。现存的建筑为民国十年（1921年）重建。庙为上下两进。内部雕饰精美，集明清、民国建筑艺术为一体，具有较高的历史学、艺术、社会科学研究价值。每当夕阳西下，左边的庙宇及右边的阁楼影子倒映在水中，中间是一抹夕阳，形成了一幅美丽的油画。

高家村的民居有两种类型：一种为砖木结构，一种为土木结构。土木结构的房子，大多已完成居住使命，早已废弃，有的用作圈养牲畜的场所。砖木结构的老房子，坐北朝南，多为两层的"三间堂"模式。丁香一样的女孩正在老房子的窗户下面梳着秀发。

黛灰色的鹞鹰在瓦蓝的天空上盘旋了三圈后，向一群小鸡俯冲下来。老宅空地上老妇人用一根篾开了花的竹子，冲着天空边舞边喊："收哦——收哦！"

有的两屋民居，一楼正面墙上，大门安在左边，右边是窗户。二楼是房梁铺成的楼板，正面是阳台，木制的栅栏杆在外护卫，方便主人晒衣服和辣椒等物品。发霉的墙长出相思来。那张桌子，是从祖父那分门立户时分到的，平淡无奇，却很实用。小孩子在上面写字、折纸飞机、做水枪、玩跳棋等；妇女们在上面剪鞋样、烫衣服、剪窗花、做粿条等；男人们在上面切烟叶、搓麻将、打牌九、喝小酒……

高家村所辖的月亮塘村，有八九百年的历史。塘水碧蓝，波平如镜。岸边有一门楼，门楼大门正对一照壁墙。照壁墙为三叠式马头墙式，墙体用白色石灰粉饰了，但已经斑驳陆离。

蓝天白云下的义氏宗祠是义氏族人在此议事办事的地方。

高家村的"人民会堂"也在水塘边。这里是高家村人们开会、民主协商的场所。有时也在这里看大戏，观赏文艺汇演。

其他的古碑墙也值得一看。古码头（遗址）、古戏台（遗址）、高霞观（遗址）已经被岁月无情地带走了。

高家村村民大多都是瑶族，他们的传统舞蹈为"羊角长鼓舞"。传说瑶族始祖盘王进山打猎，追逐山羊时撞树而亡，其子女打死山羊，伐倒大树，并将树干挖空，做成长鼓。每年农历十月十六日，吹芦笙击长鼓起舞，祭祀盘王。这些盘王的后裔，穿着民族衣服，两个演员执着羊角领队，另两个演员执羊鞭断后，其余执长鼓的演员居队列之中。跳的时候有单拍、双拍、四拜、倒鼓四种方式。表演时，演员将长鼓挂至腰际，伴着明快的节奏、优美的旋律，有节奏地拍击。舞者时而俯首，时而仰头，时而左右旋转，时而跳跃腾空，疾如闪电；时而两虎相持，刚劲对雄伟；时而柔情纯真，如顽童嬉戏……

2002 年 12 月，义月全带着二十几名粗犷彪悍的瑶家汉子，在湘粤桂三省十县第十六届瑶族盘王节上，一展羊角长鼓舞的英姿，誉满省内外。

清新淡雅的丝瓜苗在猴急地往上蹿，南瓜藤在阳光下分娩。生活在高家村的山水画里，"春有百花秋有月，夏有凉风冬有雪"。在古建筑中延伸岁月，在羊角长鼓舞中继春秋。人在水墨画中，逃名尘世之外。养几只鸡、一头牛、一条狗、一对儿女，种几畦菜、一盆花，抚一卷书，生活的情调高雅、无尽的快乐扑面而来。一对老爷爷老奶奶坐在高家村的门楼前面，他们在回忆年轻时的甜蜜爱情。

心醉柿木园村

　　南宋期间，兵荒马乱。贺州市平桂区羊头镇柿木园村的先祖带着妻儿老小，从南京珠玑巷带着金银细软、干粮什物，颠簸乔迁到福建，后下广东卜居。元朝初年，卢氏后裔先祖广辉公，又组织族人穿山越岭过河，复西迁广西今平桂区羊头镇石头塘村开基创业。至六代孙珠芝公时，在明朝洪武年间，移居今平桂区羊头镇柿木园村繁衍生息。珠芝公还有些后裔分别在钟山县红花镇铜盆村、平桂区羊头镇涩塱村、钟山县同古镇板桥车村、燕塘镇葫芦岛村另立门户。

　　柿木园村的卢氏出自姜姓，炎帝后裔长于姜水（陕西岐山县），以姜为姓，姜尚为武王丞相，有功封为齐下一，其后裔孙名傒封地于卢（今山东长清县），就以邑地"卢"为姓。范阳（河北省保定市古名）一段时期为卢氏管辖之地，卢氏后人也一直在范阳繁衍生息，故而卢姓家族的堂号在祖牌上书"范阳堂"，其住宅门额上写"范阳第"。

　　沿着一地落英缤纷往村子里走，那些锃光瓦亮的青石板，仿佛是为旅客铺的"地毯"，一路延伸到桃花源中。柿木园村旁有十几棵气宇轩昂的百年古树。树干围要几个人才合抱过来，树冠有几十个平方，不知是哪位先祖所种，至今仍旧荫蔽着村民。几百年前先祖种下的树苗，很展劲地长成了水桶腰粗的大树。先祖走了一茬又一茬，它却成了几朝元老，点缀我们的新农村，见证我们实现"两个一百年"的中国梦。

路边有用火砖和瓦片建成的墙，高约 50 厘米，墙上爬满了青藤。火砖墙中，有用砖砌成的"十"字形的砖孔，有的墙段又用瓦片拱成鱼鳞般的孔儿，样子像是戏服上的龙鳞。中间是火砖砌成的小柱子连接，韵味儿十足。村道右旁有三棵高大的枫树。树旁是用六房石头垒成的半圆形石挡土墙。沿着小道踏十一级台阶而上，便见一座小巧玲珑的"福德祠"，灵祠前拱形的砖门上有一副对联："福足及人人杰当为廊庙器，德能配地地灵恒育栋梁才"。灵祠为青砖瓦房，两坡倒水歇山顶式，祠内正中供奉着福德真君夫妇。

过灵祠往村里走，便是丘陵绿树下，靠丘面水的村落。古村落前有一汪半月形的水塘，一湾淼淼的池水倒映树木、古宅的丽影。池水也如一湾静默的翡翠，与塘基石块、岸上杨柳依依相映成趣。柿木园村房子的模式及装饰的部位都基本相同。七十八岁的老人毛江花奶奶住的房子，为上下两进式砖木房，整体结构为"回"字形。正门墙为"凹"字形。外观素雅，青砖高墙，小青瓦覆顶，前墙砖磴壁立。大门前有一对鼓形石墩，分列在两侧。

柿木园村两户合住的 39 号和 40 号房也有一定的特色。住户分别是 60 多岁的卢清吉，81 岁的婶娘。古宅整体为两进四合院落式房。青砖黛瓦，"回"字形结构。大门上有用木雕成的花卉和莲花立体浮雕，托住上面的牛腿梁枋，梁枋上也有浮雕的花卉，像从画里走出来的一样美。

村巷里，一位中年大哥挑着一担谷子，走在石板路上，嘴里哼着可心的歌谣：

我担子挑上肩哎，左肩往右肩，哪哩呼了嗨！哪子哪呼嗨呀，哪呼噫，我左肩往右哪，不知不觉，哪子哪呼嗨呀哪呼噫！就把歌唱哪！

唱起歌，哪子哪呼嗨呀哪呼噫！就好开心哪！

我的歌声唱不好，唱不好哎！唱起歌来，哪呼嗨哟不好听哪……

村中半月形的水塘前左边的房子，也是三间堂套一个天井式的房子。黛瓦素墙，清淡中不乏高雅，封火山墙，错落有致。

柿木园村的古民居，模式大体上就是上面这几种，各房子不同的是墙顶下的勾线石灰塑成的彩色壁画：有的是喜鹊登杜鹃，有的是喜鹊栖芍药，有的是鹤舞牡丹，有的是石榴迎宾笑，有的是蔷薇飘香，有的是鸳鸯恋蕊，有的是松鹤延年，有的是鹇舞翩跹，有的是鹤翔竹林，有的是燕鸣翠柳，有的是梅开鸟鸣，有的是鸟飞菊开……这一帧帧遗风遗俗的锦绣画卷，一句句唐诗宋词咏春秋的残简，惟妙惟肖，动感十足，呼之欲出。41号旧宅的大门上的斗棚也很有韵味。牛腿部位用精美的木雕成叶片，还有蜜蜂流连，蝴蝶爱慕的立体莲花托起上层的梁枋，梁枋上有美轮美奂浮雕的花卉。画工精雕细琢，形神兼备，无处不在表明它的江南"身份"、秦淮"基因"。

但柿木园村的古民居又南北交融，自成一体。居住在这岭南风韵的古民居里，上荤素咸淡搭配的菜，上农家米酒，来几句肉麻的话，抛几个会心微笑的眼神，就是一个装得下不安、装得下遗憾、装得下不满、装得下缺点、装得下痛苦、装得下欢乐、装得下傲娇、装得下谦虚、装得下成功的人生。房子里的纺车、犁、耙、锄头……这些亲昵的器物表面是那么光滑、油亮，那都是人们用手、脚、膝头磨出来的。人们与它们厮守久了，总会留下感情的。

一些古民居有着陈旧的墙，发黑的壁，虫蚀的梁，断裂的檐，开裂的柱……皱纹纵横，缝穴大张，残垣断壁，一度崩塌，成为废墟。这些空荡荡的老宅，少了烟火气息，从此便冷清了下来。

扩建于清朝咸丰年（1860年）的卢氏宗祠，静静地矗立在古建筑群左边。祠堂为上殿堂、中殿堂、下殿堂三进建筑，砖木结构，下殿堂为锁头房式。大门由门枕石、石门槛、青石门框组成，门枕石上有精美的浮雕：一边是梅花鹿和花纹，另一边是瑞兔和月字。门槛石上刻有三支梭枪、两面旗帜和花卉。大门上有一块红底黑字的匾额，上书"卢氏宗祠"四个大字。大门旁有一副对联："儒宗世系，清节家风"。上殿堂系两块倒水歇山顶式，屋檐下的石灰彩塑壁画历经岁月的风浸雨蚀、日晒雨淋，已面目全非。走进下殿厅堂，便是走廊过道，有用砖砌成的拱门通入左右厢房。拱门用木板门开和关。木板门上有圆形的三根直木栓的直格窗。走廊尽头中间为宽阔的长方形天井，天井里用青石块砌成的。天井左右为围墙，墙顶用瓦片盖住，上面再用砖砌成"∩∏∩"形，用石灰粉刷，并绘上彩色壁画。可惜这些精美的图画已被岁月这把刀无情地刮去了。

宗祠中殿堂正面墙，也是用青砖砌成，为两坡倒水歇山顶式建筑。大门居中，由门枕石、石门槛、石门框组成。大门上有四个白底黑字的壁画字"彝伦攸叙"。走廊前有两根方形长石柱，不雕一字，石柱立在"工"字形的石墩上，底层有花纹，中间四面均有浮雕图案：有的刻着岁岁平（瓶）安，有的刻着松鼠爬树，有的刻着凤凰戏花，有的刻着绵羊开泰，有的刻着南岭鹿鸣……中殿堂正面墙上左右各有一个直格式木窗棂，内有五根竹节形的木栓。中殿堂的走廊长和宽都比下殿堂的走廊大，走廊尽头，是一个大长方形的天井。天井用青石板砌成，左右两侧各有一座一坡倒水的硬山顶走廊，邻近天井的边用石头砌成高出天井六十厘米左右的长方形平台，有三级台阶上去。上面有两根四方形的短石柱，下方的石柱立在"日"字形的石墩上。上方的石柱立在鼓形的石墩上，石墩上有浮雕的花纹。中殿堂中的天井有五级石台阶（分别代表金木水方土和福禄寿禧康）到上殿堂。

上殿堂是安奉卢氏祖先牌位的正殿。殿堂分别供奉着世先祖敬忠公、启颜公，一世祖敬修公，二世祖忠佑、忠補、忠佐、忠弼、忠相公，一直供奉到十世祖。卢氏祖姚牌位上有一红底金字匾额，上书"范阳堂"三个字。旁边有一对联"饮水溯渊，户户莫忘祖宗德；焚香报本，家家唯望子孙贤。"前面的两根长木柱上，又有一对联，上联是：溯世系于范阳锦标夺元金瓯覆字清贫励节风雅擅长骏业千秋光史册。下联是：衍宗支于富水明清分派炎宗开基诗礼传家文章华国鸿图百代启云初。

羊头镇柿木园村是养在深闺人未识的美女，期待她能在乡村游中，一展"吴头楚尾，南北辉映"的芳容，让她江南的"身份"、秦淮的"基因"成为贺州古村落的一颗灿烂的明珠。

红岩村掠影

怀着对孔子的崇敬，我来到广西贺州市富川瑶族自治县福利镇红岩村。这个村地处福利镇东北部，是尘世中人们向往的桃园。

从县城出发，往东北方向走二十二公里，就到了红岩古村。红岩古村是从湖南白芒营入桂的第一个古村落。这是一个建在潇贺古道支线冯乘古道（七都古道）上精美绝伦的古村落。元末明初，孔家后裔 40 代孙孔纬科举中第，他任职期间巡视江南，来到广东，后来 42 代孙孔昌粥到广东任职。58 代孙荣玖公从广东迁来富川孔家峒（今福利镇务溪塘城一带）生活了几年，再后来孔家先祖外出打猎，看见这里风光旖旎，是块风水宝地，于是迁居到这里，取名牛岩，官府改称为"牛岩坊"。红岩古村距今已有 700 多年的历史。

天刚蒙蒙亮的时候，东一声、西一声的鸡鸣，像一个个号角把红岩村叫醒了。老奶奶往灶台里添了把柴火，瓦房上的炊烟就与乳白色的雾，在天空中开始了晨跑！时光慢悠悠地走，岁月静悄悄地过。村里绰号叫"孔西施"的叔娘，正晃悠悠地担着一挑刚出箱的水豆腐，沿着村巷叫卖："捞豆腐——捞豆腐！"红岩村原住民的魂在一天中又激活了。

日上三竿的时候，阳光透过村内深巷深深地相连，浅巷纵横交错的巷道都是用条条石板铺就的平街，长方青石条整齐划一在街两边镶，被磨得溜光锃亮的古青石板路，人们美其名曰"三街石"，它们连通各家韵味无穷高大厚重的古宅。街两旁的屋檐鳞次栉比，民宅皆为清代风格结构的青砖黛瓦，古色古香的建筑。青石台阶、长满胡须的木门以及旧时营生的作坊至今立在巍峨耸立的凤山下。一汪思源古井，装满岁月的清辉。它用大青石围成，有效防止灰尘、污水的污染。大旱之年，井水不枯，那清凉的井水水质甘冽，如饮琼浆。在如歌的岁月中，思源古井默默地用取之不尽，用之不竭的乳汁哺乳着红岩村人。红岩村至今已发展到385户，1350多口人。

青苔集体到斑驳离析的墙上定居，被坐得光亮的石墩静候在屋檐下，等待另一批休息的人。碗口般粗的藤爬上了青砖黛瓦的老屋。小巷里，几个小孩正在跳皮筋，一面跳，一面唱着我儿时熟悉的童谣：

"锯——锯木柏，柏难倒，担上山，担下地，卖来爷爷吃生日，爷爷不吃妹妹吃，妹妹接起又高又快又大！"

小巷有了孩童的嬉戏，就如一块石头激活了一潭春水。古朴的小巷有了生机，有了人气，有了活力！

村中现存的六座土得掉渣的大屋宇，旧貌涛声依旧，石砌的底墙，能够防潮防土匪。门方用石柱建成，马头墙飞翘，石板铺成的天井无不诉说着旧时的豪华。昔日练武的石凳座散落在斑斑驳驳的墙下。古民居上，用樟木、梨木等木材浅浮雕、线雕、镂空雕成的龙、凤、羊、猴、鹿、鸟、梅、兰、竹、菊、松等图案造型生动，栩栩如生，呼之欲出。

豪门深宅的楼板在烟熏火燎的作用下，变得黑不溜秋。一串串红艳艳的辣椒，一串串黄黄的玉米，一串串白白的蒜头，从上面吊下来。阳光落在樟木雕花窗棂上，像摁亮了的电筒般照射进来。屋子细腻的木工工艺让人叹为观止，它们在向游客诉说着昔日的显赫与富庶。这可是孔氏祖先留给后人贵重的"形象工程"啊！屋里鹤发童颜的老汉正坐在雕着双鹿回头的梨木太师椅上咕着小酒。祖先在屋里安置的石磨、石臼、石碓等一应俱全的生活设施，现在都在角落里待岗。编竹篓的老人，嘴里叼着旱烟筒，一双满是老茧的手，娴熟地舞着竹篾，手中的鸡笼、箩筐渐渐地有了轮廓，小媳妇们在村子的小巷里奶孩子。

村巷中，青青的条石砌成了一个水池。水池里的水很清，游鱼水草历历在目。水池的岸边是青石砌成的围墙，穿过一个门楼，便是孔家久经风雨剥蚀至今仍威严肃穆的"源政家塾"楼，楼共三层，巍然屹立在上园郁郁葱葱的后龙山下。青砖黛瓦，两根四四方方的立柱，从地基直砌到屋顶，寓意孔氏子孙刚正不阿、方方正正做人。读书楼每层前面设有木制的阳台。这个厅堂宽敞、雕梁画栋的场所，就是孔氏子弟读书学习的好地方，正是孔家重视文明教化、诗书继世、晴耕雨读的见证！孔氏族人，用"至圣先师"、"万世师表"、"学而优则仕"和"见善而怠、时至而疑，知非而处，其道之所止也。强而弱，忍而刚，道之所起也，故义胜欲则昌，欲胜义则亡；敬胜怠则吉，怠胜敬则灭"的祖训，春风化雨般地润泽后代。其大意就是"把书读好了就可以做官"。对于为人处世要采用"遇到好事而怠慢，时机到了而犹豫，明知事情不对反而参与，这是圣人之道所禁止的。强毅而能卑弱，忍耐而能刚劲，这是圣人之道所提倡的。所以大义胜过私欲就昌盛，私欲胜过大义就灭亡，恭敬胜过怠慢就兴旺，怠慢胜

111

过恭敬就覆灭"。因此，红岩孔氏家族，在漫长繁衍生息中以此作为教育子孙后代的座右铭。红岩村的祖祖辈辈都遵循孔老夫子关于"以圣贤育后千秋不古""天下第一等心事还是读书"的遗训。因此，牛岩坊的文人秀士都在源政家塾里得到润物细无声的教诲，人才辈出。

遥想当年，孔氏子弟虔诚地翻开书，漫步儒家文化的沃野，物我皆忘地大声朗读："人遗子，金满籯，我教子，唯一经。""仁义在身而色不伐，思虞通明而辞不专。""树欲静而风不止，子欲养而亲不待……"书声琅琅从这里传来，可见立志读书笃学、通达事理、厚德载物、宅心仁厚、崇文茂儒、饱读诗书的理念，已经深入红岩孔氏后裔的心灵深处。馨馨墨香弥漫整座源政家塾，历经七百多年，它像一位坐在轮椅上的老人，仍然让游客油然而生敬意！

孔氏族人用良好的读书条件育人，用崇文尚儒的学风育人，使红岩村涌现出了一批学有专长的俊彦才子。有的擅长诗词歌赋，有的擅长琴棋书画，有的擅长教书育人，有的擅长舞枪弄棒。

红岩村孔氏家族历朝历代人才辈出：七十代后裔中有武生2人，武庠生1人；七十一代后裔中有武庠生、庠生升进士6人；七十二代后裔中有武庠生升进士9人，其中1人为清咸丰丙辰年（即咸丰六年1856年）丙辰科第三名武举赏载五品蓝翎，定武魁，任平乐左营千总；七十三代后裔中有武庠生、庠生升进士8人，有恩科武举1人、武魁1人；七十四代后裔中有1人从黄埔军校第十六期毕业，曾任国民党军的连长和富川县民团中队长；七十五代后裔中有2人分别在黄埔军校第九期和第二十期毕业，曾任国民党军部参谋长和富川县自卫大队长等职。孔亚青，字志义，号雅卿，原名孔繁彬，于清末丁卯年（1867年）即清穆宗载淳同治六年出生，县案元入庠补增生，1940年在富川国中任教时，这位已73岁高龄的老教师，为了激发全民抗战，挥毫作诗言道：

> 心存振夏将夷拒，一事无成奈老何？
>
> 教中漫操民主锋，平倭推举鲁阳戈。
>
> 子房午夜筹良策，宗泽三声唤渡河。
>
> 我愿青春作后盾，功成齐奏凯旋歌。

孔亚青从十八岁起开始走向三尺讲台。两手勤浇桃李树，一心乐育栋英才。孔雅卿在湘桂两省的江华、永明、富川三县，这一教就长达60年，可谓桃李满天下。

清光绪十一年（1885年）广西乙酉科科第二名优贡胡墨庄（又名胡维翰）；叱咤风云的广西省第一行政督察专员兼保安司令、广西民团副总指挥兼湘桂边区副司令、授国民政府军少将和广西绥靖公署中将高参胡天乐；民国三十八年（1949年）富川县长蒋体元；新中国成立后，中华人民共和国最高人民法院第一任院长江华（1951年秋江华来谢师时，亚青已故）等都是孔雅卿的得意门生。新中国成立后，村中设立了红岩小学（现为红岩完小），老师们遵循孔圣人"学而优则仕"的遗训，按照党的教育方针，德、智、体、美、劳全面发展，培养出了一代又一代的社会主义接班人。

云雨沧桑中的知青围屋，和那批来这里落户的知青一样，饱尝了人世间的艰难困苦。知青围屋历经岁月的洗礼，显得那么淡然、凝重，它曾经见证那个时代青春的闪光。知青围屋，现在静静地立在红岩村中，看着那一拨又一拨的回城后的知青来了又去了。他们来寻找往日流金的岁月，追忆昔日的沧海桑田，那些陈年往事锥心的疼痛还深深地烙在他们的脑海中,挥之不去。那段"上山下乡""接受贫下中农再教育"的岁月;知青们播种、收割……日出而作,日落而息挣工分的情景,时至今日仍历历在目。知青生活酸甜苦辣,有喜有忧,有笑有泪,浓烈过、无奈过、苦涩过、踌躇过、消沉过、搏击过、哀叹过……知青们这些刻骨铭心的感受,随着时代的变迁封尘起来。几十年,弹指一挥间,俱往也。

作为孔子的后代,孔氏族人对孔子是很推崇的。他们建立了孔氏家祠。族人哪个不是在这里接受儒家文化思想的启蒙的呢?孔氏族人对后裔的要求和价值取向,可用"少伯潇洒,安石风流;云龙品格,司马文章"这副对联来概括。孔家子弟读书蔚然成风,是和孔氏族人对孔子的推崇分不开的。孔氏族人常常训诫子孙"静乐可忘轩冕贵,清游端胜绮罗尘"。就是说,子孙后代在读书时,要静下心来,专心致志,循序渐进,熟读精思,排除外界的诱惑或干扰,明白钱财是身外之物,是眼前花,只有修身养性、奋发图强、锐意进取、为国为民,才是圆满的人生。

春秋末期的思想家、教育家、儒学学派的创始人孔子的遗像就立在孔氏家祠的中央。忠孝耕读传家,诚实守信,宽以待人……是儒家伦理观念中的重要核心。孔氏族人希望子孙后代儒雅朝气,志存高远,鲲鹏展翅,长盛不衰。

每年的农历八月二十七日,是红岩村族人举行祭孔大典的日子。祭孔这一天,族里召集孔氏族人齐聚孔氏家祠,行三叩九拜之礼,还愿孔圣人的洪恩。人们三五成群,扶老携幼,来到孔氏家祠上香。许愿、还愿的善男信女络绎不绝。村里请来师公举行庄严肃穆的祭祀仪式,方圆九村十八寨的瑶胞也来观看。一时间香火鼎盛,供品如山,加上舞龙耍狮、唱桂剧、赛山歌……节日气氛一浪高过一浪，人山人海，热闹非凡！每一个来红岩村的人都获得了一次尊孔崇儒的心灵洗礼！

这一天，孔家族人会热情地邀你到他们家里做客。客又带客，来的都是嘉宾，都会受到主家的热烈欢迎。谁客多，主家脸上就更有光。主家桌上摆上丰盛的菜肴：米粉蒸肉、白斩鸡、扣肉、豆腐酿、油炸鱼……主人叫你坐上首，一个劲地劝你吃菜，劝你喝酒，一边拉家常，那份真诚，那份古道热肠，就深深地印在你的脑海里。

今天，一条全新的公路从广西富川红岩通到湖南江华白芒营镇，通到各地；贺州到冷水滩的火车也从红岩村经过。这个古树、古井、古祠、古居、古道、古巷掩映生辉的红岩村，将会更加美丽富饶。

岔山村的盖头

岔山村东面与东水村接壤，南邻秀水，西北两面与湖南相邻，是镶嵌在潇贺古道上的一颗璀璨明珠。传说古时某日金光闪闪，天降异石，山开两岔，岔山村因此而得名。古村落建于明代，至今已有 600 多年的历史。

我们随着人流迫不及待地往村子里走去，想早一点揭开潇贺古道湖南入桂第一村——岔山村神秘的面纱。

古树上挂满了红色的小灯笼，一面杏黄色的大旗迎风招展，上面写着"岔山古驿站"几个黑体大字，古色古香的风雨桥里早已经人头攒动。

岔山村古建筑的典型代表是兴隆桥。兴隆风雨桥横跨在岔山村村委入口清澈的小溪上，即岔山村部楼旁。兴隆桥始建于清嘉庆十八年（1813 年），距今已有将近 400 年的历史。桥亭为两层歇山屋顶，小青瓦如鱼鳞般盖在顶上，桥头两端建马头墙坪入口。正面墙上画有六幅山水水墨画，有的画着"千舟已过万重山""两岸猿声啼不住"，还有的画着瀑布……兴隆桥在 2013 年被评为全国重点文物保护单位。

何氏祠堂上的壁画很有特色。苍劲的古树上有一鸟巢，祥云下是两个神仙聚会的情景。另一幅的画面上，河底的鹅卵石清晰可见，倒映着岸边婆娑的竹木。一位相公一手执折扇，一手拿油纸伞前行。另一个人把包袱和雨伞放在岸边，坐在河边喝水，真有古道的韵味。

阳光照射到何家八字楼上，大青石砌的台阶，一层歇山顶砖木结构，四根瘦柱与斗拱相连，古香古色，流光溢彩。

清澈甘甜的香花井坐落于岔山村口，是村中历史最为悠久的一口古井。井边种满桂花树，每到桂子开放，十里飘香，醉人的香味沁人心脾，此时的井水也浸透着桂花香，故称香花井。井边那光滑锃亮的石板不知亲吻了多少古道过客的脚印，散发出浓浓的历史文化气息。

沿着青石板路，两旁是青砖黛瓦的古屋。前面一座房子的墙上，自上而下挂满了一个一个的小红灯笼，给这个古老的村子带来了浓郁的节日气氛。远远看去，就像一本红宝书。

孟家祠堂，是孟氏族人办红白喜事、聚集商议族中大事的地方。几个老人在祠堂门口东家长西家短地唠嗑。

岔山村，依山傍水，面向秀水河，背靠岔山，风光旖旎。村庄内部以一条1000多米长的主街道为中心，居民住宅向两边重叠。岔山村"依山造屋，傍水结村"，民居布局巧妙地运用中国古典园林艺术借景、对景的手法，形成"门外青山如屋里"的天人合一的格局。村庄错落有致，古宅红砖黛瓦，马头墙重重叠叠，鳞次栉比，气势恢宏。排水系统较为完善，设有排水沟，方便生活污水的排出。村内每隔一定距离就设有一个垃圾桶，村庄设有垃圾统一收集点，垃圾基本采取填埋或焚烧处理。村庄自然风貌得到有效保护和整治，村容环境整洁美观。

200多座岔山古民居错落有致，依山而建，多以庭院式风格为主。岔山古民居住宅风格恬淡而不失典雅，素净而不失华丽。位于主干道边上的房子都是清一色的两层设计，一楼则作为地下室，从前主要用作猪圈、牛棚。这种民居有隔潮功能，能防蚊虫、蛇、野兽的侵扰。地下室如今嬗变成了"民俗体验馆"。原来，牛棚经过清洁消毒以后，成了游客吃饭、喝油茶的包厢雅间。当你沿着台阶缓缓而下时，可以看见一楼仍旧宽敞明亮，老式的织布机、纺车、耕犁还摆在那里。何、杨、孟三姓村民和睦相处，互帮互助，民风淳朴。二楼室内结构布局变化多端，有三间、五间、四合屋等结构。房间多的，可作为客栈。这可能与岔山是潇贺古道第一村过往的车队、马帮多有联系。最有特色的是杨娣娥的民居，布局和其他民居差不多。那天井宽敞明亮，竹礼笼从楼梁上诗意地吊下来，镂空的隔壁木板上镂空雕着麒麟过山冈。下面长方形的花板上，用浮雕的刀法，把两头各一只蝙蝠、中间一只老鼠雕得活灵活现，寓意多子多福。其他木雕饰品也匠心独运，精美绝伦。杨志荣家的古民居也是一处亮点，正在维护修缮。

转过一个巷道，是鳞次栉比的店铺，如长盛、元吉老字号，还有腐竹铺、打铁铺、凉粉店、知青馆、酒坊、杂货铺、磨坊、药铺……一些匠人，如木匠、瓦匠、篾匠、裁缝、锁匠、修伞匠、箍匠曾在这里活跃，凭手艺挣钱养家糊口。至今我们仍旧能够看见古时候岔山村的繁荣。在打铁铺里，我停留了一会儿，仿佛儿时看见打铁的场面又浮现在眼前：铁匠师徒俩人身披围裙，徒弟一手拉风箱，师父看着猛火中那铁器被烧得通红。师父用铁钳把铁器放在砧铁上，抡起小锤便打，徒弟则抡大锤，两人一人一锤，通力配合，"打点吃点，打点吃点"那声音，与滚烫飞溅的铁流，变成了群众想要的锄头、镰刀、菜刀、斧头、刀铲……

老字号何氏商铺就在这条街上，系两层的天井屋，天井两侧的隔壁是木板制成的，里面摆着本地的土特产。此时顾客很多，何老板正乐呵呵地忙前忙后。他们祖上殷实厚道，故而商铺建得雅致，几百年长盛不衰。

杨氏祠堂也在附近，石阶三级，前面是一对四方砖柱，后面是一对木柱。简单古朴，不事装饰。

潇贺古道从中原给岭南带来了许多工艺和文化。工艺是为了服务于民，服务在潇贺古道上的商贾旅客。岔山村的传统民族工艺生产流程深深地吸引了我，例如岔山村酿造米酒的地道工艺，岔山村传统制作豆腐工艺流程也很筋道，独树一帜，值得一看。

岔山村的石雕文化，同样精美绝伦，浸润着潇贺古道多元的文化元素，具有很高的艺术欣赏价值和文化研究价值。一个圆圆的古式榨油大碾石，立在长满青苔的墙上，纹理清晰，上边有一个浮雕的五角星，既实用又美观。路边有一长方形的石雕，第一幅是碧波上左右各有一条鲤鱼跳出水面，中间是一轮红日，寓意鲤鱼跳龙门。中间一幅是麒麟抢珠，麒麟分列左右，两边缀有中国结的龙珠在中间。第三幅画的是荷叶田中鸳鸯戏水。三幅都是采用浮雕的手法，刻工细腻，线条优美，巧夺天工。岔山村的门当石鼓也与众不同，下面是长方形的石础，侧面用浮雕的手法雕着雄狮、花卉，上面是大小两朵祥云，托着一个圆扁的大石鼓。路边散落的一对石墩也很精致。一个长方形的石墩，正面下方雕刻花纹，上方为"禄"字，侧面下方雕有花纹，上方雕刻花开富贵。另一个石墩正面下方也雕着花纹，正面雕有一个"福"字，侧面下方雕着花纹和仙鹤登枝。两个石墩都是采用浮雕法，技法娴熟，惟妙惟肖，合起来，寓意"福禄寿喜"，彰显了潇贺古道中原文化、岭南文化、楚越文化、珠江文化的大融合。

精明的岔山人越来越觉得"岔山古驿站"是一个农家乐旅游的金字招牌。他们对景点的布局煞费苦心。每一个细节，都能够吸引游客的眼球，每一个摆设都尽量满足游客好奇的心理。

瞧，前面一间屋的墙上就悬挂着一串串的白色和紫色的蒜头；黄色的苦瓜；绿色的黄瓜；红色的辣椒。尽管是塑料的，但是农家的味道却扑面而来。这些是我们耳熟能详的东西，是农家宝。我们看了倍感亲切。

在一个木板橱窗上，是一个斗大的"寿"字，里面是一个个小的寿字，活脱脱一幅百寿图。人们纷纷坐在寿字下合影。

我们走走停停，看见前面有一个酒馆，不禁走了进去。店铺的展台上摆着一排陶罐酒，上面吊着几个葫芦。店铺里一个个酒缸一字排开。遥想当年，车马劳顿的马帮、商贾旅客风尘仆仆到来。他们会对酒店里吆喝一声："掌柜的，来一坛米酒，再来两斤熟牛肉。"掌柜的对店小二一番吩咐。店小二一甩肩膀上的毛巾，满脸堆笑吆喝："客官楼上请！"来一坛米酒，再来两斤熟牛肉！他们一颗漂泊的心在这里得到了片刻的安宁。

岔山村博物馆是岔山人匠心独运的一个新景点。博物馆是用一天井的瑶族"三间堂"房屋建设成功的，这个不起眼的麻雀博物馆，也让我们眼前一亮。

走进博物馆的大门，绕过天井，前面是岔山村人杨氏的神龛，雕龙画凤，古色古香。左右摆放着太师椅。走进左右厢房，依次是岔山人日常生活的展品，有石磨、石舂、风车、锯子、凿子、斧头、犁、耙、箩筐、米筛、鱼篓、蓑衣、织布机、纺车、厨柜、铁锅、老虎灶……在这里，你会想到过去岔山人刀耕火种、锄山挖岭的生活。

博物馆里岔山村传统竹编工艺展品美观大方，精巧耐用，有着悠久的历史，是岔山人手工艺的灵魂。它富含着当地瑶族、汉族劳动人民辛勤劳作、智慧的结晶，竹编工艺品分为细丝工艺品和粗丝竹编工艺品。竹编所用竹丝断面全为矩形，在厚薄粗细上都有严格要求，厚度仅为一两根头发丝厚，宽度也只有四五根头发丝宽，根根竹丝都通过匀刀，达到厚薄均匀、粗细一致，观者无不赞叹。

岔山村妇女织布的历史由来已久，古时织布是为全家老少提供制作服装、被褥等的原料，随着生活条件的改善，织布已经演变成为岔山村各家各户增加收入的一项生产活动。目前，岔山村内各家均有织布机，各家妇女均以擅长织布为荣，手艺最优者为蒋玉翠。每到夜晚和农闲时节，家家户户都传出织布机的响声。织出的布被游客买去收藏，八宝被、八都帕、瑶锦、布鞋等织品成为游客的"香饽饽"。

一番游览下来，我们感觉饥肠辘辘。孩子们闹着要喝油茶。我们走进了一家油茶馆。店家热情地招呼我们入座。我们点了这里的美食：油茶和梭子粑粑。梭子粑粑是用糯米蒸熟捣烂后所制成的一种食品。糍粑是用熟糯米饭放到石槽里用石锤或者芦竹捣成泥状制作而成。

我把茶壶提起，倒向青花瓷，碗里是淡青色的油茶，茶不茶汤不汤的，妻子问："这个好吃吗?"我说："等一下你就知道了。"我把碗端给她，她用小匙鼓捣了爆米、葱花、粿条打底的油茶，抿着嘴巴轻轻地喝了一口。"嗯，好吃!"妻子心花怒放。孩子们夹了白色、紫色的梭子粑粑，直呼好味道！我说："这些是用富含硒元素和花青素的紫薯弄成汁，再和糯米粉和成面，用胡萝卜、肉作馅做成的粑粑。还上了中央电视台的《味道》栏目的美食呢。"

　　岔山村出村尾之路当地人称为玉米路。整体上看，路面泥土与石块像拨开的玉米，路上的一颗颗石头就像玉米棒上的一颗颗玉米粒，饱满而有味。这玉米路曾经亲吻过秦始皇的萧萧战马，历朝历代马帮、驼队的铁蹄。玉米路位于古村落的外围，通往湖南方向，明代时是在如今的湖南与朝东村民外出经商、运送货物的必经之路。这条古道有的地段已经被行人废弃了，遗忘了。这些路段被岁月这把杀猪刀剁得七零八落。它们在山林野岭间销声匿迹了。这条蜿蜒盘旋的古道虽已老态龙钟了，但秦兵的车痕还在，古道上的人嘶马啸还在，古道上的嘚嘚马蹄声还在，古道上的传说故事还在。

　　潇贺古道最初于秦始皇二十八年（公元前 219 年）冬建成。开通后，使陕西咸阳到岭南成为兵运、商贸的铁血大动脉，使长江水系和珠江水系贯通，并成功与"海上丝绸之路"对接。从此，岭南的茶叶、八角、草药、水果等特产通过潇贺古道运往中原，而中原的瓷器、珍珠、玛瑙、丝绸等物品也源源不断地运往海外，漂洋过海到南亚、中东、欧亚大陆……

　　那些挑夫、车客、放排手、保镖、镖局、票号、银庄、客栈……也应运而生。他们在这条道上苦心经营，出生入死。收租的东家坐在车子上，伙计坐在辕杆上，口中一声"驾——"，手上一甩长鞭，轮子就吱溜吱溜地在麻绳一样的古道上走，述说着马王堆出土的地形图上标绘着遗存的一条古道不朽的传奇。

　　杨氏井在岔山村庄外围无声地奔涌，因当时主要是杨氏族人建造，故称杨氏井。杨氏井与岔山村同龄，井水甘甜，至今仍然是岔山村民的主要取水点。

　　岔山村的非物质文化遗产主要是舞狮。岔山村的舞狮与福溪的舞龙相对应，每年除夕夜开始，至元宵节结束。表演期间，村里的年轻人每天晚上都会聚集在一起，将自己一年来所学的演艺绝活向村里人会演，大家互相学习，以艺会友。舞狮表演持续不间断地去其他村子里公演，展示本村的武术与舞狮相融合的技巧，增进两村的友谊。到元宵节那天，舞狮者都会在表演一段精彩的舞狮后，当场把狮头烧掉，寓意新生，来年再重新做一个狮头，与之前保留下来的狮身组合成新的狮子，继续舞狮献瑞助兴。

岔山村原住民主要是瑶族，有着悠久的历史和灿烂的瑶族文化，有许多古老的传说、动听的瑶歌、优美的舞蹈，让你如痴如醉。瑶族妇女擅长织染、刺绣，她们的服饰花纹图案精美，富于变化。村民热情好客，凡是进家的客人，都会受到尊敬和热情款待。岔山村每年会选定一个好日子过节，在过节这一天，每家每户都会邀请亲朋好友到家中相聚，并准备丰盛的食物和自家酿的米酒来款待嘉宾。岔山村选定的过节的日子是由村中德高望重的几个老人在当地一个古老的丰山庙通过占卜择吉完成的，时间一般定在冬至后。

农历四月初八是岔山村的祭牛节，传说是牛王的生日。这天，家家吃"牛王粑"和糯米饭，同时还要把这些好吃的食品拿一部分给牛吃，辛苦奔波的牛会放假休息停役一天。主人杀鸡宰鸭、备酒饭到牛栏前祭牛神，继而用糯米饭喂牛，以示酬谢。

岔山水街观景廊亭、关隘烽火台、云峰瞭望塔、湘楚军兵会盟台虽是新建景点，倒也很有特色，值得一游。

在岔山古村，总有一些故人，一些事物，一些力量，让你一遍又一遍地追寻古道的风骨和意义。它的繁华在千年前名噪一时，今天，人们挖掘古道文化，期待3000多年线装书般厚重的古道沿村沿市复兴发展。

游览了岔山古村，我的感受是：愿做岔山人，不愿做神仙！

藏在深闺里的龙家大院

绵羊似的云在碧空中悠闲散步，葱茏的大冠岭山紧紧地相拥，视线在湖南省新田县十五公里远的枧头镇砠岭村大冠岭山腰间交集，龙家大院的高大墙院历经几百年风雨的洗礼，虽是斑斑驳驳，但芳华不减当年。

幽深古巷，小青瓦在顶上诗意地栖居，硬山顶搭配高耸的风火墙引人注目。大院内亭台楼阁，精致的木雕，凝重的古罩壁，无时不在拨动人们那根乡愁的情愫……当我一脚踏进这个被专家誉为"中国传统乡村的活化石"的龙家大院时，一下子就被它外观的美和内在的美所震撼。

龙家大院的先祖叫龙伯高，名述，京兆（今陕西西安市）人。汉光武帝二十五年敕封为零陵太守。在零陵郡任上工作了四年，甚有治效。龙伯高"孝悌于家，忠贞于国，公明莅临，威廉赫赫"。时逢刘秀光复汉室之初，内乱还没彻底消除，而英勇无畏的伏波将军马援正挂帅，欲把南方少数民族"五溪蛮"起义一举粉碎。

而龙伯高的管辖区零陵郡附近就是主战场。当时郡内人心惶惶，民心不安，龙伯高就是在这样的背景下走马上任的。他贴出安民告示，安抚郡民，自力更生，发展生长，对当时箭在弦上的战争局面有所缓解。面对马援军队供给困难、军饷断发的紧急关头，龙伯高把夫人头上的金簪断然变卖，充当军饷，极大鼓舞了将帅的士气。龙伯高在零陵励精图治，百事躬行，广施仁政，法德兼治，率先示范。零陵郡一时生产发展，郡兴民旺，百业俱兴。他前后两次巧妙平定了郡内的骚乱，以清正廉洁、克己奉公、宽厚待人、求贤若渴、修身齐家的为官之道，彪炳千古。公元 88 年，龙伯高去世，葬于零陵司马塘。

龙自修当时是龙伯高的守墓人，大约在宋神宗元丰年间（1075 — 1085 年），他和家人从零陵风尘仆仆迁徙而来。在黑砠岭村大冠岭山腰立寨，成为龙家大院龙氏的始祖。龙家大院村民都姓龙，系东汉刘秀王朝零陵太守龙伯高的后裔，而龙自修就是龙家大院的创始人。到了明朝中期，族人增其规模。

清道光年间，龙云沧秉承"敦厚周慎，勤俭持家"的祖训。他以两亩薄田起家，与三个儿子早出晚归，披星戴月，艰苦创业，勤奋起家，又大兴土林。

依山而建的龙家大院六十余栋，呈"三厅九井二十四巷四十八栋"的格局。龙家大院的先辈们把儒家思想天地人和谐的精髓，环境学与建筑规划学有机地融入龙家大院的每一个角落。村庄的左边是青龙山，延绵数十里山色葱茏如同青龙，龙头在与新田县相邻的宁远县白云岩，岩口酷似龙口，龙尾在新田县毛里乡青龙峰，山上灌木苍翠，不时随风飘摇，极似龙尾。村右是白虎山，山势险峻，顶有古堡，虎视眈眈方圆数十公里。非常地符合中国南方传统古村落依山傍水、一面临水，左青龙、右白虎，背后靠山、门前玉带（河流）绕的风水学说。因为大院前无河流，为了弥补这一不足，那就在院前挖一口塘，蓄水聚财。月塘就这样应运而生。

龙家大院村口是一汪约三亩的月牙塘，用一块块上百斤重的大青石作为原材料砌就。塘面宛若初升的月牙，月牙塘不见入水口，却终日波澜不惊，流水不绝，水面清澈如镜。塘前，辟有4亩多的水田，像农家常用的撮谷进仓的农具——撮箕，寓意年年撮谷入廪、岁岁丰收。村子临街，呈扇面般一字排开，有护院墙、吊脚楼群，有两个巷口和楼门，村后有高达数米的两层护墙与外界隔离。

离村不远，是古村牌楼。从远处看，牌楼与古代文官所戴官帽相差无几，上手书"龙家大院"苍劲大字。踏着月牙塘边宽丈余的锃亮的青石板前行，便来到素有"传统乡村活化石"之称的龙家大院。10多米高的龙家大院门楼气势恢宏。如果紧要时刻关上大门，便没有别的门道进入龙家大院。门楼两侧青砖墙院上留有多处一寸见方的枪洞，如有意外发生，村民在里面便可射发枪弹、箭自卫，可谓固若金汤。门楼连着鸡犬相闻，连着锅碗瓢盆，连着江南般的景致。

始建于明朝的龙家大院古建筑布局整齐划一，功能区分科学合理，三厅九井、二十四巷四十八栋明清建筑如同迷宫。建筑风格和模式统一谐和，每座房屋既自成一体，又独立成院，一户一朝向，一户一巷道，户与户之间有过廊相连。它犹如藏在大山中民间版本的"紫禁城"。每栋房屋都由门房、堂屋、厢房组成，之间由天井、屏门、鼓壁相隔。房屋均马头墙高耸，砖缝勾成纵横划一的直线，大门两侧由大小相同的巨大青石组成门墩，供过往商贾游者休息。客厅和堂屋的门额上，极尽儒雅，楷书的堂名"得趣庐""顺聚""蟠龙""舍和""景运""旋马"，就像一个个包厢，张扬着屋主人的喜好与个性。面积在4平方米以上的墙头彩绘更富特色。图案有"兵书宝剑""日神月神""御书""福字"……墙角石又名角柱，肩负着保护房屋墙角的作用。龙家大院的墙角石上，大多用浅浮雕的手法刻有寓意"福传万代""太极八卦""万代平安""暗八仙""福禄寿禧"之类的图案。

大门两旁的木窗上无一例外雕刻镂空木雕，写实而不夸张，惟妙惟肖，呼之欲出。袅袅炊烟、阵阵香味从屋木窗里爬出去，柔柔光线、微微空气从木窗里溜进来。内天井可谓精巧绝伦，天井正下方由青石与青砖建成"回"字形，四面整整齐齐，不见细微的排水孔，可即便是大雨倾盆，落地即泻，不能不让人拍案称奇。天井上方蓝天中放牧着一群绵羊，几只飞燕加入队列。

村庄正中，有一座名叫"敦厚堂"的大堂屋，寓意"追思敦厚周慎的先祖大德"。这座堂屋宽敞适用，青砖铺的地板，后墙设有神龛，主人逢初一、十五或佳节都会燃香纸，敬酒茶，上粮糖美果，供奉先祖。大堂屋里有天井，既能采光，又能聚天地日月星辰、风霜雨雪之灵气，表明祖先很追求生活的本质。天井的出水口狭小而隐秘，但过水阴沟却畅通无阻，让人感到古人无穷的聪明才智。而阴沟排出的水则汇入村前月塘，暗喻聚财，肥水不外流。月塘里可以养鱼，水映屋影，鸟虫鸣叫，这是一帧多么富有诗意的画面啊！月塘蓄水，还能给古村落防火、浇菜、饮牲畜。大堂屋的大门联就出自主人龙启葆之手："居同靖节先生宅，家衍零陵太守风"。他们希望自己像陶渊明那样，住着"方宅十余亩，草屋八九间"的陋室，倚窗手不释卷，温一壶秋色品茶听曲，羞答答、娇滴滴的妻子，淘气调皮的孩子相伴，"养身、敬义、礼仁、行道、雅志"足矣！龙家人对理想生活的憧憬、向往，实在令后人仰慕。遥想当年一酸枝木罗汉床就摆在房间里，平滑油亮的床板，后面为"凸"字形，中间是浮雕的花板镶嵌着一满月形的大玉盘，左右又有一浮雕的花板镶嵌着一正方形的大理石，床的左右拦板也很有气质，对称式的三组浮雕，众星拱月般地镶嵌着小的圆形、长方形和扇形的大理石。穿红绸衣的龙启葆正在慢条斯理地观画。他的太太正轻轻地帮他捶背，驱走一天的疲劳。

建筑大堂屋的主人名叫龙启葆。他先后在武汉美专和上海美专就读，系著名国画大师刘海粟的得意门生。他画的梅竹形神兼备，呼之欲出。1929年，龙启葆学业有成，返乡创业。他带头募捐，修建龙山学校，并聘请六名教师，教育周边百余名乡民的子弟。回乡后，龙启葆一直担任新田县救济院院长一职。新中国成立后，龙启葆被县政府委任为土改委员及政协委员。

正是通过几代人的苦心经营，龙家大院才有现在气势恢宏的规模。

置身龙家大院，仿佛立于耕读传家的乡村文化的展览馆，质朴的文化气息时时扑面而来。家家门首都留有先辈们手书的遒劲有力，与日常生活情趣息息相关，对仗工整，词字质朴的对联。这些楹联书法风格各异，有柳体、二王体、颜体、欧体，永州的书法家何绍基的字体也囊括其中。对联中包含着"楷、行、草、隶、篆"等字体。这在同类古民居中实不多见。龙家大院的居民枕着流淌墨香的共128幅古对联入梦，闻着书香出门。有对联描绘龙家大院居民生活的"诗礼相会端本务，耕桑以外不关心"，宛如是"走进小楼成一统，管它春夏与春冬"的境界。有的对联是龙家人对理想生活的憧憬，如"居同靖节先生宅，家衍零陵太守风"。有的对联教育人们向陶渊明式的圣人学习，学习圣人的高风亮节，如"虚心几圣域，继志学文渊""爱重休教让伏波，虚几久己推文挚"。有的对联教育族人明理诚信，如"进得其门孝悌忠信，出由是户元亨利贞"。有的对联描写亲情无价、天伦之乐，如"悦亲戚情话，盼庭柯怡颜""酒熟知己千杯少，茶多能使诗清"……

徜徉村中，一幅一幅细心读之，不觉身临其境，感受到先辈们甘守宁静的志向、敦厚的家风、豁达的内心境界，让人顿觉远离尘嚣。古朴大气的龙家大院，六十余栋房屋宽敞适用，不追求豪华装修，追求的是恬淡自然、返璞归真的风格。这和龙家大院的始祖龙自修从敦厚周慎、谦约节俭等"八德"的言传身教，代代相传有关。村中遮天蔽日的香樟静悄悄地听着鸟鸣，古柏翠冠拥抱着风姑娘，118 株树龄 300 至 1000 年不等的古树，这些村子中的原住民，又是一道迷人的风景。

"坐堂听书""丹凤朝阳""榭楼垂钓""双珠撺朝""狮子望楼""五代同堂""秀涧藏龙""葫芦晓月"是龙家大院舒雅的古八景，虽历经千年，依然四季蔚为大观，四时妙趣横生，魅力四射。龙伯高后裔水墨丹青画里的家园，现在成为人们向往的理想家园。

秀水状元村

早就慕名秀水状元村是素淡的乡野中一处人文蔚起的古村明珠了。一个晴川之日，我风尘仆仆而来，一睹她清幽灵性厚重的芳容。

秀水村往南走三十公里就到富川瑶族自治县县城，往北走两公里是湖南省江永县桃川镇，往西是横亘绵延的都庞岭山脉和闻名潇贺古道的"龙虎关"。历史上，这里属于"潇贺古道"富川段的东侧区域，和岔山、秀水、老朝东、老古城等古村落连点成线，是历朝历代中原王朝进兵岭南的交通枢纽。

秀水胜状，首先在于山水之美。以"秀峰山为中心环建的村子"错落有致，村子旁边的邻居"秀峰山、蟠龙山、仙娘山、象鼻山、叠彩山"唇齿相依。山上绿树成荫，苍翠欲滴。都庞岭秀峰河的源头活水，不急不缓地流经秀水村。

唐代开元十三年（724年），浙江衢州府江山县进士毛衷，在贺州任刺史一职。毛衷的大儿子毛云留居贺州，季子毛傅继承父亲遗愿，迁居秀水，繁衍生息，成为秀水毛氏始祖。

屈指一算，毛氏族人在这里已繁衍生息了一千多年。今天的秀水村已经是一个支系繁衍，分为安福、八房、水楼、石余四个自然村，总人口 2339 人的大村子了。

从秀峰山上俯瞰，但见 300 多座小青瓦、马头墙、飞檐翘角的明清古民居，吸纳了徽派民居的基因，多为砖木结构，有的是硬山顶，有的是歇山顶，正脊、斜脊上垒着小黛瓦，两边戗脊有半月形脊饰。这些古民居在秀峰山周围影影绰绰；八座古色古香的古门楼意趣悠悠；三座美不胜收的古戏台此时无人表演，归于沉寂；五座蔚为壮观的宗祠，一座状元楼等 35 万平方米的古建筑像一副副山水画轴，在你眼前徐徐展开。

建于清代的秀水村水楼戏台，在秀水河畔，秀水状元楼正对面。戏台坐北朝南，戏台整体为砖木结构，木柱抬梁，飞檐翘角，歇山顶，小八黛瓦盖顶，一扇木板把前台与后台隔开，前台用四根瘦柱与后台间木板隔墙组成表区。人们在这里，感受古戏曲里的帝王将相、才子佳人、善恶忠奸……

绿水边，一棵横卧的"过江龙"，树干遒劲，从村外如一蛟龙，腾空跨越秀水河拥抱秀水村。龙树旁边有一小桥，桥树相辅相成，如双龙呈祥。水楼戏台旁是一方小坪，用鹅卵石铺设而成。秀水状元楼便在秀峰山下。步入大门便是一莲花池。莲叶挨挨挤挤，荷花素雅高洁，与飞檐斗拱、雕梁画栋的状元楼交相辉映，蔚为壮观。状元楼青砖黛瓦、飞檐翘角，具有江南楼宇和寺庙的特点和建筑风格。由上殿、下殿和庭院三部分构成，大门上方挂着三块金字牌匾，居中是一块"状元及第"，"文魁"匾分挂两旁。

一代状元毛自知，身穿大红大紫的状元袍，头戴宋式状元帽儿，右手捧着书卷，双目炯炯有神，慈眉善目，端坐在上厅殿堂正中，接受后人的馨香和拜谒。时光穿越回开禧元年（1205 年），南宋都城临安，温暖的风梳理着堤上的杨柳，阳光在琉璃瓦上撒下一房一层碎金，龙椅上的宁宗赵扩皇帝知道今天是殿试的日子。每年的这些天，全国各地的学子都来到这里，希望能金榜题名。而作为一国之主，他也希望在殿试中选出一些出类拔萃的人才。

赵扩不会忘记靖康之耻。而他的文臣武将，有的主和，有的主战，这些声音让宁宗皇帝左右摇摆，举棋不定。

时任军国平章事的韩侂胄是力挺主战的。这次殿试上，他把目光投向了参考的各地学子身上。有的在掩卷沉思，有的在笔走龙蛇。评卷时，韩侂胄对一个叫毛自知的考卷看了又看，文章力透纸背："出兵抗金，恢复中复"。这些肺腑之言，引起了他的共鸣。国家正需要这样的人才啊！韩侂胄认为南宋能出这样的俊彦，何愁国家不强盛，于是心中"大悦，遂擢（毛自知）为第一"。

宁宗赵扩对毛自知大加赞赏，颁昭钦定他为乙丑科状元，第一甲第一名，封为承事郎，签书镇东节度判官。毛自知平步青云，迎来了他人生中的第一个春天。

毛自知走马上任后，面对朝中主和及主战的声音，他陷入了沉思。就着案上指甲花大的灯光，他铺开纸，提笔写起出兵抗金、恢复中原的奏折来，直写到鸡鸣。他在案上眯了一会，天刚蒙蒙亮，就把奏折差人送到京城。

赵扩皇帝对毛自知旁征博引、豪情万丈的奏折边读边点头。透过这张奏折，他看到了毛自知忠心耿耿、文质彬彬而又不失坚定与果敢。他想，南宋若多几个像毛自知一样的爱卿，北伐收复中原那可就指日可待了。

不久，宁宗权衡利弊后，采用毛自知的策略，决定正式出兵伐金，收复中原。开禧二年（1206 年）五月，宁宗下诏北伐金朝。干练敏捷的韩侂胄，亲点精兵，启动了"开禧北伐"的大幕。

士气高昂的南宋军士，重拳出击，大败金兵，初战告捷。那晚，在庆功宴上，主帅韩侂胄与毛自知推杯换盏，好不快活。

而接下来的事，却让毛自知始料未及。由于韩侂胄用人不当，措置欠妥，让宋军节节败退。

前线失利的战报，经一匹快马，送到了宁宗皇帝的手里。

朝野上下，主和的浪潮席卷而来。这让赵扩连吸了几口凉气，金銮殿上，宁宗皇帝面露难色，最终，他选择了议和。更苦恼的是金人狮子大开口，索要苛刻。

韩侂胄说：皇上，前次北伐，我用人不当，愿受军法惩处。我愿戴罪立功。毛自知也力挺再度北伐，克复中原。

奸臣礼部侍郎史弥远不是一只好鸟。他入后宫与杨皇后密谋，设计杀害了韩侂胄。可怜一代忠臣，精忠报国却落得个身首异处，首级被函封送到金国的谈判桌上的下场。噩耗传来，毛自知几度哽咽，这个与自己推心置腹，家国天下地长谈，与自己肝胆相照的相处的韩主帅，死得好惨啊！

韩主帅啊！毛自知对着乌云密布的天，长跪长哭！

朝堂上，群臣面面相觑。

嘉定元年（1208 年），南宋宁宗皇帝差人与金议和，签订了丧权辱国的"嘉定和议"。主战派主将苏师旦在广东"诏斩"，毛自知也迎来了他人生的第一个沉重的打击。1208 年（嘉定元年）三月，毛自知被剥夺了状元，降为第五甲，官职由正八品以上的京官"承事郎，签东镇东军节度判官"降为"监当"。毛自知的父亲毛宪从六品京官也受株连而被罢官。毛自知迈着沉重的步子，走在新的任期上。他一下子就瘦了，白发一夜间多了不少。

北伐失败，主帅遇害，奸臣当道，小人得志，毛自知被狼子野心的阴谋家击得崩溃。

嘉定五年（1213年），被时局击倒的毛自知，如灯枯油尽，他目光望向北方，眼睁流出几滴浑浊的眼泪。这朵昙花，终于枯萎。毛自知生于宋孝宗淳熙于酉年（1177年）三月二十五日子时。他在嘉泰四年（1204年）甲子高中举人。他陪伴地球三十六年，心忧天下，不愧为永远的状元。昔日"先天下之忧而忧"、才华横溢、胸怀大志的状元郎毛自知，峨冠博带，走在古道上，原以为有朝一日为朝廷分忧、为民谋福、一显身手，可现实却是奸臣当道、小人得志。当他失魂落魄，痛苦地消失在人们的视野时，我们不禁为一代英才叹息。

秀水状元村的古民居被誉为"宋元明清民居露天博物馆"。秀水的民居大多采用砖瓦木结构，白石灰勾缝，马头墙，小青瓦，一般为三间并列的楼房，中间是厅堂，作为安奉祖宗祭祀用的神龛，背后是木制长楼梯；左右两边厢房分前后两节，左间前节安灶膛作厨房用，后节作卧室，右间作套房。有些一般在三间平列的前面设计一个天井，天井前起堵墙或增设几间客户，"四水归堂"的天井两边起厢房，厢房靠天井的隔板上有明雕、透雕、阳刻、阴刻、浮雕的鱼、龙、花、鸟、蟹、凤等寓意吉祥的浮雕，或精美绝伦的古典彩墨画；右侧是大门，有的是用圆形、六边形、正方形柱础顶木柱，门额两旁画有美轮美奂的装饰画，门额正中写有"景运繁昌""五畜兴旺"等飘逸苍劲的字匾，大门两边攘有文辞优美、格调高雅的楹联："月朗清风玉树芳兰花五月，星辉云璨祥麟彩凤瑞千秋"等。在屋顶前两侧及歇山顶装饰有龙凤龙鱼及日月云纹堆塑，显得气宇轩昂、端庄、肃穆。秀水人的楼上以堆放谷物的粮仓为主，若是人口多的家庭，未婚男女青年一般都住在楼上，所以在秀水仍流传这样的民歌词："九步楼梯十步上，步步上到妹绣楼"。

秀水村共有四座毛氏祠堂。八房毛氏祠堂始建明嘉靖二十六年（1548 年），于清同治五年（1857 年）和民国十八年（1929 年）两次维修，现存保存较为完好。祠堂有"游芳世奕"匾于康熙三十三年（1695 年）立。进士堂（八房祠堂）由前殿、正殿、厢房、大坪和戏台组成一个景区。进士堂正门前上方设计了一座似秀水状元楼式的两层飞檐翘角阁楼。阁楼后是两头镶耳墙的歇山顶厅堂。青砖小瓦，在青山间格外引人注目。

位于青龙山下的秀峰诗院，面对秀水河，与状元楼、进士堂呈"品"字形格局，隔河遥相辉映，蔚为壮观。周边的状元岩、赐福祠、神童墓、青龙山、仙娘井、仙泉湖众星拱月般交相呼应，让人顿觉秀水古村人文的厚重。

西洋式的吉浮嘉门楼，中西合璧，美不胜收。表面，这里过去是潇贺古道熙熙攘攘、客似云来的一个驿站。

登瀛风雨桥始建于道光八年（1829 年），是一座由 380 块巨大青石筑就的石墩风雨桥，原桥上有石狮 88 个，中段有盖顶桥阁。新建的三墩四孔登瀛风雨桥是仿迴澜风雨桥的雏形建成的。桥廊、桥亭和阁楼都是仿照迴澜风雨桥的样式复制建成。人们走在这风雨桥上，远看山峦叠翠，听鸟雀虫鸣，近观阡陌纵横，庄稼拔节，河水淙淙，壮鸭戏水……一边品茶唠嗑纳凉，顿觉心旷神怡、神清气爽！

江东青石板拱桥始建年代无据考证。于清光绪十六年（1891年）和清光绪二十八年（1903 年）间，进行了两次维修，现保存完好。

秀水村现存古戏台四座，即水楼戏台、八房戏台、坦川戏台、石儒戏台。现存建筑为明代所建。古朴高雅的石儒戏台，建在秀水源头的清水潭边。石儒戏台是富川最古老的古戏台家族成员之一。从泉眼里流出的水，样子像山东的趵突泉一样，汩汩而出，默默滋养了秀水这一方人。村里戏台上，几个泥腿子正在演一场彩调，那耳熟能详的唱腔，让人忍不住笑了：人在世界不怕穷，呀哟噫哟不怕穷呀；只要主意哪呼嗨呼嗨噫打得通哎，九冬十月，我就卖凉粉，哟噫哟，卖凉粉呀！五方六月哪呼嗨呼嗨噻，就卖火笼哎……

秀水村人耕读传家，崇文尚儒，也是一大人文美景。毛衷及其子孙从浙江江山县迁到广西，江浙人士好学拼搏的种子，也在秀水村发芽、长叶、开花、结果。全村共建有四所私塾书院，分别是山上书院、鳌山石窟寺书院、对寨山书院、江东书院。

毛基，号履齐，宋嘉定年间进士，官至宋会稽太守。南宋理宗前期、宁宗后期当过大夫。江东书院是毛基由太守辞官回乡，嘉定十三年（1220年），他在秀水河的东边灵山脚下建立的一所书院。江东书院是学员心目中的圣地和殿堂，在秀水做出了很大的贡献。元代元贞元年（1295年）的进士毛商芝，还有毛章彦，明朝万历乙未（1595年）中进士，曾任贵州按察司布政使。这些都是书院培养出来的高足。

秀水毛氏祖训为"敬君师，孝父母"。他们一训子弟务生理，二训子弟守法度，三训子弟忠厚俭用，四训子弟读律。他们的先祖来自浙江衢州江山县，深受科举文风的熏陶。他们把读书明理，兴家旺族当成族人的兴家之本。

正因为秀水村的人尊师重教，所以人文蔚起。自唐代开元以来到清光绪年间，秀水村毛氏族人共考取二十六名进士，即：唐代毛承吟、毛延瑀、毛延锋；宋代毛焕、毛元、毛维瞻、毛篦、毛雍、毛浚、毛杭、毛奕、毛必达、毛崇、毛璋、毛壎、毛基、毛新、毛恭、毛振、毛宏、毛经；元代毛商之；明代毛章彦；清代毛亮。其中：毛焕，景德乙巳科，知梅县；毛承吟任刑部郎中，后任秘书监；毛云，同榜进士，国子监祭酒；毛延禹任朝散大夫；毛维瞻，天圣甲子科，知潮州；毛延铎任大理寺评事；毛维蕃，庆历丙戌科，知襄州；毛章彦，于明朝万历己未科荣登进士榜，任四川布政司参政。另外秀水村还考取了 27 名举人。自我国恢复高考制度以来，秀水村共有 120 多人考取全国重点名牌及普通大中专学校。

鹅卵石镶嵌成一个大花坪，节日里笙歌蝶舞，热闹非凡，村中的大坪旁从左到右排列着三座古门楼，分别为建于明代早期的清官楼、建于明代中期的淳风楼、建于明代晚期的倡学楼。三座门楼造型美观、格调高雅，古朴中见别致。

悬挂有"文魁"金匾的"清官"门楼下，立着一对高大锃亮的墨色雕花石鼓。仔细观赏，你会发现，其中一个石质滑润，线条流畅，墨中锃亮，精工细作，为正品；另一个却色泽暗淡，石质略逊，为雕工粗犷的仿制配品。

进士门楼的最大的"功德石"石鼓，为深蓝大理石精制而成。由于世事沧桑饱经历代人抚摸，鼓面变得光滑如鉴，圆润清凉。由于石鼓来自云南大理，所以石鼓的底座上刻有云南大理的宝塔、士僧、云彩等美丽的图案与花纹。

每年农历九月初八、初九的状元、太尉出游，秀水一时间万人空巷，人流如潮。集科举文化之美、田园山水之美、乡风文明之美的秀水八景：三江涌浪、灵山石宝、眼兔藏烟、天然玉鉴、青龙卷雾、螯岫仙岩、大鹏展翅、化鲤排云，成为人们到秀水寻幽探秘的最好去处。也成为中国美术家协会副主席、广西政协副主席、广西艺术学院院长、漓江画派创始人黄格胜先生那副长达15米，笔法娴熟流畅，色彩斑斓，高雅隽永的惊世国画之作《地灵人杰秀水村》的创作素材原乡。

2016年6月23日，根据广西本土作家朱东、张越创作的长篇小说《股份农民》改编的电视剧在朝东镇秀水村实景拍摄，更是让秀水声名远播。2020年9月22日，一部以秀水村门楼石鼓的故事创作而成的新编古装桂剧《石鼓传奇》汇报彩排。这部桂剧重点突出了秀水村的家规族训，刻画了毛贞德为清正廉洁、勤政为民的高大形象。

当我恋恋不舍地走出秀水村，游完了秀水状元村时，毛自知的形象在我脑海中更加高大起来。

田广洞村探奇猎葩

　　在湖南省永州市道县祥霖铺镇南部，有一个以田多地广而取名为田广洞村的村子。

　　这个距今已有700多年历史的山村，与笔架山村、郎龙村相邻，却是久负盛名的潇贺古道上有着一个重要的文化符号的古村落。

　　殷实的陈姓族人系秦始皇的后裔，元末明初移居于田广洞村。他们的古民居历经700多年的风雨剥蚀，逐渐褪了昔日的芳容，但风韵犹存。村中的民宅大多为三间堂的模式，房子入门的石刻门槛很考究。有的门枕石刻，下面是浮雕的如意祥云，上面是麒麟献瑞的图案，也的是浮雕的图案，如金凤展翅、鹿鸣南岭、凤栖梧桐等。有的石墩下方雕刻着对称的如意祥云，上方是浮雕的雄狮戏球，造型凹凸有致，笔法娴熟，线条如行云流水，具有一定的艺术水平和研究价值。木门有两扇、四扇之分。均是上为镂空的窗棂，窗格加工美化成菱形，各种花卉、小动物点缀其间；窗下是长方形的浮雕花板，门雕细部雕法自然，内容丰富，有镂空的双层喜鹊登枝图，有浮雕的花开凤翔图，有镂空的双龙戏珠图……下半部多为实木。厅内柱下的垫石，往往被加工成各种精美的形状。有的饰以素雅的线脚，有的雕着圆形的莲瓣。石础形状有六边形、鼓形、正方形、长方形。实用性和审美性相得益彰，非常漂亮。

结着疤的歪脖子树上，几只喜鹊正洗耳恭听一个汉子唱歌。屋檐下，别具一格的童柱，让人眼前为之一亮。下面是精雕细琢的浮雕龙，龙头颔首低眉，惟妙惟肖。龙头上是一根细柱，下部如一个胖娃蹲坐，头大而圆，一手握拳，放在膝上，另一手则举起。屋内的其他木质雕件也是龙腾凤翔。有的镂空的门窗上配着扇形的浮雕花卉，有的花板图案却是阴刻的锦鸡高歌。

青砖黛瓦的墙，灰的砖多，但也有不少黑砖，黑和灰相得益彰，却感觉墙也有了几分妩媚。石灰勾缝，屋顶坐了山头，檐下粉了几十厘米墙，并在上面用蓝、绿、红三色画了花纹。也有的房子在歇山顶的左右两侧，用石灰塑成浮雕图案，如双龙戏珠。龙头向下，龙尾朝上，左右对称，也用红、蓝、绿染色。墙上的壁画很多，内容丰富，图案不一而足。外墙的门窗多为仿欧式。上面为半圆形，凸出的部分用砖砌成弧形，并用石灰塑形，下面画有"太极图""河东狮吼"等图案。窗格内是五根圆木做成的窗栏，雕成一节节的形状，寓意生活节节高。

精致的马头墙上也用石灰塑了花卉和瑞兽。屋脊正中是一个石灰塑的宝葫芦。"寿"字形的瓦当在下面滴水，很有古韵。屋舍外，落光叶子的老树在深冬的灰白空中，如一幅精美的白描，颇有"枯藤老树昏鸦，小桥流水人家"的韵味。树下，几只鸡悠闲地在找虫吃，老人们在树下打着桥牌，好一幅万古风情的水墨画。

还有些砖木结构的房子年久失修，已破落到青苔长满断壁残垣的残状；有的片瓦无存，空留内部木结构，好像五脏六腑全露了出来。木柱、木梁、木檩、木椽、斗拱等主要构件，几乎裸露，颓废的木架上爬满青藤。昔日名门望族的高雅房子，如今成了芳草萋萋的公寓，乡愁从这古民居上爬了下来。

锃亮的磨刀石在屋檐下的过道里。一位老伯伯在晨光熹微中，把钝了、倦了、诱了的镰刀找出下，蹲下身子，娴熟地从磨刀石旁那盛满月光清辉的盆里，用手捧了点水，浇在磨刀石上，然后用左手捏住镰刀尖，右手捏住镰刀柄，一前一后富有节奏地磨。那些锈迹斑斑的水就从磨刀石上流下来，倦了、诱了的刀刃终于磨砺出耀眼的锋芒。他用手在刀刃上试了试，感受还不够利，埋头，又在磨刀石上磨砺了一阵。这是伯伯出工前与镰刀的一次交流与对话，变得锃亮的镰刀是他今天劳动效率高的保证。

在这样的古村落里，一年四季，都是田园生活。

春天，男人们披着蓑衣，背着曲辕木犁，赶着车儿，有的是开着铁牛，穿过金黄油菜花的田野，冒着牛毛细雨耕田。肥沃的泥土一圈一圈地翻转过来，像一行一行的诗句。女人在秧田里扯秧，等男人耕、耙好田，两人又弯下腰，做着"退步原来是向前"的农事。

夏天，男人、女人拿着镰刀，像沉甸甸的稻子一样弯下腰割禾。隆隆的打谷机声是庄户人最爱听的小曲。骄阳下，晒场上，麻雀比辛苦的农人捷足先登，先尝新谷的味道。

秋天，汉子们在瓦房里修着农具，有时也打几圈牌儿。贴心贴肺的女人在灶台上精心烹饪了几个小菜，温上一壶好酒，犒劳犒劳在土里刨食的男人。

冬天，男人女人把打黄豆的连枷，把四腿笔直、翘着鼓风舱屁股、张着长方形大漏斗口的风车，把犁、耙、镰刀、锄头等收拾好，准备欢欢喜喜过大年。那些花生种儿在房梁上望着春风。

而香酥的粿条、腊肉的美味、油炸的豆腐、喂了一年猪草的本土猪的腊肉……是男人女人冬天里养精蓄锐的"冬虫夏草"。

看完古民居，我们再去看鬼崽岭遗址。遗址在距离田广洞村东南一千米的地方，是田广洞村一个诡异的文化符号。接下来，我们将开启畅游石像秘密的旅程。

在鬼崽岭西北方向，一些风化严重、面目全非的鬼崽岭石像分布面积约 100 平方米，200 余尊石像形态各异，其中以"交趾"居多，高 0.2 至 1 米，雕刻粗犷，年代不详。

清朝光绪二十九年时，当地秀才徐咏撰写了唯一的记载这些石像的《栎头水源坛神记》石碑。石碑云：有奇石自土中出，俱类人型，高者不满三尺，小者略有数寸，千形万状……然能祸福人、生死人……此阴兵也，夜从山下来，闻鸡鸣而化石……

新石器时代至元代大大小小、高高矮矮的石俑漫山遍野。这情境是多么庄严、多么令人震撼。及至细看，在莽莽林海，一群密密麻麻的石像立在树干、滕枝下。褐色的落叶间零零落落的石像虽然斑驳陈旧不堪，但它们昔日的威风英姿至今仍依稀可见：大部分石像颅顶尖削，前额突出，深陷的双目，高隆的鼻翼，丰隆的颧骨，突出的嘴部，这些生理特征与汉魏时期"高平人像类似"。有的文官，头戴高冠，身着朝服，双手握着朝笏；有的武官，身披铠甲，头戴盔帽，仗剑天涯，或手握大刀，半蹲呈休憩状，表情毫不懈怠，好似随时响应集结号立马出征；有的静坐聆听；有的站立侍卫；甚至有的石像为孕妇造型，形态雍容高大，腹部高隆，头束巾，双手抱腹；骑象将军又跟远古关于南方楚粤战争的传说如出一辙……那阵式，活脱脱是西安秦始皇陵兵马俑的模拟缩小版。

2008 年年底，中央电视台第十套《科学探秘》栏目播发了一期关于湖南永州道县田广洞村鬼崽岭古石像群的专题节目。这期节目仿佛一块石头丢进了一池春水里。节目一经播出，一时成为专家、学者、市井小民茶余饭后的热门话题。这么多的石像为何隐匿深山老林，这些由文官武将组成的庞大石俑里究竟装着什么玄机？

当考古人员用洛阳铲等工具把北部四号探沟长 13 米、宽 4 米的区域进行地毯式清理出来后，埋在土层下的 272 件石雕像重见天日，还意外收获了盏、碟、盘、碗等具有唐宋风格的青瓷、釉陶器物。而南部的三条探沟内，尽管考古人员掘地"三尺"，仅收获了几件石像或其他文物遗物。三号、四号探沟出土的石像，加上地表上的石像，目前田广洞村鬼崽岭上的石像数量也就几千尊，分布区域总面积约两百平方米，石像群的核心分布区域约为一百五十平方米。和媒体炒作的情况大相径庭。

有着丰富考古经验的考察队长吴东顺认为，从石像层共存陶瓷器、食器、酒器、油灯等组合的关系，显而易见，这是一处十分独特的祭祀遗址。在这处遗址附近有一株 270 多年的枫香树。从古文献记载，结合传统的民俗及民间祀典综合考证，可以推测遗址与枫香树的存在，推测出这鬼崽岭遗址是当地的一处"祭坛"。而从发掘出土的雕像风格与地表遗存的石祭桌以及祭桌两旁的供奉的雕像比较，又不难发现，这鬼崽岭遗址受祭的主体，明显存在着缘于文化变迁上的时代差异。鬼崽岭遗址的石像 95%用石灰岩雕刻，外表灰白色，纹理细腻，偶尔也有红砂岩那暗红色的石像。但大理石、花岗岩材质的石像稀少。鬼崽岭的石像采用了大写意的圆雕手法，打、啄、磨等技术综合运用。面部五官轮廓模糊，具有朦胧美。有的石像服饰已经有了唐朝后期的显著特征。它的模样倾倒许多的专家学者。

面对这些石像，刘中华在《田广洞村、山鬼》中写道：

这千年的道场，走累了的亲人

把前身和传说埋藏在这里

把最初的信仰和最高的善供奉在心中

把配得上不能言说的秘密

隐藏在风里

考古队在遗址的外围调查也斩获不少有用信息，在湖南永州很多乡镇目前仍遗存许多类似的遗址，比如：松柏镇水美村潇水岩社坛、允山镇回岗村鱼口社、兰溪乡黄村鼎天宫社坛、江永鬼崽岩等都有几尊至数十尊不等的社神石像，由此看见田广洞村的石像文化受祭祀舜帝的熏陶。

考古队经过为期 18 天的田野调查和考古勘探工作，终于让鬼崽岭遗址的谜团拨云见日：鬼崽岭遗址的神像是为了表达对神灵的敬畏，祈福消灾，逐渐形成了夏、商、周几个朝代的祭祀舜帝的民俗文化，这是整个古苍梧地区共有的文化现象。作为一种神秘文化，在当今所称潇水或永明河中下游地区得到了蓬勃发展，并一度昌盛无比。但随着原住民的大规模更替，物换星移，这种独特的文化现象在不同的地理区域内或销声匿迹，或变异，或边缘化。正如同高崖悬棺，神秘莫测。石像群是一段神奇的载体，是人们的一座精神的高地。

舜生活在原始社会。传说姓姚，名重华，字都君。出生地一说在姚墟（今山东菏泽）。尧帝询问天下的有用良才，四方诸侯首领都推荐舜。尧把自己的两个宝贝女儿嫁给了他，并暗中观察舜治国理政的才能。舜为尧帝默默办事二十个春秋，又代尧行政事八载，尧帝死后，舜即天子位，成为中国上古时代的部落联盟首领。治都蒲阪（今山西省运城市永济）。他给禹、皋陶等一班贤臣分配了具体职务，任人唯贤，治水、农业、礼仪、刑法、工务、渔牧业、音乐等各方面，都有人掌管，各司其职。舜帝在位39年，为人处世，治国理政，皆以德为先导，以和谐为依归，一生追求和合、和平、和谐。他在职期间，政通人和，生产发展，百姓遵纪守法，天下大治，盛极一时。《中庸》子曰：传去世于南巡途中苍梧之野，葬于江南九疑山（今湖南永州市宁远县）。可见舜帝丰功伟绩，尤其值得岭南人民纪念。这些石像随着舜帝的离世而深埋地下，而它的重见天日再次让我们领略了石像昔日的王之威严、骁勇英姿。

遥想当年，石匠开山采石，用墨斗打线，采出石材，再用石材因材施艺，锤子、凿子在石上发出"叮叮当当"的声音，石粉飞花碎玉。石匠只制作粗犷的石像，对细部却不做细腻处理，让人看着粗犷与自然并存，整体感和节奏感如影随形，又把石像运来鬼崽岭。他们是多么聪明和智慧呀！鬼崽岭石像是工匠智慧的结晶，也是南方文化与中原文化碰撞的产物。原汁原味的石像，折射出当时人们审美的需要，人们精神层里入骨入髓的需要，它是田广洞村还原当时乡间民俗的根脉，是探索历史价值的源头活水。2013年，鬼崽岭遗址被列为第七批全国重点文物保护单位。

田广洞村的这些石像是那个时代的一个文化瑰宝，它的秘密，就是未曾面世的篇章，等着你去写。我希望年轻一代成为民族文化的代言人，让民族文化在世界舞台上熠熠生辉！田广洞村有着精美古朴的古建筑，淳朴恬淡的田园风光，加上又有神秘莫测的鬼崽岭石像群，引发了许多学者、专家、游客慕名纷至沓来，破译她神秘的密码，一睹她"庐山真面目"。昔日有着诡异色彩的鬼崽岭，已经涅槃重生为一处文化底蕴深厚的探奇猎葩之地。

古村奇葩勾蓝瑶寨

一块清朝乾隆二十二年（公元 1757 年）的石碑上刻着这样一行文字，道出勾蓝瑶寨名字的由来："予祖昔居万山中，山勾联透，溪水伏流，色蓝于靛。"

湖南永州市江永县兰溪瑶族乡勾蓝瑶寨瑶寨千多年来，是一个保存非常完好的勾蓝瑶人祖居地，有"世外桃源"之美誉。

勾蓝瑶寨由大兴、上村、黄家三个自然村组合而成。整个瑶寨呈龟形，总面积六平方公里。

勾蓝瑶明朝时曾经不接受朝廷的规划入籍，他们与朝廷官兵奋起激烈的反抗，这让大明朝廷很伤脑筋。朝廷军队对广西、湖南等地的瑶民起义持续进行了长达几十年的镇压，爆发过当地人所称的"勾蓝瑶诏安大战"。明朝问鼎中原以后，明太祖对瑶民继续实行招安政策：明洪武二十九年（公元 1396 年），勾蓝瑶被朝廷虎威征服入籍，封号"清溪、古调、扶灵、勾蓝"为"永邑四大民瑶"。此后朝廷招部分瑶民为兵丁，主要职责就是屯田戍守湘粤隘口，防御广西富川、恭城等地的瑶民。通过"纳粮不差""因功免役"等手段，实行"以瑶制瑶"。清溪和古调，负责镇守龙虎关；扶灵瑶把守梅母、白竹等隘口；勾蓝瑶负责守石盘、斑鸠两大关隘。正是先祖被朝廷招安入籍，促成了这个山环水绕、城堡式的美丽村寨，从此族人在此繁衍生息了 40 多代，到现在成了一个 2900 多人的大寨子。正是这一形制，其后陆陆续续共有蒋、黄、欧阳、何、周等十三姓在此定居。

勾蓝瑶寨的外围是大青石垒成的 2000 米左右的逶迤城墙，（现存千余米）。湛蓝的天空下，高两丈的石城墙依山势而建，到明朝嘉靖年间，全部建成，花费了多少的钱与汗水呀！城墙关隘口建了 9 座石城门，城门上建有守夜楼，居高临下。楼内布有警钟，遇有风吹草动、匪寇来犯，守夜人就鸣钟报信，当洪亮的钟声响彻村子上空，寨中兵丁携器蜂拥而出，保家护寨。寨城门是厚约两寸的实木板门。每当天空露出鱼肚白，就由守门人徐徐打开，夕阳西下，再由守门人闭合，碗口粗的铁棒作为门闩。寨城门与寨子中的守夜屋、关厢、门楼浑然一体，使勾蓝瑶寨形成一座坚固的城池。从九墙十门通往外界的岔路总共有十五条青石板铺就的路。其中八条通江永本县，另七条通往广西。

勾蓝瑶寨村口古城墙正大门，是全寨第一道防御工事。其余的石墙门都在这一范畴。而如今，这些门，被新时代解除了武装。现在村中大门常常打开，拥抱那些来猎奇的游客，拥抱着各种方言土语的人们，拥抱时尚聒噪的汽车进村。也送走村中那些怀揣家长卖农产品换来的钱，提个小包，加入"民工潮"的青年人。一张张高额汇票，从青年人打工的城市长出来，成为留守儿童的学费、留守老人的医疗费、建小洋楼的启动资金、娶媳妇的礼金、买小汽车的钞票。

黄家湾石墙门，位于黄家湾，离宝塔寺遗址 30 多米。石墙高 4 米，长 60 米左右，石墙厚达 4 米，城门高 3 米、宽 2 米。是明洪武年间被招安后，村民守御石盘隘防御两粤的必经要道，也是通商要道。

石头坳石墙门，是通向广西古驿道的咽喉。元大德年间，瑶族女英雄"李三娘"（原名李月娥）率领女兵，在这里与元兵大战。

与旗山相距 200 余米的阳家背石墙门，长 160 米，高 3.5 米，宽 3.5 米，担负着村子安全的重任。

第二道防御工事是守夜屋。石头街守夜屋，占地 12 至 15 平方米，高六七米，分为上下两层。下层有大门把住路口，上层设置有瞭望孔、枪眼。守夜者负责大门白天开、夜里关，并对过往人员严查盘询。另一座叫纪桥头守夜屋。

关厢是勾蓝瑶寨介于守夜屋内和门楼外的第三道防御工事，建筑方式类似于守夜屋，但规模比守夜屋小。

进入门楼，你才算是真正进入勾蓝瑶寨居民区，因为门楼是勾蓝瑶寨的第四道防御工事，确保门楼中的人家在平安中过日子。

建于明万历十年（1580 年）的欧阳门楼，为一层六柱门楼，门楼侧墙上写有黑色的"福""禄"二字，字上面的图案创新为鹤头，寓意长寿，图与字暗喻"福禄寿禧"。

位于石头街的一层两柱砖木结构杨氏门楼，上方似一只黑色的蝙蝠展翅托梁，下方又有两只麒麟面向临柱。南边石础刻有"福、禄、盈、门"字样。他像一位老者，从明万历二年（1574 年）走来，成为一道风景。

建于明嘉靖二十一年（1542 年）的欧阳氏黑门楼，像一个打坐的老人，一层为直角屋檐，二层是三重翘角的屋檐，像大鹏展翅。雕刻技艺一流，美轮美奂，曾经因为道光年间欧阳瑜、欧阳恢禅高中进士后，悬挂有三块"进士及第"匾额。

位于黄家村的黄蒋军门楼却因陋就简。黄家小门楼小巧玲珑，立在黄家村麻斋圩四方井旁。打黄豆的连枷；四腿笔直，翘

着鼓风舱屁股，张着长方形大漏斗口的风车……在被人遗忘的
角落。

历史上，不管是黄巾军、广西瑶民起义、张献忠叛军、太平
天国运动，还是日本鬼子入侵等兵燹匪患，都没有彻底攻破这座
瑶寨的防御体系，敌人只能望勾蓝瑶寨兴叹，绕道而行。这些都
是乡村里含金量最高的古建筑。

勾蓝瑶寨不仅有科学的防御体系，而且自然景观优美，风光
秀丽。

首屈一指的当属"兰溪八景"。勾蓝瑶寨一步一景，处处都
潜藏着中国传统古村落的文化脉络气息和风水玄机。勾蓝瑶寨的
古民居建筑群，见证了瑶族社会发展过程中人与自然和谐发展的
有机统一，是原生态、次生形态、人文景观、人居建筑、自然景
观有机融合的典范。一只发情的猫儿在没有了烟火的老房梁上约
会，它把逮老鼠的光荣任务给抛到了九霄云外。雄鸡展开双翅，
跳上了屋檐下码得像麻将一样的火砖上。这是多么有诗意啊！

勾蓝瑶寨周边的车屋山、人平山、呼雷山、望月山与寨中大
小一百多口水井巧妙结合。蒲鲤井是兰溪的源头，位于上村古戏
台旁。井水清澈湛蓝，十根牛绳也探测不到井底，这一景区包括
戏台、瑶池春水、夫妻树、洗泥池、石鼓登亭、千年古榕等景
观。瑶寨时常有着蓝蓝的天，近观是碧蓝色的，远处却又成了瓦
蓝，山间绿树婆娑。红墙黛瓦的亭台楼阁、奇形怪状的石头在蒲
鲤生井前的水潭里静影沉璧，令人叹为观止。潭水常年碧绿，水
面波平如镜。虎跳石在河床中，像是一条拉链。

在一座老房子里，一位大婶用一条精致的瑶族背带背着孙
儿，嘴里哼着瑶歌。孙儿在她动听的瑶歌中入梦了。大婶手中的
棱子在线中穿来穿去，她的右脚起，左脚踩下；左脚起，右脚踩

下。踏板发出"咔嗒咔嗒"的声音。她织的布，有些给了女儿做嫁妆，有些给了游子做寒衣，有些孝顺了老人给做成了被子。

清水庵古井位于顶天宫社坛旁，水质清洌，这些泉水为勾蓝瑶寨平添了不少妩媚。古城墙门、盘王庙、上村的花海，姹紫嫣红，千娇百媚。

正是夏日炎炎，遮天莲叶的荷田里，荷花在一米阳光下灿烂地露出了笑容。人们走在花丛中，闻着荷香，赏着荷花，心情舒畅，其乐融融。水车在河岸边慢慢地转动，发出"吱嘎吱嘎"的声音。慕名而来的人们可以赏荷，其乐融融。

狮形湖碧波荡漾，湖水清澈，如一颗璀璨的明珠，风光旖旎。既有饮用水、养殖、灌溉功能，又有观赏、休闲、旅游功能。洗泥池边的相依相偎、情意绵绵的夫妻树，吸引了多少人的目光。本地土话让外地游客如听天外来音。村中的老人尝试与游客说几句普通话、桂柳话。

勾蓝瑶寨人文景观丰富，是一大亮点。勾蓝瑶寨建寨以来，共建有5座古戏台，建有盘王庙、相公庙、老虎庙等66座寺庙，前后延绵了五个朝代。寨内古迹繁多，有400余块古碑刻、8座庵堂、3座古阁、5座寺院、13座祠堂、25座古门楼、20座商铺、9座读书屋、4座守夜屋、12座凉亭、1500多棵百年古树……建于明万历二年的杨家门楼，古意盎然，给人以质朴、肃穆的感觉。崇祯八年建成的回龙阁，宏敞精丽，给人以轻盈协调、舒展明快的韵律美。

庙宇宗祠文化，从一个侧面反映了勾蓝瑶敬畏神灵、敬奉祖先、尊重传统和聚族而居的族群特点。建寨伊始，村民就开始建设盘王庙。后来，经过扩建、修葺，盘王庙方有今天的规模。走进庙里，但见盘王庙庙柱粗大，斗拱厚实，琉璃瓦在阳光下闪闪发光。庙两旁各 7 间厢房耀眼生辉，后殿 5 间堂台楼式大雄宝殿流光溢彩。

　　老虎庙最有价值的是保存在左厢房和后殿内的多幅元朝、明朝时期的彩色壁画。画面中的瑞兽、飞鸟、游鱼、昆虫、鲜花，惟妙惟肖，栩栩如生。特别是以战争为题材的画面，既有很高的艺术观赏价值，又有较高的学术研究价值。有的画着硝烟弥漫，旌旗猎猎，人嘶马叫，鼓角争鸣，群雄逐鹿的场面；有的画着军队班师凯旋，百姓夹道相迎，欢庆胜利的情景。画面中的兵器、战马、人物、战袍、战场画笔细腻。由此可见，勾蓝瑶寨是一个崇文尚武的村寨。族人至今都爱弄枪使棒，强身健体。村中出现了不少男女老少组成的健身团队，有男拳大刀、双刀、长矛、长棍、打坦耙、剥坦队；巾帼不让须眉，女子们也组有女子拳、女子棍、女子刀队。他们利用农闲时排练，利用节日以武会友，增进友谊，自得其乐。

　　相公庙民俗表演厅，原是唐太宗李世民所敕建的，距今已有 1380 余年的历史。大殿是三层式建筑，五月十三"洗泥节"，在这里可以看到精彩纷呈的舞龙、耍狮、舞蹈、芦笙长鼓舞、观音坐莲、开莲、短鼓舞、竹竿舞、起人塔、肚承人、狮子穿门楼……

　　位于大兴村的木龙祠，壁画高近 3 米，长达数十米。古时，从永明上甘棠到广西，要从大逻村何家坳城墙经过，然后跨过培元桥到广西。培元桥集休憩、观光、防御、别离站等功能于一体。几个老人正在桥上唱《十月花》：正月里来，正月花；正月的新官坐旧衙；文武百官来送礼，十盘果品九盘花。二月里来，二月花；二月里阳鸟叫喳喳；一来叫起阳春早，二来叫起桃李花……

　　总管庄碑林博物馆，建于元至正元年（1341 年）。在这里可以看见文人墨客的许多书法精品。

弘治十一年建成的龙泉观建筑群极富特色，于古朴中透着灵气，形成了"寺古钟尤古，峰高送远音。山鸣僧入洞，谷响鸟投林。竹径通花径，禅心契道心。碧潭空映月，任我浣尘襟"的风景线。

始建于大清乾隆二十二年（1757年）的旗山庙戏台，坐落在蒲鲤生井旁的绿荫下，是上村欧阳、周、蒋、何姓族人举办庙会、节庆活动唱大戏、搞晚会等的地方。

除了蒲鲤生井，村里还有位于石尖街守夜屋前的猪搂井、位于麻斋圩中心的四方井、位于瑶寨文明中心的让泉井等。

勾蓝瑶寨风雨桥，现存12座，形成"人行三里观十亭，水流百步过八桥"的奇观。

位于村口寓意一方复兴的培元桥，于清光绪二十二年（1896年）建成。拱桥长虹卧波，成为美丽的勾蓝瑶寨亮丽的风景线。在桥头凉亭10米远的地方，有一座让泉巷牌坊，即何氏进士坊。坊前有"碧涧鱼龙"的照壁。兰溪村总八坊内出过何文彬、何文彩两位进士。

位于寨子中心区域，在桥头祠堂附近的桥头风雨桥古色古香，也有自己的特点。

寨中石板巷道旁有古色古香的明代"四方凉亭"。桥两边是长木条制成的长凳，让过往的樵旅商贾休憩，遮风挡雨。全木结构的亭，飞檐翘角，分为上、中、下三层，远远望去，好像一顶高高在上的官帽。亭前青石块的台阶中，青草浪漫地站满缝隙，路旁更是芳草萋萋。亭后的古民居质朴、简单，是一种不事雕饰的自然之美。

石鼓登亭是勾蓝瑶寨最高的亭楼，始建于大宋年间，道光八年（1828年）重建。两层十六柱的黑凉亭，也是一座美丽的亭。

当代作家赵丰说，一个祠堂，就是一个家族史。的确，祠堂是一个家族凝聚力和信仰的载体，它承载了许多治理功能。人们在这场所里祭祀先祖；商议本族扫墓、修谱等大事；对族人进行劝学、助学等教化；对不孝者进行究治，对出轨者进行严办；在这里进行红白喜事的操办，娱神娱祖，人们对盘王的纪念、祭祀、图腾……勾蓝瑶寨的祠堂由大厅和天井构成。天井装饰有诗画，两旁设有伙房，购置了锅碗瓢盆、桌椅板凳。现存的桥头祠堂、黄家祠堂、欧阳祠堂、蒋家祠堂、永兴祠堂，就是承载家族凝聚力和信仰的场所。

古时的勾蓝瑶寨，那石头街、麻斋圩、上村三条古商业街的故事，一火车也装不下。当东方的一轮旭日，如绣球般抛出地平线时，店主就打开门面，开始吆喝一天的买卖。清香四溢的小吃店里，豆浆正飘动着热腾腾的气味，那香甜的南瓜粑粑刚出锅儿，味儿筋道。日上三竿，人们肩挑背扛农具、土特产、小家禽云集这里。瞧那鲜嫩的蔬菜、鲜活的家禽、白净的大米、饱满的黄豆……一下子吸引了不少人前来讨价还价。

古街上一些诸如"回春堂""书斋""绸缎庄""当铺""酒肆""磨坊"……都在这里应运而生，几个仗剑天涯的过客走进一个酒肆里，沉浸在"天不管地不管酒馆，赢也罢输也罢喝罢"的酒局中。穿红绸袍子的少爷托着一只鸟笼进了一个酒店。那店老板说："少爷，你可来了，赛金花这些日子老念叨着你，整天吃饭好比吃沙子，吃肉好比吃树皮了。"少爷哈哈大笑。那个扛了木头走十几里山路到街头卖木头的汉子，在此刻抛了抛到手的钱儿，他和一个女子匆匆地消失在小巷里。

历史上，勾蓝瑶胞是不与外界婚配的，但有男子做"上门女婿"的风俗。寨中通常一个姓氏，建一个门楼，居民往往在一个姓氏集合门楼里群居。门楼建得精致典雅。精美的抱鼓石、美轮美奂的梁枋雕花，让人眼前为之一亮。每个门楼与主干道垂直，并与十三条纵横交错的次干道相连。民居就建在次干道两边的小巷左右，形成互帮互助、团结协作、共荣共存的生活态度与和谐发展的理念。你看，那个新婚铺床的司仪，正手拿鸳鸯被铺床歌唱："一进屋来亮堂堂，主家请我来铺床，一铺鸳鸯戏水，二铺龙凤呈祥，三铺鱼水合欢，四铺恩爱情长，五铺早生贵子，六铺儿孙满堂……"主家乐得合不拢嘴。

勾蓝瑶寨还有独特的习武传统，尤以瑶家女子拳、男子刀舞、棍舞最为精彩。除正常的节日外，逢做鸟节、尝新节、洗泥节、中元节、盘王节、牛王节等，每节必戏，每节必舞。在节日期间，勾蓝瑶胞或跳起大鼓舞，吹响芦笙，集体欢庆；或耍龙舞狮，走村串户，甚至请来本地戏班唱上三天三夜，这些习俗一直沿袭至今。

最重要的是去看洗泥节的压轴戏"摸鱼"。蒲鲤生井流出的水潭里，分成上中下三个水潭，潭里的水已经被人为地弄浑浊，增加了摸鱼的难度。放入潭中的几百尾大鱼正在浑水中遨游。一声令下，人群中许多男子脱了外衣，露出健美的身躯，纷纷走入水里，边游边摸。他们左摸右追，有时与他人嬉水，打起了水仗。那飞花碎玉般的水花，使潭面变成了暴风骤雨的场面。摸鱼变成了短暂刺激欢乐的"泼水节"。池中手脚触着了鱼的人，把鱼追赶到一角落，来个鲤鱼打挺，双手抱出一条大鱼，于是立刻获得众人的鼓掌和喝彩。

勾蓝瑶寨虽在明代招安就有了优抚政策，但无论哪个朝代，都比不过新中国成立后对勾蓝瑶寨的重视与扶持。在上级帮扶下，村里成立了乡村旅游开发公司，成为湖南省乡村旅游扶贫、全国旅游扶贫示范项目。社会在进步，勾蓝瑶寨在变化。勾蓝瑶寨的明天，一定会更加美好！

苏荆故里清溪村

萌渚岭上一剪梅，苏荆故里几时回？

淳风天镜清纯露，人间仙境世难寻。

这首诗写的是湖南江永县源口瑶族乡清溪村，作者把清溪村比喻为人间仙境。清溪村背靠横亘湘桂两省的天仙草原燕子山。从山间流下的溪水穿过山岗，穿过林丛，叮叮咚咚，淙淙而下，溪水清冽，沿着清溪的建筑群外围奔向远方。村子故得名清溪村。

清溪村历史悠久、源远流长，自唐、五代时期，瑶族一支就已在这里聚居，初步形成了古村落。清溪瑶早在明代洪武二十九年（1396年）受朝廷招安下山，接受王化，这是瑶族史上最早接受汉文化教育、最先学习汉农耕技术、开化最早的一支瑶民。所以，清溪族人重教兴学，注重修身治学、耕读传家、孝廉勤俭、尊老爱幼，勉励子孙学而优则致仕。入村的"淳风敦古"牌坊，就是基于这样的道德观念而兴建的。

清溪村在建村选址上，讲究风水格局。清溪古村背靠石龙山，依山而建，南倚燕子山，风水学称"靠山"；北与都庞岭遥遥相望，风水学称"登高望远"；东有珠江出水源"清溪源"，江水长流；西连龙虎关，龙虎关为古代的镇峡关。蓝蓝桃河水、清江水、古源水从村的南北东西侧流过，水流的外侧皆为布满植被的高山，清溪村就镶嵌在中央，像一颗翠绿的翡翠焕发出夺目的光芒。

阴阳先生云："气乘风则散，界水则止。"意思是说石龙山为清溪村提供了源源不断的"生气"，溪水环绕，可以使气行有止。但清溪村前视野开阔，毫无遮拦，由此兴建文峰塔势在必行。清溪文笔塔始建于乾隆四十六年（1782年），系清溪全体瑶民筹资兴建的。站在塔下仰望七层浮屠，塔影穿云，每一层的檐上都长了些杂草、小木。青砖中泛着绿，绿意中闪着新颖。塔影穿云，鸟鸣花盛，美不胜收。站在塔内底层往上看，青砖层层叠叠收缩，犹如一个大铜钟。

文峰塔的砖块设计有7种：正方形、长方形、三角形、梯形、扇形、圆形、花瓣形，这就给砌砖的师父提供了便利。师父们根据拱门、转角、装饰的需要，不必操心切割、劈砍的烦琐工作，需要的部位砖信手拈来。对于通风、采光，工匠在东西方向开有相对的拱门和气孔。塔的八面外墙都砌有13条用砖砌成的凸凹线条。每个角采用青石打成弯翘的石条并装上围栏。拱形的塔身结构，不用一点木料，就使塔具有了牢固性、坚固性、稳定性，使塔不易走形。从底层设置了螺旋环绕向上的塔梯，既方便，又科学。塔梯、塔通道设计成两环八角形。七层塔每层都有拱门，其中弧形拱14个、三角形拱8个。拱道22个。文峰塔的塔心顶高3.7米，内心直径2.4米。塔心殿朝南砌有高1.6米、宽1米的拱形神座位，供奉着文昌帝君、太上老君各种佛像。出于安全考虑，塔外设置了护栏。站在塔护栏外，山川之美，飞禽走兽，云卷云舒，花木芳华，尽收眼底。一位大爷坐在石墩上，手里的二胡正在拉着桂剧《三娘教子》的唱段音乐，一位大娘呢，正挥着手儿，手里哼唱着南路慢板……

清溪村落布局严谨，原貌保存完整，文化气息浓郁。清溪村原有 3 座古朴、庄重的大门楼，随着时光的变迁，守在村东的上阁坊建有孝友堂，站立村西的下阁坊早已淡出人们的视野，毁掉真可惜！如今仅存围里坊这一门楼了。麻雀在两层的门楼上对歌，拱形的大门里，几个小孩背着书包走出古门楼。古门楼的门楣上，有黑底白字书写的门额"淳风敦古"。敦促族人在淳厚朴实的风土人情里，规规矩矩地安居乐业。150 多栋保存完好的明清时期古民居建筑群，每栋独立成院，用青、红两色烧砖砌就的翘角飞檐以及高高的马头山墙，凸现湘南农村古建筑风格。整个建筑群坐北朝南，其中有 52 间四合院，院内为木质结构的房子，厅堂、居室的门雕、格栅、栏杆上都雕刻有花纹，十分精美。

湛蓝的天空下，村中 50 余栋明清古三合式天井院民居坐北朝南，光芒四射。堂屋居中，厢房分列两侧。院墙和堂屋、厢房合围成天井。清溪民居，重视对大门的装饰。大门前是辅助的栅栏小门。其形式有单扇、双扇，少数居室也采用四扇。纵向高度是大门面积的二分之一到五分之三之间。上段用棂子或图样做成格芯题材，下端则系裙板或浮雕。大多民居采用门罩型的门楼，用青砖叠加的技艺出挑，顶上覆盖黛瓦。门上方横梁的门簪，左边是乾卦，右边是坤卦，寓意四季兴旺发达。横梁与门楼之间，安置一块门匾，采用彩画题字加以装饰。村中的"芝蘭其室""紫芝别墅""雍熙第""居之安"就是如此建造的。

天井面积约为两丈五尺见方，青石条镶边，按金钱、阴阳八卦等图案，采用鹅卵石镶嵌铺面而成。天井的阳沟用于排水，天井还有采光、通风的功用。厢房分列在天井两侧，分成上下两间，地层住人，楼层堆放东西。儿子成家立业后，就分枝散叶，另立门户，居住在东西两侧的厢房里，形成家族。一套天井门楼式结构民居，往往是儿孙满堂，儿孙绕膝，三代、四代同堂。正厅左右开有门，贯通左右厢房，正厅天井前设有一座屏风，厨房一般建在东边。房屋的梁枋装饰为冬瓜柱与撑拱相结合的独特结构，进行单色土漆和简易雕刻。正厅房梁上有鹅颈形的构件，飘逸洒脱。房屋的瓦脊及飞扬的檐上都绘有花纹图案。屋顶左右两侧以及正门屋顶曲线则采用浪漫情调的反翘曲线大屋顶的模式，轻盈飘逸，直指蓝天，与宽厚的房身、阔大的台基组合，呈现一种协调美、韵律美。

如果自家大门正对人家房子，清溪人往往会在门前通道前建一堵照壁，配上龙凤诗文，取呈祥驱邪之意。墙体用青砖或红砖砌，白石灰勾缝，给人以"朴素而天下莫能与之争美"的感觉。总而言之，清溪的古民居建筑古朴典雅，天井石条铺花，窗棂雕凤刻龙，照壁楹联意韵高雅，寓意喜庆吉祥的花卉、动物、器具图案比比皆是，寄托他们对幸福、富裕、吉祥、如意的追求。他们喜欢"福寿双全"，便刻上蝙蝠、寿字；喜欢"三阳开泰"，便雕上绵羊；喜欢"五世同居"，便刻上雄狮瑞兽；喜欢"五福临门"，便雕上五只飞翔的蝙蝠；喜欢"吉庆有余"，便刻上雄鸡游鱼……

清溪村民田有兴，是个放排的高手。他放排常走的航道是从清溪、源口到梧州，从中挣取放排费。天长日久，就挣得腰包鼓了。有了钱，又见过大世面，田有兴就请了8个能工巧匠，来家里建房。"芝蘭其室"于乾隆四十年破土动工，前前后后历时8年，总共耗银60万两才建成。那用巨大的青石板铺成的大门，门上方题有"天苑发彩"几个流光溢彩字样的门匾至今仍然光彩夺目。"芝蘭其室"木雕上有 8 幅栩栩栩如生的画，这些画是农耕文明的具体体现。雕刻的技艺有阴雕阳刻、浮雕镂刻，刀法娴熟。图案的内容丰富多彩，有上京赶考、刘海砍樵、闺秀探郎、喜鹊登枝、铁拐李打酒、鹊桥相会、姜太公钓鱼、读书耕田等。雕法细腻，线条流畅，层次分明，表情丰富，呼之欲出。色彩美轮美奂，恰到好处。

清溪村的民居，凡木皆雕刻。木雕手法有阴刻、阳刻、镂雕、深浮雕、透雕。天井两侧和堂屋前的隔扇门窗、挑枋、挂落、亮子等是雕刻的密集区域。门簪是正门的眼睛，在一座房子中，起画龙点睛的作用。清溪村正门的门簪，横截面有圆有方也有六边形，端头的图案有祥鸟瑞兽，有福禄寿喜，有阴阳八卦，有乾坤字样……隔扇门的芯仔和绦环板上的图案主题各异，有的是刘海砍樵，有的是喜鹊登枝，有的是闺秀探郎，有的是上京赶考……

占地 1400 多平方米的首家大院，气势恢宏，蔚为壮观，是首高典于咸丰十年建造的。沿着鹅卵石铺成的路，走进这座古民居，但见左右两边都是首家聚集居住的房子。大院又套着小院。比如，首家大院中，就套着一个大清光绪八年建的居之安小院。大院中的字"午情允韻""補拙山房"清晰可见。从一架 100 多年的古木楼梯上到楼上，看见一些长方形的小砖窗，砖窗用于采光、通风、攻击兵匪。首家大院，在 2011 年 1 月，被列为湖南省级文物保护单位。那青砖黛瓦、砖木结构、抬梁式的构架的老屋，成为画家写生的母水，或成为作家笔下的亮迹。

在教师岗位干了 48 年、年近古稀的退休老教师田万载既是非物质文化遗产瑶族长鼓舞的传承人，也是清溪瑶博物馆自费创始人。他历经 10 年，将村民无偿捐献的文物分门别类，珍藏在自己家面积 500 平方米的三层楼房里。这个面积不算大的村级博物馆,共有 10 个房间陈列这些藏品,共有明清至今的各类文物 1 万多件。田万载说,农村建房拆下的老物件,烧掉太可惜了,所以就想收藏起来,让子孙后代记住清溪文化,记住乡愁。田老师还说,72 岁的刘文清老人,把一块清朝同治年间的"好义急公"牌匾捐给了他。乡亲们的义举,鼓舞了他开办清溪瑶族博物馆的信心。田老师用 8 个月的时间布展,按照瑶族文化发展沿革,分成狩猎、刀耕、农耕、教育、民俗等 10 个主题展厅,内容包罗万象,涵盖了村里的民风民俗资料,明清、民国、新中国成立初期等不同时期的字画、地契、委任状、民国身份证,还有各种家具、农具、匾额、田契、证书、器皿、雕板、布艺等各类农耕用具、农村生活用品。这些展品淋漓尽致地展示了清溪瑶的文明史、文化史、智慧史、发展史。

在这批藏品中,有两块木制的雕版,其中一块扁长形的雕版两面均刻有字,另一块呈柱状的雕版则四面雕刻。两块雕版上的内容既不是儒家经典,也不是瑶家信仰,而是佛教典籍。上书"药师光佛"等内容,全部文字皆为正楷字,字迹苍劲有力、清晰可见。

田老师每天一心扑在博物馆里,免费接待东西南北的参访者。他热烈欢迎我们的到来。田老师的讲解很细腻。比如他说,为什么古代的判决书日期会是红色,并画一个红圈,还有一个红色的遵字。我们不得其解。田老师说,黑字乃官府师爷所写,红色的字乃判决书呈送人员所写,意为:文书已送过,签字,希遵照执行。当看到一个下如圆形的糍粑粉筛子皮具时,田老师问:"这东西是做什么用的?"有的猜蒸东西用,有的猜筛东西用。田老师摇头,表示否定,并揭晓答案:这是古代官者下朝后用于装顶戴花翎的。这表明村中古时已有人为官，可惜官服、官帽破"四旧"时已毁，只剩下这个空匣子了。田老师又拿起另一竹编的圆筛子的圆锥形盖说，这种形似的物件，外形粗糙一些，是古时妇女用来装出嫁的花帽的，可惜花帽早就被主人在 60 年代卖了，得了 80 块钱。有的通告是在农家的鸡窝里收到的。在田老师的博物馆里，我们长了见识，开了视野。又比如，我们在这里看到了古代装军事地图的皮筒、古时抽鸦片的枪、宋代出土的瓷器……

清溪村人在这个古老的村子里住了几百年。住在这样返璞归真的精巧屋舍里，安居乐业，娶妻生子，夫唱妇随，"绝权欲，弃浮华，归其天籁，必怡然乎和，家窠平和，则处烦嚣尘世而自立也"。孩子们在藏书阁里看书，在学校里识文断字，从小在《教儿经》《传家宝》《弟子规》《传家训》中得到启蒙教育，完成清溪先祖"耕读乃立家之本，勤俭乃保家之基"的文运追求。美丽的清溪村，真是人间仙境！

神秘的夏湾村

巍巍都庞岭下的江永县物阜人丰，有一个千年瑶村因其古建筑、女书文化、民族风情吸引着世人纷至沓来。

夏湾村全村姓唐，始祖行旻公，字昌图，原系山西省太原人氏，唐昭宗时，他千里迢迢被派任永州太守一职。四传至唐伸公时，又到重庆府执掌知府一职。伸公解甲归田后，不再回家乡山西太原，而是远离尘嚣，返璞归真，选择在永明县八都唐家村卜居，繁衍后代。后裔传到十二代礼瑞公时，已是宋朝年间。祖先从唐家村迁徙到今永明县夏湾村定居，开枝散叶，如今已是1500多人的大村子了。后来，又有族人到湖南江华县及广西恭城等地生活。

在村中一怪石嶙峋、树木葱茏处，有一清见底的泉水。这一源头活水自都庞岭余脉鹅抱秀而来，经上江圩镇夏湾村，流入兴福村，在江永段全长为12公里多，而后汇入消江。华岩山洞的石壁上，大明永乐年间刻有"唐姓华岩"四个阴刻大字，至今已有600多年时光。所以当地人把这条母亲河亲切地称为"夏湾水"。而这一华岩泉，寓意华夏之泉，加之村子建在一山湾深处，故美其名"夏湾村"。

　　200 多栋清代、民国时期的古民居像一颗颗活化石，镶嵌在一块翡翠般的大地上。这些依山而眠、对塘梳妆的古建筑，像半月形般，依山傍水，错落有致，看尽世界繁华，仍旧含蓄、内敛、唯美地展示着唐氏族人香火传递的印记。

　　这些古建筑，大多是青砖、红砖混杂建成，土砖小瓦硬山顶，回廊挂落花格窗。每一间古宅，都是一本厚重的线装书，每一座古屋都痴缠着人间烟火，徘徊千年的至爱故事。一个剃头佬正弯着腰，利索地使唤一把剃头刀，留守老人那蓬乱的头发像羊毛一样脱落下来。不一会儿，一个葫芦样的光头就呈现在路人的视线里。

　　至今保存完好、惊艳世人的古门楼有几座。

　　人们在工作之余、闲暇之余，可坐在第一座门楼的椅上休息。门楼的大门有门枕石、石门槛。大门门帮是木制的，门楼顶为斗拱式双层飞檐翘角的石门坡倒水式。奔波劳碌的人从这里进进出出，开启每天的生活。

　　第二座门楼的立柱样式与第一座门楼模式一样。不同的地方是大门上有一块红底黄字的匾额，上书"积善之家"。匾额上拱着"万户朝笏"的木板。立柱的横梁出挑处有精美的镂空雕饰。手里拿着绣有女书的团扇的女子像一团滚动的火焰，走出来进了一辆奔驰车，走了。

　　穿过一门楼，又就看见对面的古民居。民居的大门极具特色，门墙上前凸出一皮砖，大门框外左右两边加六十厘米宽的砖墙，墙用白石灰粉刷。门头上面砌成三叠式马头墙样式，后面又是天井院墙，高低错落，蔚为壮观。在这样的清居里安身立命，与日月星辰为伴，读书烹茶；与花石虫萤为伴，吟诗作画；约鸿儒布丁、三教九流，围一暖烘烘的火塘促膝长谈，堪称完美生活。

青砖铺就的巷道平平仄仄,小草泛出绿绒,一方诗意就出来了。小巷连接着两旁的古民居,太阳美美地亲着老宅。这些古宅门枕石精巧温婉,是浮雕的雄狮和宝珠,侧面是浮雕的树和梅花鹿。石匠师父用凿子为笔,以石为纸,用娴熟的手艺,精心打造了一种如诗如画般的生活。那些用饱满情感润泽的门窗,有的是一位神在祥云中腾飞,下面是鲤鱼跃出河面。朦朦胧胧中,我仿佛看见一个做得很精致的洗脸架,上面左右各有一个龙头,中间为伸开的花枝,两扇能打开的镂空小门位于龙头下面。小门下是一幅镂空雕的麒麟送子花板,下方的图案已经破损,三个木雕旁边还镶有喜鹊登枝的长方形花板。四只木脚托着一个铜制的脸盆,可见娘家人对女儿是多么疼爱,给了那么好的嫁妆。现在它就在江永上江圩的博物馆里。女子那双纤纤玉手在金色的铜盆里扭了扭脸巾,然后,缚在脸上。她很享受地把热气腾腾的气穿过脸巾,深深地吸了几口。一帕两帕三帕,真爽啊!她再弯下腰儿,把扭得像麻花一样的被子叠好,把床下那些纸屑、烟尘、灰土清扫干净,仿佛是每天的一种程序、一种仪式。

鳞次栉比,青砖小瓦,两坡倒水的三间堂、天井式房子,倒映在水塘里,形成了蓝天、白云、阳光、碧水、古宅相映成趣的和谐画面。

建于二十世纪五六十年代的礼堂在村子中,礼堂正面一楼是用砖砌成的四根柱子,最外的柱子旁用砖砌成两根方柱直插二楼。四根柱子上面用火砖砌成"十"字形的砖窗,呈"品"字形结构。二楼前是"曲"字形立面,上面用砖砌成三个"O"形,往上是"罒"字形,中间用石灰塑成"夏湾礼堂"四个大字。顶上是一个斗大的五角星,左右各有三面红旗,如张开的两翼,大鹏展翅,气势恢宏,雄伟壮观。正门后,是一个很长的两坡倒水瓦房。里面有座位，有舞台，方便村民看戏，欣赏歌舞等表演。

从一个沧桑的斜石梯而下，就是夏湾村民取水的水埠头。岸上凤尾竹摇曳，绿树婆娑，牛儿在青草丛中悠闲地吃草。小孩嬉笑声、浣衣捣槌声、水牛汲水声，交织成优美的乐曲。清凌凌的河水映着阳光，也映着秀美的妇女。那根棒槌在妇女纤细如葱的手中扬起，又敲落下去。嗵嗵的捣衣声、迸溅的水珠、妇女间的说长道短，构成了河边一幅朴实的"浣衣图"。那是一幅优美的田园山水画。

夏湾村的村后，石林如剑，有的如一柱冲天，有的如观音坐莲，有的似金龟出洞……绿树掩映，先祖们的肉身，一茔又一茔地去了远方。可他们种下的那几棵树，今年又长了一圈年轮。芳草萋萋间，有六个石梯可入一岩洞，洞边有石围墙，站在洞口往外看，翠竹如盖，古木似伞，确也别有韵味。山洞口横七竖入地躺着许多石碑残件。其中有一块石碑，上半截已被打碎，只有阴刻的"大帝"二字和左右的花纹清晰可见。下半部石雕保存完好。石雕左右各为一个大象头，象眼、象牙、象鼻清晰可辨，中间却是虎头盾牌形象。虎头威严，张开獠牙，额头上有一阴刻的"王"字。从小小的岩洞口进去，是阔大的洞厅。洞内石钟乳、石笋、石幔、石柱千姿百态，鬼斧神工：有的如猴子捞月，有的如春笋出土，有的如南天一柱……惟妙惟肖，美不胜收。出洞时，阳光从石窟口射入，仰望天空，峭壁千仞，绿树盖穹，虬龙掩映，别有洞天。

"凤翼凌霄，沇水长流，社岩屏翠，狮峰叠翠，清流急踹，仙舟见尾，紫燕投岩，铜峰朝霞。"夏湾村的古八景名字响当当，景致亮堂堂。当然，想要一览这全部八景，得需要村人逐一解读，慢慢品味。

夏湾村是江永女书的发源地之一。女书是瑶族女子的一汪碧波荡漾的心河。她们的思想、疼痛、秘密都在这条心河里流淌；她们在这条河里濯洗她们的灵魂。

女书伴着瑶族女子度过草长莺飞的日子，度过春种秋收的岁月，度过酸甜苦辣的时光，度过清风明月的浪漫……

女书是瑶族女子豢养的一只鸽子。她们潮湿的心、坎坷的遭遇、柔情似水的蜜语，通过这只鸽子，寄予念想与远方，走出不少沼泽和嵯峨的绝地。

女书是瑶族女子最神圣的精神封地。她们在里面恣意盎然地交流心声，分享生活，慈爱厚德，繁衍生息，充盈了她们的一生。

村里有女书传人七姊妹之一的唐宝珍老人，她擅长于绣女书字，邻居高银仙老人善写女书。两人同唱女文，同做女红。高银仙离世后，她的孙女接过她的"衣钵"，继续传承女书文化。《胡美月诉苦书》《给曹小华三朝书》这些女书文章，就是胡美月创作出来的。她还编撰了一本《女书字汇》，积极参与中南民族大学计算机科学院自动化系列编写的"女书"文字。天道酬勤，2008年，胡美月被认定为湖南省非物质文化遗产传承人。她不辞辛劳，带着专家赵丽明深入上江圩荆田、桐口等地对女书进行田野调查，为江永女书的发展奔波。2019年，胡美月荣幸地被湖南省女子学院聘为女研究员。由于女书已近断代，专家学者们开始进行抢救性地发掘，胡美月成了专家们的翻译，为他们介绍女书，译写女书。2000年后，胡美月迎来了自己的丰收期，她创作了《三朝书》等女书作品，其《消除对妇女歧视宣言》（女书长卷）被联合国教科文组织收藏。她曾参与过多部女书典籍的编撰，并为《女书电子字典》正音。她的女书书法作品曾荣获国家级赛事的一等奖。

目睹这些女书，我眼前总会荡漾着瑶族女子的笑靥。她们用柔情的身体养育儿女，用纤细的双手兴家创业，用智慧和执着支撑着"女书"这一独特的文化。女书，散发出芳香，在女子间传来传去。

夏湾村女书研究世家当数唐功伟一家。唐功伟原是上江圩中学的校长，他从20世纪80年代起就开始著书研究女书。《永州文史——女书专辑》《闺中奇字》等专著都是这个老人教书育人之余结成的硕果。唐功伟还与宫哲兵、宫步坦合作，出版了《女书通》，可谓著作等身、颇有建树。在他的影响下，他的儿子唐建人、唐建庄，孙女唐婷婷也加入了女书研究的队伍，成为女书研究的一支后备军。

村中还有个习俗，中秋打鱼庆丰收。每年八月十四的早上，夏湾村老老少少来到村前的水塘，准备网鱼过中秋。有的背着鱼篓，有的手执长渔网，有的扛着大渔网，整装待发。捕鱼开始了，鱼塘里人头攒动：有的两人一组，一执一长杆，在水里左右穿梭，不一会儿就起网了。那些养了一年的肥鱼儿离开水面，在网中上下跳跃，自然难逃渔网，被村民收入篓中。也有的在岸上撒网，稳收渔翁之利……捕上的鱼按长短大小，一排一排分列，由人头过秤均分，分到的鱼就是八月十五中秋节的主食：油炸鱼、酸菜鱼、清蒸鱼、文火鱼汤……整个村子弥漫着鱼的清香味儿，亲朋好友齐聚一堂，素手举筷，暖炉温姜糖酒，举杯邀明月，品鱼饮酒，快活得愿做夏湾人，不愿做神仙！

人杰地灵鹧鸪塘村

　　江华县鹧鸪塘村位于大石桥乡政府以北 2 公里，207 国道旁边。东邻九工岭，南与大石桥村接壤，西枕西河水，北邻白芒营镇平泽村。鹧鸪塘村四面环山，是由原来的鹧鸪塘村和大祖脚城合并而成的。全村共有 14 个村民小组，有虞、李、陈、郭、彭五姓，人口 1700 多人。

　　鹧鸪塘村虞姓先祖源自山东省青州府昌乐县杉木岭，先迁徙入南京珠玑巷，后又迁到广东连州府连州县石鼓居住。元朝年间，复迁广西贺县立居于龟岭，后卜居钟山大虞村和眭坊（今上村老寨）。明洪武二十四年（1390 年）立府富川县开都甲户；明万历二十四年（1596 年）移居湖南江华大石桥乡寨背洞村。清顺治元年（1644 年）贵二公带族人再移居江华鹧鸪塘村。

　　鹧鸪塘村陈姓先祖陈伯一郎与妻黄氏、朱氏于广东平远县东石乡石正村居住，后裔陈文熙复迁往广东丰川县。后来，陈道宝与邓氏夫妇从广东丰川县迁徙到湖南省江华涛圩邓家寨。不久，又由邓家寨迁徙到大石桥鹧鸪塘村居住。

　　鹧鸪塘村李氏始祖由福建上杭迁徙至江西。元朝大德年间（1304 年），再迁今广西富川县茶园村立户。元朝末年从富川复迁永明县。明洪武年间，桂源公又从永明迁居湖南江华大塘，明代中期分居江华下营鹧鸪塘、大斗等村卜居。鹧鸪塘村郭姓、彭姓，族谱已遗失，两姓人口在村中仅有 70 多人。

从国道入口处便见一座朴素无华的大门楼。门楣上题写着"江华同志故里"六个苍劲有力的正楷大字。旁边用一副对联对江华同志戎马一生、克己奉公的精神作了高度的概括："井岗立马齐鲁横刀屡建丰功留史册，英越勤民京堂拍案更添盛誉享神州"。村大门还有一副对联："梧岭南屏馥香缭绕孕人杰匡社稷，瑶都北塘瑞霭缤纷长留寸心报春晖"。

进入村子，但见村部楼旁绿树成荫。占地面积 2000 平方米的健身广场上，儿童、少年、老年人正在健身。环村公路的彩砖人行道上，上百棵香樟树高大雄伟，常青的松树舒张臂儿，还有百余棵柳树婀娜多姿。树儿如卫兵挺立，守护着这个红色的村庄。鹧鸪塘村原有一个庙叫"井子庙"，历经春夏秋冬，日晒雨淋，已塌成废墟。

鹧鸪塘村唯一保存的门楼，位于鹧鸪塘小学附近。门楼坐西朝东，系青砖小瓦，两坡倒水歇山顶式。门楼墙底用 5 层大青石砌成，上面再用青砖砌成马头墙，并用石灰粉刷了墙体。门楼的门楣上方有白底黑色的题字："陇西氏第"，字两侧各有一个灯笼式的瞭望口。门楼过道用青石板铺成，楼顶用小瓦压脊。门楼附近原来是有 2 座天井房、十几座明清古民居的，可惜全部拆了，只留下砌墙的大青石。

鹧鸪塘村的古民居以三间堂为主，一般都是两层青砖小瓦，两坡倒水歇山顶式。无马头墙，无飞檐翘角居多。

鹧鸪塘村最有名气的是江华同志的故居。江华（1907—1999）同志是中国共产党的优秀党员，忠诚的共产主义战士，久经考验的无产阶级革命家，我党党务工作和政法战线的杰出领导人，中共中央原顾问委员会常务委员，最高人民法院原院长。

江华同志的故居是鹌鹑塘村虞姓祖屋之一，距今 200 多年了。故居坐南朝北，青砖黛瓦结构，占地面积 200 平方米。江华四次回家乡期间都曾捐资修缮，2007 年中共江华县委、县政府组织进行了较大规模的修缮。现房屋主体完好，门窗齐全，部分生活设施保存完好。

江华同志故居整体比较有特色，从空中往下看，主屋呈"回"字形结构，正门为乙山辛向。正门后屋顶为单坡倒水，左右两边的厢房为两坡倒水。主房也是两坡倒水，歇山顶式。主墙为青砖瓦房，没有粉墙，只用石灰浆勾勒墙体。大门是石门槛，但没有门枕，门帮也是木板制成的。右边墙上有一个小房窗，大门上面没有窗门，只设计了一个 50 厘米的木梁出挑，用瓦盖成"U"形，飞檐翘角。古色古香的门框上是一块黑底金字的"江华同志故居"的匾额。匾额上是一坡倒水的飞檐翘角斗棚。大门的通道往前是侧房的房门。侧房也是青砖瓦房，两坡倒水歇山顶，门上也有一层瓦盖的小斗棚。

中间为"四水归堂"式的天井，天井中间是 3 块大青石，旁边也各有 3 块小长条石镶边。天井呈横长形，内池低凹。天井左右两边厢房又通左右两边侧房，因而侧房与厢房之间也有一个小天井。天井旁边，是木板隔墙，木板上的木雕剔透，非常精美，门窗镂花剔线。木板花板全有底色，都是浮雕的"回"字重叠形。其中一幅是浮雕的锦鸡、树枝、麒麟献瑞图案，另一幅左边是竹篮中盛放着一个南瓜，右边为花瓶和花卉的浮雕图案。第 3 幅是浮雕的芭蕉扇和舞动的彩带，第 4 幅左为松树、右为小羊，奔跑的小羊，羊头朝向门外，惟妙惟肖，栩栩如生。镂空的窗棂，有的中间是梅花朵朵开，有的却是对称的四片叶子。意蕴庄重，寓意深刻。

故居堂屋里，上厅左墙上是"江华同志的简介"。堂屋中间是全木板制成的神龛，神龛前面是一张四方桌。左边墙上悬挂着江华同志回乡的照片，右侧墙前是"百年风采"图片。右厢房里，摆着一个老式木橱柜，橱柜里放着碗、盘、筷筒、木盆、砧板、刀具等。柜子右边的地上放着 1 个土得掉渣的米缸，2 个量米筒。往里走，放着 1 张古色古香的木桌、4 条方凳。木方桌上摆着一盏马灯及酒缸、茶壶、酒壶、碗、杯等。右侧天井木板隔墙上开有两扇木门，直通入左下厨房。

江华同志住过的房间，窗门是 3 根木栓的直式窗棂，有小木门可关闭窗户。屋内有一张窄小的木板床，窗下有一张小矮桌，上面放着一只小手电和一盏小马灯。这马灯是江华同志 1985 年回乡参加江华瑶族自治县 30 周年庆典时，特地从北京带回来的。1985 年，鹧鸪塘村还没有通电。江华从北京回江华县参加县庆活动，为了方便他的生活起居，当地政府为他准备了一台柴油发电机和几盏电灯。江华同志知道后，让村主任李字虎马上把发电机关了，让秘书点起煤油灯，出行时点亮从北京带回的马灯。江华同志不搞特殊、不脱离群众的高风亮节，深深印在家乡人的脑海里。

整座老屋各房各屋过道、走廊相连，便于通风、采光、联通。故居对江华同志在井冈山革命战争时期、在浙江及最高人民法院时的光辉岁月都用文字和图片的形式展示了出来。江华同志革命生涯用过的皮箱、生活用品、书籍资料等都从北京请回鹧鸪塘村，这些文物正在鹧鸪塘的陈列馆里，让世人瞻仰。

鹧鸪塘村中才子佳人辈出。虞上勤，号达三。黄埔军校第七期学员，国民革命军某师副师长。1949 年 1 月 31 日率部队随傅作义在北京起义。随后，部队改编为中国人民解放军第 49 军独立 47 师，任副师长。1957 年被推选为湖南省政协委员。

鹧鸪塘村是最高人民法院院长江华同志的故乡。他 1907 年 8 月 1 日出生在这里，他的足迹令我们追随，他的功绩令我们仰望。

中华人民共和国成立后，鹧鸪塘村也是人才辈出，从政、从商、从医、从教者甚多，还有学子留学海外。鹧鸪塘村山美水美，人杰地灵，是一个令人仰慕的古村。

人文厚重五庵岭

乾隆十八年，癸酉岁（1753 年），蓝氏先祖捷龙公和父亲楤秀公、长子蓝奇田、次子蓝奇相，从江西南安府康县庐塘坑，带着行李、家什、细软，颠簸辗转，来到今湖南省永州市江华瑶族自治县白芒营镇五庵岭开基立业。

五庵岭村坐落在淙淙而流的西河（又名沱水）之滨。这条清澈见底的西河，发源于姑婆山的葱茏山脉，由南向北，一路高歌，流经湖南河路口、涛圩、大石桥、白芒营、大路铺，在沱江鱼塘坡与东河北汇合，最后经道县注入潇水。

捷龙公把家安在这里，依娘子岭傍西河而建住宅，开田地，建居室，育后代。晴耕雨读，开户入籍，丕振家声，后巨富万金，置田 1300 余亩。在村中建"清水庙"，祭祀祖先，休养生息。后来，村里又陆续有李姓、何姓、白姓、罗姓、肖姓等人家来此居住。时至今日，已发展为 200 余户，1100 多口人。其中，蓝家 100 多户人。

五庵岭村现保存较为完好的古民居有 60 余栋，面积 27000 平方米，大多是清乾隆年间建造的。

何氏族人在五庵岭村现只有 10 来户人家。何姓先祖的老堂屋已无人居住。沿着一条青石板路进去，左右各有两间黄土泥砖砌成的厢房。中间是三间堂，大门的门槛是木的，木框、门盖也是木的，门帮却用砖砌成。墙体也没用石灰粉抹，青苔已经爬上了断垣残壁。

李家先祖是从湖南冷水滩搬迁过来的。先祖留下来的房子，现也基本无人居住。老屋从一个侧门进入，就是一个四合院。主体房子是一个三间堂和右厢房，三间堂和右厢房都有正门进入，也有横门与三间堂连通。房子为青砖瓦房结构，墙体没有粉石灰，也没有勾勒砖缝。地基是一层大青石砌成，起防潮、防匪、防震的作用。三间堂后面是一座碉楼，碉楼也用青瓦盖成，压了屋脊。但外墙却砌成四方形，形成长方体状。前后两堵墙上开有"凸"形的口子，用瓦接住，让雨水流出去。站在楼上，居高临下，能把座个村子尽收眼底。碉楼肩负着保家卫寨的神圣使命。李家已发展为100多户。李氏族人出了个李琼，新中国成立前夕为国民党独立炮兵团团长。国民党退守台湾后，李琼先后在台国防部门和台北市政府供要职。他在大陆的女儿李丙秀在新中国成立后，连任几届江华县政协委员。

卢姓在五庵岭现在只发展到10来户。

肖姓族人是从广西富川福利镇水头屯迁徙过来的，在五庵岭共有20来户。

白姓是从白芒营马井村过来的，现在在五庵岭只有五六户人家。

有一座山墙顶为镬耳式风火墙的古民居，在碉楼旁。墙头中央高，两边低，这两边的双耳，象征着古代官帽的两耳，寓意"独占鳌头"。所以，镬耳墙又称鳌鱼墙。古时，只有官宦乡绅、大户人家、商人才采用这种建筑模式。其他歇山顶的房子，最有代表性的古建筑，当数蓝家大屋。

蓝家大屋，共分为上下两幢，总建筑面积为 2700 平方米。上幢分为上堂屋、中堂屋、下堂屋，总共有大大小小的房门 72 个。走进上幢的大屋前，外墙左右两头是马头墙，大门不是居中，而是微偏右。因而左右两边窗门不对称，右大左小。走进蓝家大屋，但见肥梁在屋顶横亘，脸盆粗的柱子支撑房梁。这与徽派的"瘦"柱是有区别的。这同时表明，主人当时财大气粗，注重材质。地板是黄泥土的，中厅里用平滑的青石板砌成的天井，天井的阳沟能排水。室内上、中、下三厅堂的内墙都不用砖砌，采用柱支撑，梁斗拱，木板封贴的方式，制成严丝合缝的木板隔墙，围成厢房。下厅进入中厅的木门槛很高——左右两边是镂空的门窗。房屋的柱、梁、枋、垫板、衍檩、斗拱、椽子、望板等都用好的木料做成。"槽口榫""企口榫""燕尾榫""穿带榫""扎榫"等榫卯结构严丝合缝。这样的结构既能通风，又可采光。门窗古色古香，浮雕的图案非常精美。威武的狮子蹲在石头上，中间是火炉，右边是梅花，寓意踏雪寻梅。有的左为高悬的鼓，中间为案台，案台上是令筒、笔架，右为挂具，寓意明镜高悬。有的左右各雕一把椅子，中间是立体的八仙桌，桌上是四套餐具，寓意向阳进膳。有的左边雕着粮仓，中间为芭蕉叶，右为蹲在石头上的麒麟，寓意麒麟献瑞。有的上方雕着腾云驾雾的龙，中间为花盆，左为香炉，右为茶壶和茶杯，寓意香茶迎龙。上厅堂的楼板是木制的，很平，楼梁也方方正正。墙青砖砌墙，没用石灰粉刷，中间是神龛，供奉祭祀祖先。下幢由上堂屋、下堂屋组成。两幢一上一下，在一条中轴线上，素有"五堂九井八巷四十八间"的美誉。

遥想当年，蓝氏祖先在这里休养生息，建家立业，出出进进，谓为大户人家。在上幢上堂屋正中央悬挂着蓝启荣和妻子张氏八旬晋一额旌双寿之庆时，进士四兄弟立的一块"玉案齐辉"的匾额。中堂屋的厅梁中也悬挂了一块"节苦回甘"的匾额。这里面有一个个动人故事，也是蓝氏家族荣耀尊贵的显著标志。蓝启荣父母八旬双寿之庆时立的一块"鸠杖荣颁"的匾额，悬挂于中堂屋正中央，表明蓝家是一个尊老爱幼、四代同堂的大家。清咸丰丁巳岁，蓝耀璧高中进士，村中中门楼上荣挂"进士"匾，是蓝家人才辈出的见证。

蓝家大屋建成后，蓝氏族人人丁兴旺，至今已繁衍了 12 代，300 余口人。蓝氏族人怀瑾握瑜，耕读传家，推崇忠孝仁义、信礼智勇，故而人才辈出。那本厚厚的《汝南堂——江华县蓝氏族谱》，把清代以来，蓝家所走出的俊彦才子记得一清二楚。

生于清乾隆癸亥岁（1743 年）的蓝奇相，忠厚仁义，为人笃信，在清道光元年辛酉岁（1821 年）晋一钦赐正八品修职郎。奇相公共生 7 个儿子，长子蓝启彬为国学生，次子蓝启晟为国学生。

三子蓝启昆为邑庠生，四子蓝启荣为例授登仕郎、赠儒林郎。蓝启荣长子蓝耀璧在咸丰壬戌岁高中进士（湖南省永州府正堂随带军功加一级），次子蓝耀和军授六品，蓝耀和长子蓝昭暄从九品，蓝启荣的三子蓝昭旭为军授六品。三子的儿子蓝耀奎为邑增生，保举既选训导，蓝耀奎长子蓝昭旦为邑庠生，四子蓝耀鸿为邑增生、保举训导、钦加州同。

五子蓝启材的长子蓝耀傑没出人才，但蓝耀傑的次子蓝昭圣为钦赐蓝翎，蓝耀傑的五子蓝昭云为军授六品。蓝耀傑的重孙蓝世凯，生于 1900 年 9 月，从小就天资聪颖。1921 年，曾与毛泽东一起在湖南省立第一师范学校同窗学习。在那里，他和许多学子共同接受民主进步思想。1925年蓝世铠从湖南省立第一师范毕业后，服从组织安排，回至零陵（今永州）新民学校任教。这一年蓝世铠加入中国共产党。国民党湖南省党部在1926年任命蓝世铠为江华县特派员。蓝世铠先在五庵岭村组建农会，后又参与秦山区和县农会的组建工作。1928年2月，因暴动计划泄密，蓝世铠在以国民党省委党部督察员的身份回江华视察工作时，在五庵岭家中被国民党反动派抓走，2月24日英勇就义。今天，蓝世铠的奋斗事迹被族人陈列在清水庙左厢房的"秦山区支部纪念馆"里，不时有人来瞻仰拜谒。

六子蓝启芳为例从九品，蓝启芳长子蓝竟体为邑廪生。蓝竟体次子蓝昭品为从九品。七子蓝启棠之孙蓝昭敏为钦赐顶戴花翎，记名协镇。新中国成立后，蓝家大屋也人才辈出，不少人成为国家栋梁。

村内的另一座古宅三间堂也很有特色。大门右下方有一石刻的镂空的洞，可通狗、猫、鸡、鸭。可见古时瑶民已饲养多种家畜，对小动物已很珍宠。大门两侧上方有似萝卜形的砖砌小空窗，大门头上的窗大多为镂雕木质窗。檐下各有左右对称的一对牛腿，横出是张开的龙头形象，竖上都是鱼尾朝天上翘屋顶的形象。大门下的门盖下方，左右各有浮雕的门当，雕有麒麟、双钱币、花卉，惟妙惟肖。

五庵岭的村后，有一处"金山银湖"的古迹。金山为黄土堆成的娘子岭。娘子岭视野开阔，土地平坦，是一个制高点。银湖由百余亩的水域组成。秦始皇统一六国以后，为征服南方荒蛮之地，统一岭南地区，在公元前215年开始开辟"潇贺古道"，并于公元前213年建成。后来，秦始皇的50万大军征战岭南地区时，娘子岭成为秦军的驻军营地，银湖就是秦兵的取水之处。在黄土丘顶部，还发现有古时屯兵的营址两座。两座营房相距 20 多米，均有夯土墙基遗存，1.5 米厚的墙无声地述说着千百年来这里的金戈铁马。考古学者在营房里采集到一些陶片，其饰纹为方格纹夹车轮纹或水波纹，确为秦代以前的陶器。这里现已是中华人民共和国国家级重点文物保护单位。

五庵岭村既有古建筑，还有一种群众喜闻乐见的古文化艺术传承。它们成了五庵岭的魂。这就是当地人称的"耍人龙"。传说明嘉靖七年（1528 年），地方官府苛捐杂税，让人民生活在水深火热之中。湖南江华瑶民对当地官绅的压迫与剥削怨声载道，便联名推举了 19 名代表上京告状。皇上为了体恤瑶民，废除了"不准瑶民摆桌子吃饭""逢年过节要瑶民宴清官绅"的两条陈规陋习。19 名上京告状的代表回到家乡后，互相拥抱，骑肩鹤舞，以示欢庆，后来便演化为"耍人龙"这一健身运动。

在传统佳节，锣鼓喧天，鞭炮齐鸣。村中的广场人山人海，耍人龙的节目拉开序幕。先是一个身强体壮的成年人向众人抱拳问好。观众站定场中，场中又进了 2 个活泼可爱的少年。其中的一个少年身疾如猴，以迅雷不及掩耳之势跨坐于成年人的肩上，另一少年借助胸系彩带，挂在成年人胸前，少年用双脚夹紧成年人的腰部。这一惊险动作，让人咂舌！这就形成了一个龙头。五庵岭村的耍人龙，除了龙头，还需要 8 节龙身。这时龙头旁边立马上场 2 人，一人站立，另一人敏捷地跨在站立者的肩上，跨者头向后仰。场上又登场 2 人，也像刚才一样，形成一节龙身，让前一节龙身跨者头部向后者仰搭在后一节龙身跨者的腿上，并将双手抱住后一节跨者的双脚，后一节龙身的站立者用双手抱住前一节后仰者的胸部，使龙头与龙身有机连接起来。最后一节跨者全身后仰，构成一惟妙惟肖的"龙尾"。人龙扎成了，接下来，耍人龙才渐入佳境。

龙头向前推进、舞动，龙身、龙尾伴着龙头悬空摆动。舞者当好自己的角色，靠每个人的脖子、肩膀、脚的横贯力和腰腿的伸缩力默契配合。动作时而刚，时而柔，时而缓，时而慢，不断地变换队形，作"之"字形、圆形、弧形等路线走动，让在场的观众眼花缭乱，目不暇接。人们屏气凝神，在人术、宝塔、双牌坊、串牌坊、雄鹰展翅等十八套动作中，一饱耍人龙的眼福，达到高潮。

江华五庵岭，确实是一个值得我们去走一走、看一看的古村落。

魂牵梦萦旦久村

　　旦久村位于湖南省永州市江华瑶族自治县涛圩镇境内，村子与凤尾村、西水村相邻。明朝洪武二年，始祖天宝公后裔——奉槽伩，从广西富川茶源进驻上伍堡旦久村。槽伩公育有三个儿子：奉客孙、奉子俫、奉九伩，为旦久村三房先祖。

　　关于旦久的地名与奉家的一些历史，可从竖立于涛圩镇西凤村小学大门口的《上伍堡义学碑》及其背后的故事中获知。该碑是清朝乾隆十年（1745年），江华县衙遵照指示首次在上伍堡建立义塾的碑刻。28年后，即清乾隆三十八年（1773年），江华县衙把上伍堡义塾改为"三宿书院"。说起这"三宿"，就得从瑶族人的相关历史说起。

　　千家峒的瑶族人民在南迁途中，其中的一支来到了广西富川县安顿下来，经过一代代不懈努力，慢慢过上了安居乐业的生活。富川瑶族自治县新华乡与上伍堡毗邻。姑婆山脚下的上伍堡山高林密，山涧淙淙，珍禽走兽成群结队，是一个非常好的狩猎场地。于是富川新华乡的一部分奉、唐、李三姓瑶民便迁居上伍堡。"伍保"则是居住在湖南、广西周边的瑶民见姑婆山上有五种矿物"金、莹、铜、铁、锡"，称之为"伍宝"，因居于潇水上游，所以叫"上五宝"，因瑶居住久之变成了"上五堡"。上伍堡有三大水源：且久源、流车源、春头源。奉、唐、李三姓各居一个水源：奉姓居且久源，唐姓居流车源，李姓居春头源。因此就知道"伍堡三宿"的来历了。经历宋、元、明、清、民国、新中国的"伍堡三宿"，内部村庄不规则地搬迁挪移，原先以固定的三个水源称谓的"三宿"随之改变，现今的"三宿"是以居住的地理方位划分的，分为且久宿（上半宿、下半宿）、平岗宿、竹尾宿。上伍堡与广西富川瑶族自治县及其他瑶民居住的地方，相对于原先大山大岭环境，地势比较平坦，于是乎称之为"平地瑶"，瑶族的一个支系由此诞生。在涛圩流传了几百年的上伍堡民歌——《三宿歌》就把上伍堡疆域的所有村落都唱了一遍，其中就有"……且久村人讲规矩，娶进嫁出转塘基……"雾消金旦，久旱甘霖。世传典故，这是村名的来历。村庄坐北朝南，形似五龙抢珠。

　　且久村的民居围着一个大荷塘，呈众星拱月之势放射性地分布。居于村中央的荷塘，一到夏天，便有一池的美景：密密匝匝的荷叶在月塘中铺展，粉红的荷花在次第开放，鱼儿在荷叶下自由地游来游去，穿着薄若蝉翼的红蜻蜓在荷叶上空飞舞。荷塘的美景与古宅盈满了游客的眼眸。两岸绿树婆娑，啄木鸟在树干上不停地敲着木鱼。村庄背后群山环绕，葱茏得恰到好处，错落有致的民居也煞是好看。有的民房是三间堂套一个天井，天井是且久人敬天敬地敬神的天人合一的场所，既有通风、采光、排水的作用，又有聚财凝气祈福的功能。天井前面左右各为一个马头墙，既美观，又有防火功能。中间是一个影壁，而侧面却是一个大门。房子为青砖黛瓦木结构，石灰装饰了山脊，白石灰勾勒了砖缝线。

　　且久村的民房整体上追求朴素淡雅，低调。主人重视民居的平面布局和空间的巧妙组合，天井、庭院灵活适配，以求居住舒适。墙体都用水窑砖和明窑砖作原材料，既防火防潮又能防盗，用青砖瓦片压垛而成的屋脊沐浴在一米阳光下。砖木结构的民房，既有砖瓦的硬朗飘逸美，又有木质的细腻柔情美。屋面一般为横向结构承重，纵向结构铺设檩条，两面盖着鱼鳞般的两坡倒水式。在形制上，且久村的民居由正房、左右厢房的形式，柔入了岭南、闽南、徽派的民居建筑元素。山墙的墙面青灰水砖、红色土砖自然清新，一般都不抹粉墙，只在接近墙顶处粉刷白石灰，给人以色调淡雅明快、朴素大方、宁静缄默之感。马头墙高出屋脊，多为单叠式、双叠式、三叠式，在蓝天白云下更显千娇百媚。在房子的局部，且久的祖先却又请能工巧匠，进行浓墨重彩的装饰。如在古民居的屋脊、飞檐翘角、梁柱、马头墙、门槛、窗棂等上花样翻新，饰以灰塑、雕饰起画龙点睛的作用，彰显了独具特色的湖湘文化、南岭文化在且久古民居中的无限魅力。也有的老屋年老失修，已沦陷于尘埃，尘归尘，土归土。小伙伴们却在这废墟上捉迷藏。

　　奉前光（又名守光），是奉频泗次子，生于道光十五年，乙未岁，六月初九，寿六十八岁。妻子凤嘉娥生于道光十五年，七月二十四日，寿七十一岁。生育有四子：奉微环、奉微丰、奉微云、奉微龙。

　　先祖奉前光（又名守光）建的大屋在且久村东侧，是一座气派的"两进一天井"，青砖小瓦，两坡倒水歇山顶的"回"字形屋。下厅堂正中，古朴的大门敞开着。那漂亮的门枕石，把你的目光掳去。左右两个门枕石都是相同的浮雕图案，正面是"龙腾盛世"图。门槛石用娴熟的手法雕刻着"双鹊登枝"。跨过这样的大门，你就有了仪式感。

走进下厅堂，中间有过道进入天井中，过道左右各用木板隔墙，与临天井的两根柱子隔成左右厢房。天井由大青石砌成，天井的两侧用绮丽的木窗棂隔成墙体，那些烟熏后的雕花木窗，仿佛在你眼前打开一幅古画。墙体下有两条过道，沿两级台阶上到精致的上厅堂。上厅堂是三间堂式的主屋，堂屋居中，后墙前有木制雕龙画凤的神龛。可惜唯美的木雕已被人盗去。神台联为：祖功宗德流芳远，子孝孙贤世泽长。

上厅堂临天井处，有两根水桶般的柱子，立在一品莲花古典元素的鼓形石柱上。上面穿梁斗拱，两柱之间用长方形窗棂连接，边柱也立在石墩上。二楼临天井的面，用五个花格窗围成，营造了舒适、美观的内在美。柱上有龙头替雀，寓意家族人才辈出，平步青云。

主堂屋边柱旁各有两个木门进入横屋。前光一脉，繁衍了400 多人。许多从城里来的人，都希望有朝一日，在这样的房子里住上一晚，就心满意足。

且久村，像奉前光的大屋样式的房子有六座。住在这样的一座小屋里，煮一壶茶，筛满几只玲珑的青花瓷碗，慢慢地品呷，袅袅的茶香氤氲在空气里，心就如平湖秋月般沉静。

残留的抱鼓石散落在村巷中，让人眼前为之一亮。抱鼓石高五十多厘米，下为长方形的石墩，侧面刻有花纹。石墩上为"U"字形雕石，"U"字形石抱着一个圆形的盘鼓，盘鼓侧面有石门条勒线，均刻有两点石钉。鼓石在无声地诉说着且久村昔日的繁荣。昔日，且久村年轻男女趁歌堂就由这里进村，想必热闹非凡：路边山坡有株茶，同伴来到两层门，两层门楼慢慢进，一双锦鸡守门楼，不给碰着锦鸡尾，碰着锦鸡惊动人；惊动别人犹是可，惊动主人礼不该；进门踏翻横街石，横街石下有双鱼；鱼不游水水不动，不趁歌堂偊不来。

旗杆石悠闲地站在红砖房下，下有圆形的钻口，上有方形的钻孔，不知为奉氏先人哪一位衣锦还乡的才子而立，也许是为乾隆三十七年进士奉有纬而立，而旗杆已经遁形。遥想当年，奉氏才子衣锦还乡，旌旗猎猎，名噪一时。奉氏族人用这种文化表现形式，传承封建科举文化，旌表褒奖俊彦，激励后人奋发图强，拼搏进取，忠孝持有，崇耕尚读，学而优则仕。奉氏族人教育子孙：忠勇为爱国之本，孝顺为齐家之本；仁爱为接物之本；信义为立业之本；和平为处世之本；礼节为治事之本；服从为负责之本；勤俭为服务之本；整洁为治身之本；助人为快乐之本；学问为济世之本；有恒为成功之本。

猫儿狗儿鸡儿在颓废的宅院里进进出出。那台卖了三担谷子才买的打谷机，已经被村民打入冷宫，它知趣地靠在墙边，成为白蚁光顾的食堂。怀孕的母牛走过小巷，在老汉的吆喝声中，缓缓穿巷过道，向着遍布青草的山坡走去。

门朝荷塘的奉氏宗祠，在村子最中心的位置，仿佛是旦久村最画龙点睛的一笔。奉氏原籍赣省泰和县，始祖天宝公，因世乱迁宁远、祁阳、道县，传三世诏呼公由湘迁桂，递传三世憎仍公于明初由湘迁桂，自广西富川县七都北界里灵停乡卜居湖南江华县苍梧乡上伍堡下流村附近之塘蛉坊，次移居栎湾旦久村，三移居虾蟆村，四复移旦久村，生三子，长子客生，次子子徕，三子九仍……奉氏族人枝繁叶茂，子孙增多，于是建起了祠堂祭祀祖先。景泰年间，旦久村三房祖先商议建设宗祠。道光五年，奉景堂、奉景汉倡议把"奉氏宗祠"搬迁到旦久村莲花塘东侧。

奉氏宗祠的大门联意味深长：旦久古风七星配月莲塘碧波云

照水，萌渚山脉五龙抢珠人杰地灵福满堂。

祠堂的门枕石、门槛、门帮都是用大青石雕刻而成的。大门由门槛、门敦、门框三部分组成。门墩石（门枕石）置于门槛两侧，前端突出，比门槛稍高出一点，相互由榫卯对接的方式连接，体态显"∏"形。门枕石正面下方，左右各栖息着一只狮头，中间栖息一只栩栩如生的浮雕的雄狮。头朝上，尾巴朝下。狮子身上的毛发清晰度很高，侧面内侧、外侧下方左右各有一只狮子头，如此算来，一个石枕上就有三只狮子，寓意六狮呈祥、六六大顺。上方为花枝招展、花开富贵的图案。高高的门槛石上也用浮雕的手法刻有三幅浮雕图：右边"双鹊登枝"，中间"百花齐放"，左边"双蝴临门"。

左右的门框用大青条石制成门帮，左边有三幅浮雕图，上图：一位慈眉善目的禄官身着朝服，左手托官印，右手握着朝笏，寓意福禄满堂。中图：雷神踏着祥，左手举棒，右手举锤，寓意风调雨顺。下图：苍劲的古松下，一只喜鹊登上枝头，一头梅花鹿回头仰望着喜鹊。石门帮的右边也有三幅浮精美雕图，上图：一位财神头戴官帽，身穿朝服，左手托着金玉，右手握着朝笏，寓意财神赐福。中图：一位招财童子，双手举着四枚古币，骑着瑞兽，腾空而起，寓意招财进宝。下图：一朵宝莲在上空开放，一只瑞兔在下方呈祥。可见昔日奉氏先人，不惜工本，大兴宗祠建设，以期光宗耀祖。

进入大门就是下厅堂。宗祠下厅柱联：百族重四民士农工商各归本业，三房源一脉伯叔兄弟须念同脉。中间是天井，天井旁边有台阶上到上厅堂。宗祠上厅柱联：世泽长绵由赣南入桂东根扎茶源枝发潇湘，家声丕显有中委出进士人文蔚起名满三文。宗祠上厅堂供奉天宝、客孙、九仍、子俦、楷仍、奉仙娘娘、乾隆三十七年进士奉有纬。

奉氏祠堂原本古香古色，重楼翘檐，精美绝伦。但近年村民自行筹钱，把古色古香的祠堂推倒了重建。原址上一个新的祠堂落成，只留下原汁原味的门框而已。

且久村村民在四季更替中与古宅交相辉映，为且久村平添了季季不同的美。阡陌间的景色勾起了我的记忆。那些一厢一厢绿油油的秧苗间隔里，一条条滑溜溜的黄鳝是常客，小孩子们常用一块竹子做成一个夹子，一伸夹子夹住一条，再伸夹子又夹了一条，那些黄鳝都投进了背篓里，成为小孩子们的战利品。回到家后，孩子们往往抓一两只用铁夹夹住，放入烧火排出的火灰中煨熟了吃，打打牙祭，那味儿可香了。剩下的黄鳝，大人们用剪刀掏杀干净，加入蒜头、姜丝、辣椒等佐料，煎炒一碟开胃的菜儿。有农人正弯着腰儿插秧，左手拿着一束秧，右手插秧。拿秧苗的左手拇指、食指、中指娴熟地把手中的秧苗分开，递到右手上。右手三个手指配合，接过秧苗，眼睛找行距和株距的合适位置，裹住秧茎、秧根，向水田里轻轻一点，右手敏捷地抽出手指，秧苗就成功移植入了水田中。春去秋来，且久村又将有新的收获。

夏天，打谷后的田沟里，叔叔们把两头的水截住，放流到别处，拿少许石灰往沟里撒，一条条"土行孙"似的泥鳅就从淤泥里跳了出来，成为他们的"篓中之鱼"。

且久村，一个美丽古朴的平地瑶古村落，安静地等着你的到来。

流光溢彩所城村

桃川镇所城村，地处江永县之西南，共有 1100 多户，3900 多人，是全县人口最多的村庄，也是江永县农村最大的村庄之一。

所城村始建于明成化年间（1465 年），史载：皇帝宪宗为"御南蛮"，而屯兵于都废，筑所城以据，并统领岩子营、白象营、石螺营、鸡嘴营等四个军营。可见，所城村原为桃川守御千户所，明洪武四年（1371 年）设立，屈指算来，已有五百多年的历史了。昔时有正千户 1 人，副千户 3 人，镇抚司 2 人，百户 10 人，总旗兵 20 人，小旗兵 100 人，杀手 40 人，民壮 40 人，屯田兵 1200 人，流官吏目 1 人。后来，战事平息。康熙二十七年（1688 年）裁所后，军营人马滞留原地，留下的官军耕种自给，日益与迁徙而来的民众为伍，于是组成了而今的所城。所城人是驻兵的后人，剽悍尚武，土著人称所城为"贲园村"，在江永县桃川洞五十三村歌谣中就有"武勇集合贲园村"的说法。古时，所城共有 36 个姓，一个姓氏建有一座门楼，一个宗祠一口水井。

所城又称三仙寨，至今在所城通往冷水铺的田洞上还保留了 1 座 2 孔石拱桥，桥名文星桥，又名三仙寨桥，建于清乾隆四十九年（1784 年）。北门外，荒芜废弃的老石拱桥建于清康熙三十七年（1698 年）。

所城原有 36 姓，迁迁移移，如今不过 20 来姓。所城内的门楼现在只剩下几座，破"四旧""文革"时，牌坊、门楼、庙宇等一扫而光，这是保存较好的张家祠堂。

张家祠堂边上是原吴家洞人房屋。所城人都说，"所城隔开吴家洞，不进城门是古村"。吴家洞人最早选择在所城这个地方立宅，后来因为驻军的原因，才迁到西城门外。所城内吴家洞人房屋上的"福"字与吴家洞村房屋的"福"字如出一辙。

因为所城当时是座城，所以这里的建筑结构基本上是郡州郭的模式。明洪武二十九年（1396 年），千户杨城新筑土城墙，高一丈五尺，阔一丈，周围五百五十丈，门楼四，串楼五百五十五，壕堑阔一丈四尺，深一丈五尺，东南西北四门，上面有高耸的城楼。城呈长方形，城内有卵石铺成的十字街通达四门。城门 1.5 米以下为石基，以上为砖拱。所城的十字大街直通东南西北四个城墙大门，城内当兵的来自五湖四海，并掘有水井作为守备时的水源。城内建有城隍庙、晏公庙（晏公，显应平浪侯，江西一带的地方水神，在明朝开国皇帝朱元璋的大力推广后，各地纷纷建庙祭祀，遂成为全国性影响的水神，职司为平定风浪，保障江海上的过往行船）、将军庙、关帝庙、观音堂、梓撞宫、八角亭、三宝堂、戏台、牌坊、宗祠等古建筑。那古建筑上雕梁画栋、书法、楹联、字画在上面比比皆是，如楹联"成化远留库序旧址，武略专管绿林新军"。

所城村的村委旁边有一座古宅，由大户刘世仁兴建。现为所城村"269 号"门牌民居。这是一座"两进一落一天井两侧横屋"，红砖、小瓦、马头墙，两坡倒水歇山顶的房子。房子的下厅左右为"金印"式马头墙，大门居右侧墙下方。质朴的大门由门枕石、石门槛、石门框组成。门盖上的木簪上浮雕着莲花的图案。门楣上为"凸"出的砖砌成的马头墙模样，并饰以美轮美奂的字画。

跨入大门是下厅堂的过道，过道临天井处，左右各有一根瘦木柱子。柱子立在鼓形的石墩上，石墩上浮雕着花卉、瑞兽。梁下的雀替用木透雕着麒麟、花卉、人物。雀替上方是只浮雕的蟾蜍，寓意"蟾宫折桂"。两柱前方之间的横梁上，用板拱成"万户朝笏"的形象。原来天井用大青石砌成，上面拱着一座桥。可惜，今天看到的桥已毁，天井已千疮百孔。

从天井旁的过道进入上厅堂。上厅堂也用四根柱子穿梁斗拱建成，每根瘦柱都立在精美的石墩上。梁枋上雕刻着精美的花纹，梁下的雀替也透雕着美丽的人物、瑞兽、花卉。二楼临天井的面，用木制成甘蔗样的护栏，形成"转盘楼"。上厅堂左右厢房用木板隔成墙，堂屋后墙前用木板制成神龛，后面有木楼梯上到二楼。楼梯右边有后门直通巷道。左右两边有一横屋。右边的横屋已毁。虫子蚀空的檩条像鱼刺般垂下，撂荒的老宅成废墟，成了青藤、爬山虎、蒿草、小蛇、虫子的开发区。左边正面墙上有两个木门进入房中。横屋下厅房为镬耳式硬山顶，上厅房为马头墙。在大饥荒的年代，那些墙上曾经贴过用竹筒装的老鼠剥下来的皮。现在几个美术学院的学生背着画夹，在导师的带领下来这里写生。他们要画出鸿篇巨作，在书画界崭露头角。

所城村的古民居，都是徽派的"回"字形典型民居，大多是这个模式。当然，不同的地方是木雕、石雕、装饰等细节。比如刘国仪的太爷爷建的祖屋，大门门枕石都是浮雕图案。左边刻着栩栩如生的"仙鹤用嘴叼着宝书"。右边雕着惟妙惟肖的"鹿回头"。大门上有门罩，门罩下方有"雍睦第"三个字。天井的照壁上有"诗酒琴书"四个字，"诗酒"由刘世职写成，"琴书"二字由他的一个好友写成，是刘世职与好友友谊长青的见证。上厅堂梁枋上雕梁画栋，现在被主人刘国仪用胶纸包住保护，我们不能见它的芳容。刘国仪的古宅前有一口古井，当地人亲切地叫它"刘家井"。

在刘国仪保存的族谱上，我们知道了一些刘家家史的信息。始祖刘伴公，原籍南京凤阳府，是盱眙县太平乡第四团岳家庄人，明洪武二十九年升试实授百户之职，奉调桃川所城守卫一职。二世祖刘贵公应袭桃川守卫一职。三世祖刘敬公，应袭百户之职，奉调出征云南阵亡。四世祖刘信，荣任昭信校卫。

陈家门楼在十字街旁，现已毁，只剩一对石鼓和石门槛孤零零地留在宗祠前的广场上。陈家宗祠保存完好，是上下两进、中间一天井的青砖小瓦歇山顶的房子。

黄家门楼相隔陈家门楼不远，也已经毁掉，只留下两个精美的石墩，像两颗老掉的门牙，留在时光深处。石墩为长方形，左边正面浮雕图案，上为花纹，中间是梅花鹿，侧面右边上为花纹，中间是双马飞踏。侧面左边，上为花纹，中间为阴刻书卷，下为花纹。右边的石墩正面为"麒麟献瑞"，左右侧面的图案与左边石墩一致。

钱家门楼在另一条十字街上。门楼前原有一对拴马柱，现已被砸掉，空留两个小石。沿着三级石阶，就上到钱家门楼，门楼两侧为红砖砌墙。这是一座两坡倒水，一层的歇山顶式门楼。门楼内前后各有一对木柱，站在鼓形的石墩上。石墩上雕着奇花异草，瑞兽珍禽。木柱穿梁斗拱，撑成中间高两旁低的"凸"字形两坡偷水屋顶。大门门枕石是两个锃亮的石鼓，石鼓下方正、侧面都浮雕着飞鸟瑞兽，石鼓下方祥云簇拥。跨过高高的门楼门槛石，是用鹅卵石镶成的广场。钱家宗祠在广场的尽头，这是一座锁头房式的一层，青砖小瓦，两坡倒水歇山顶式的房子，正面墙上有两扇小门。大门居中，小门居左，左右两处墙体下半部分为火砖砌成。上半部分为木栅栏窗棂式墙。跨过木门，就是钱氏宗祠主殿，木桶粗的木柱，立在石墩上。石墩下边为八边形，中间为双层莲花，上方为圆鼓。那木柱穿梁斗拱，撑成"人"字坡。两根柱子之间，由三层梁枋呈"A"形。两头雕刻着祥云、花卉，梁下的雀替精美大方。钱家门楼往前走 300 米，是一排临街的铺面。

铺面正面用木板制成隔墙，墙上窗棂美轮美奂。在一家门牌号为"666"号的房子里，住着王秋泉的父母。他的父亲坐在雕着蝙蝠，下面是一个花篮的太师椅上，悠闲地看着中央三台播放的电视剧《乌龙山剿匪记》。见到我们来，他忙和我们聊起了王家的家史。始祖王迁公，原籍安徽省驴州府合肥县指马王家，因辅佐大明洪武有功，赐封武略将军。洪武二十九年，由合肥县迁道州宁远，指挥佥事。二世悦公，三世瑀、谨、琬，四世纲诸公世袭。至成化（1465 年），五世王初公，以御南蛮阴袭来镇兹土，乃卜宅筑城，并执掌桃川所千户印。代代繁衍生息，至今已传二十多世。王家族裔遵循祖训：王氏同族，豆萁莫煮。忠孝敬业，勤耕苦读。族人人才辈出。十二世王廷福，雍正元年辛丑岁入文庠，嘉庆元年丙辰岁敕封修职郎。十三世王士明，乾隆辛未年入文庠，乾隆五十八年授澧洲石门县教谕，在任六年。十四世王绍俭，皇清例授儒林郎，他写的治家四则：读书为兴族，斯文处世，繁衍子孙，立业立德，忠厚开基，富贵勿忘勤俭……至今对我们仍有不少教益。十五世王汝谘，字端顺，皇清特授修职郎，任县令正八品，寿二十六岁。十六世王之栋，字梓林，皇清例授登仕郎，任按察司照磨所供职。

王秋泉的母亲带我们去看了王家门楼。王家门楼前有一个1000多平方米的广场，中间有一条道路，两边堆着8个圆形石鼓墩（现存6个）。王家门楼样式与钱家门楼差不多，门楼前面左右各有一对拴马柱，可惜已被打断，只存4个小石在地上。门枕石也是一对石鼓，其外形、雕饰与钱家门楼差不多。门楣上有一匾，上书"大王家门楼"。与钱家门楼不同的是，前面的两柱为砖砌方柱。穿过王家门楼，不远处有一影壁。影壁对面是新建的钢筋水泥结构的王家宗祠。我们惊叹于前面8个石墩精美的雕饰，有4个石墩，中间立木柱的圆形大如脸盆，从一个侧面可以看出当年的王家宗祠是何等的气派。

王秋泉的母亲说，王家门楼前，原来建有一座雄伟壮观的牌坊。建牌坊的石雕等原材料都是用船从广西运来。这个牌坊的主人的丈夫是一个县令，英年早逝，她十九岁便守寡。牌坊雕梁画栋，可惜在破四旧时已损毁，石头都打烂运去建水坝了。我猜测，这牌坊的主人是十五世王汝谙的妻子，皇清例赠孺人，王母何氏坤明娘，她丈夫任县令正八品，寿二十六岁。

甘家曾经是大户，建筑大气，尤其是甘家祠堂"两进两落一天井"，青砖小瓦马头墙，两坡倒水歇山顶最为令人称道。从一个门楼进去，就是气势恢宏、绘画题诗精品化的宗祠，但是现在却是门楼和前厅倒塌，中厅楼顶破败，芳草萋萋，青藤爬满楼阁。由一个拱门进去的上厅保存尚好，可见昔日的辉煌。房子前面，一个汉子正双手执着木连枷，像挥舞双节棍一样"吱嘎吱嘎"地打着一堆黄豆，饱满圆润的豆子从豆荚中跳了出来。

所城还有一个比较有名的废弃狮子门楼，为所城最气派的门楼，据说是张家先祖为官后修建的，如今的张家只剩下四五户了，狮子门楼只有两对拴马石孤零零地立在废墟前面，1只石狮子在草丛中瑟瑟发抖。现在住在边上的是莫姓人家，搬到所城有一百多年了。

所城昔日北门通桃川街，南门通马畔、石枧，东门通茅草地，西门接吴家洞。古人云所城：东有三星伴月，南有龙虎二山，西有两河汇流，北有跑马校场。城西门外是演兵场，现在西门外有一块规则平整的大田，就是原演兵场的遗址。岁月如白驹过隙，风雨剥蚀，所城古建筑已面目全非，唯一保存的西门，看着让人痛心。原来铺砌规范的卵石街道，只残留了一小部分，其余都被水泥路"雀巢鸠占"了。

在所城四处寻看了许久，除了西门和个别地段残留墙基外，再也找不到半点城墙影子，护城河也变成了一条小沟。一头牛儿累了，在一个烂泥坑里卧着，嘴不停地反刍，它烙饼一样转一个身，浑浊的水儿涌上岸去，那些小蝌蚪就在干泥巴上不停地抖，等牛再一转身，蝌蚪才侥幸回到水坑里。一个男人在耕田的空档里把犁耙划伤的鱼一条一条地串起来，从腮筛穿入，鱼嘴出来，串成一串儿。他还抓了一只肥肥的青蛙，用线儿从前腿处捆了，挂在犁耙上，左晃右摆地回了家。所城过去的晏公庙，如今是所城小学所在地。

所城的背影在夕阳中越来越长，正如它当年轻轻地来，过去辉煌的一幕却轻轻地走了。星星还是那颗星星，而所城却不是过去的所城，它留给人们的只有无尽的思念。

花山三题

莲花戏台

我说女朋友，我要带你去的那个地方，很美，有古色古香的戏台，她就用嘻嘻地笑写在桃花般的脸庞上。她用柔柔的玉手轻轻地拉着我的手，撒娇似地问我，你说的是常常挂在嘴上的、在2000年被列为广西壮族自治区重点文物保护单位的那个戏台呀！

我做了一个绅士的动作，拉开了北京现代的车门，启动了车子，朝着广西钟山县两安瑶族乡的莲花村方向驾去。我看了看陷在副驾驶座上的她，水灵的丹凤眼，正含情脉脉地看着前方，一头秀发如瀑布般枕在座位上。美丽的新农村在车子的后视镜一闪而过，两安瑶族乡变化太大了。从县城走了约20公里，一座美轮美奂的莲花戏台展现在眼前。

我当起了导演，对女朋友说，莲花戏台建于清光绪九年（1883年），戏台南向和它相向50米是龙王庵，戏台平面呈"凸"字形结构，台口宽是7.85米，深是5.44米，后台横长是12米，进深是4.45米；整个建筑面积为96.2平方米，台基高为1.73米，前檐高为13米，青石砌基，砖木结构。重檐翘角歇山式项上，正脊饰鳌鱼及宝珠的饰品，蔚为壮观。我指着前面说，你瞧，二层瓦面上饰二龙戏珠，台口上方八角藻井，其天花板均绘八宝图案；前台两侧斗拱间是木雕狮子，后台正中屏。女朋友说，你个书呆子，又咬文嚼字了。这些匠心独运的建筑艺术让我们叹为观止！

不难想象，在节日里，老老少少坐在戏台前面，过足了戏瘾，他们回味在帝王将相的戏文里："自从归顺了皇叔爷的驾，匹马单刀取过巫峡……"一句戏文，人们眼前出现了《定军山》里的黄忠老将；人们慢慢地搜索，一个个历史人物，在眼前走来：有大破天门阵的穆桂英，有苦苦等待丈夫回来的王宝钏，有铁面无私的包公，有智取威虎山的杨子荣……

女朋友站在舞台上，张开双臂，在台上旋转，嘴里哼起了《西厢记》荡气回肠、缠绵悱恻的戏文：待月西厢下，欢风户半开；拂墙花影动，疑是玉人来。

我打趣说，安得后羿弓，射得一轮红。我就是那个张生。女朋友说，就你，臭美吧！

女朋友要我为她拍照，背景就选屏风上饰歌女手抱琵琶起舞图画的地方。上方是"河青海宴"四字大拱额。当她的手抚摸着莲花戏台台基上有龙凤花卉及人物的石浮雕，眼睛看着其下嵌建造戏台由来的碑文，情不自禁啧啧称赞。后台两侧是筑"山"字形风火墙，前台与后台相通的两个出将入相的门上有"龙飞""凤舞"木雕横匾，屋顶正脊是双鱼托珠。可以说整个戏台本身就是一件艺术品，无论是布局、结构还是雕刻都惟妙惟肖，体现了瑶乡独特的建筑风貌和瑶民的聪明才智。

从莲花戏台出来，女朋友意犹未尽，我又带她去花山水库看看。

花山水库

我把车子停靠在路旁边，拉着女朋友的手，四目远远地望去，杂草丛生。倾斜的水库大坝犹如一幅巨大的画轴，"花山"这两个白色字体就恰到好处地书在当中。我对女朋友说，花山水库是拦截思勤江支流大花江而成，集雨面积 76 平方公里，总库容 4450 万立方米，1984 年建成，形成了宽阔的水面和岛屿景观。瞧，在缠缠绵绵的山山岭岭，白银盘般的湖面上，颗颗岛屿如青螺立在碧绿色的水田中。

站在大坝上，放水闸塔楼、大渡槽等建筑宏伟壮丽，青山倒映着绿水，天水共长天一色。女朋友喜上眉梢。水库四周林区环绕，源头三叉村更有原始森林，为花山水库穿上了绿衣服。我们来的时候正是夏天，阳光灿烂，可是我们没有炎炎夏日的感觉，而是感觉花山很凉爽。原来这里冬暖夏凉，气候宜人。车行如画中，人似仙境游。花山水库真是人们休闲旅游的好去处，熙熙攘攘的人群在这个大自然的艺术宝库里遨游，一饱眼福。

玩疲惫了的游客索性摊开四肢，对着湛蓝的天空敞开胸膛，享受草坪这个席梦思的馈赠。玩饥饿了的游客在草地上摆上啤酒、巧克力、饼干、饮料、罐头……欢声笑语，好不快活！喜欢画画的游客，独自聚精会神地挥洒丹青妙手，恣意挥毫眼前的八百里洞庭般的花山水库美景。

我和女朋友用手抚摸着水库里的水，感觉到水的千娇百媚，我感受到了它的脉动和喘息。冯骥才说，晶莹剔透的水，永远跳动不已的是那浩瀚而又坦荡的生命。是的，智者乐水。女朋友说，你是智者喽，还是仁者乐山。我笑着说，我是两者兼而有之。女朋友说，鱼和熊掌不可兼得。我笑着说，我是花山桃花源中的隐居者。就像《致大海》里说的，人间的事物，只要富于海的境界都可以博大而又亲切，既辽阔又丰盈。我自然就能够两者兼而有之了。

我还告诉女朋友，如果你在冬季来到花山水库，还会看见冬季有候鸟来栖息，水面浮满珍稀白鹤等鸟类和谐生活的情景。女朋友说，是吗？那冬天我和你约定，我们还来这里重游！

我对女朋友说，花山水库与周围的龙口温泉、莲花古戏台、二帝庙、牛庙蛇场等景点组成花山旅游景区，自从 1990 年起开始对外接待游客，现在已经初具规模，并形成享誉粤、港、澳的品牌——花山寻梦之旅，吸引了许多中外游客纷至沓来。

女朋友说，花山水库锦山秀水，确实名不虚传啊！

花山油茶

我和女朋友舌尖上最难忘的是花山油茶。

我们围坐在油茶摊前，看见一头上包着碎花头巾，身着蓝色上衣、黑色裤子的农家女，等锅烧热后放了少许油进茶锅烧热，待油熬透，又放入早先切好的姜，边轻轻地敲，边轻轻地炒，等待炒出姜味后，农家女又迅速放入备好的茶叶，还是看见她边敲边炒，中间偶尔加一点水，这样茶叶就不会炒焦了。一会儿工夫，农家女加入蒜米蒜头葱头一起炒制起茶胶。我对女朋友说，所谓"打油茶"必须打啦，用木槌反复敲打，方能使风味俱出，至打透，再加入汤水。女朋友聚精会神地看着，最后农家女又加入高汤（白开水）和盐，烧开后滤渣，油茶就做成了。喝时放些葱花、炒米，送食自己喜欢的零食。看见一碗香味四溢，茶色似咖啡，红绿点其间的油茶，着实诱惑女朋友。她准备拿一碗品尝，却被农家女拦住了。我说，哪里有不让顾客喝的。农家女笑道，第一杯的油茶是不能喝的，因为第一杯较苦。

农家女又开始打第二碗油茶。她又像刚才一样动手做。农家女说，第二碗还行，第三碗、四碗才是最好的油茶。女朋友试了试，果不其然。

我们和农家女唠起了嗑。

农家女说，"花山油茶"顾名思义就是用油及绿茶做出来的一种特殊的饮料。它最初流行在钟山县的红花、两安两个少数民族乡镇。因为他们生活在高山地区，比较阴凉，而且饮用的都是山泉水，偏凉性。人民群众为了驱寒，就用山上自产的茶叶与姜、蒜头等配料做成油茶，用以驱寒。喝过油茶，不仅让人全身变暖、血液通畅，还让人精神倍增，所以逐渐流行，现在已成了钟山人们悠闲生活的重要方式，成为广西贺州的主要特产之一。

旁边有个老板模样的人告诉我们，钟山县的花山瑶族同胞喝油茶的历史已经有 600 多年之久，由于瑶家油茶本身的确是一种绿色食品，它对人的身体健康大有裨益，特别是它消食健胃、提神醒脑之功能极为明显。因此，喜欢喝瑶家油茶的人越来越多，其油茶文化的传播也就越来越广泛。

女朋友说，我们回去后，也打油茶，饮一碗油茶，就是饮一盏春花秋月过日子。我们相视而笑。

暮春拜谒阴阳桥

三月是属于女子的，因而我特地去拜谒与一位瑶族女子有着传奇色彩的阴阳风雨桥。

时令已是暮春，天上飘着毛毛细雨，而桃李正在收花之时。此情此景，似在为这位瑶族女子的飘零叹息。

春雨淙淙地在黄沙河中流淌。阴阳风雨桥就在广西贺州富川瑶族自治县这条河上。其中，一桥名曰回澜风雨桥，架在下花园和三园栋之间，另一桥名曰青龙风雨桥，建在回澜桥南下 500 米处。阴阳结合，情如姐妹。

站在回澜风雨桥下，和着迷蒙的细雨，我的眼前不禁涌现了盘兰芝憔悴的脸。我读着她源自与明代崇祯十四年（1641 年）陕西道监察御史何廷枢那一段凄美的爱情。

斗转星移，两座桥已沉睡了 370 多年。人面桃花何处去，双桥依旧笑春风。立在回澜风雨桥的栏杆前，我想这也许就是盘兰芝当年凭栏远眺、望眼欲穿的地方。那时节，兰芝妖娆倾国倾城，窈窕淑女君子好逑。在联诗作对庙会上，与未出仕的朝东豪山村的府学廪生何廷枢订婚。

在明万历丙辰岁（1616 年）秋，何廷枢进京赶考，金榜题名，钦点进士，被封为八省巡按。他一心想接盘兰芝进京完婚。谁知兰芝已被选入宫中，封为潘妃。两人的爱情从此夭折。但是，盘兰芝决定不再忍气吞声，不再沉默，决心建一座桥，为爱而歌，让爱永恒。

眼前的这座桥，石砌，券空，砖墙，木结构，集我国北方的石券桥、南方的亭和古远的阁以及本地廊桥四者造型于一体，蔚为壮观。有谁知道，这座桥的创建者却投入黄沙河中殉情了呢。可以说，回澜风雨桥是她一生灵魂的升华。她把一生的柔情缠绵在风雨桥里，把一生的幽恨洒落在风雨桥里，把一生的思念寄寓在风雨桥里，春光的浪漫不属于她。她的爱如黄沙河的一江春水渐行渐远。桥上至今遗存大型碑刻 12 块，其横书标题是"金石壮志""胜跨连虹""功立洛阳""功垂弈禅"，从古至今，人们在追悟这座桥的桥魂所在，为桥的创建者而歌而叹。

也可以说，回澜风雨桥是盘兰芝自尊自爱、叛逆坚毅的灵魂所在。"看沐成碧思纷纷，憔悴支离我忆君"。她用建回澜风雨桥来为后人留下一份神秘的问卷，370 多年来，每一个到过这里的参观者，一遍又一遍地寻找答案——一位身着瑶服的女子，在如血的残阳下，用凄凉的眼神对过往行人报以惨淡的一笑，而她自己却碎语呢喃，衣袂飘零。寂寞的情愫，没有人约黄昏，终于泪断成桥。爱情夭折，心桥不朽。从这座古色古香的桥，我瞥见了她不满明朝封建社会的腐朽制度，以风雨桥发出了铁骨铮铮的呐喊，彰显了瑶族女子的巾帼英姿和铁血豪情。

盘兰芝生前没有看到过青龙风雨桥。青龙风雨桥创建于明代崇祯末年，从监察御史加升太仆寺邑人的何廷枢在李自成义军起义后，向朝廷告归故里，为报盘兰芝的千古一爱，请能工巧匠修建。当我凝视青龙风雨桥时，我被他们 370 多年的罗曼史而感动。

古代的梁山伯与祝英台，外国的罗密欧与朱丽叶，他们千古一爱也不过如此。瞧，青龙风雨桥的桥营造法大致与回澜风雨桥相仿，两桥遥相呼应，既有肝胆相照之意，又有鸳鸯伴侣之情。拜谒完阴阳桥，我心头又多了许多感慨。为何廷枢，更为盘兰芝。我想今天我们生活在新中国的新社会里，男女平等，婚姻自由，我们要加倍珍惜，好好地工作生活，因而心头就欣慰多了。是啊，暮春已过，夏天还会远吗？

　　如果有时间再来游览阴阳风雨桥，我想一定会看到那震撼人心的一幕：回澜风雨桥与青龙风雨桥上，雨过天晴，彩虹高挂，两只蝴蝶缠缠绵绵，翩翩起舞，飞越这红尘永相随……

一座牌楼的魅影

这是一座恢宏壮丽的石牌坊，提起它的名字，在贺州乃至广西都大名鼎鼎。

它就是广西钟山县燕塘镇玉坡村廖氏宗祠前最具特色的古建筑——恩荣石牌坊。

古代的牌坊，按照材料来分有三种，即木牌坊、石牌坊、砖砌牌坊，按照内容来分有四种：即孝子坊、贞节坊、功德坊、功名坊。这些牌坊在中华民族的文化传统上一般分为三等，即御赐牌坊、恩荣牌坊、圣旨牌坊。

恩荣的"恩"意思就是指皇恩，"荣"的意思是指荣耀。"恩荣"两个字的意思是指皇帝赐予的荣耀。

这么一说，我们就明白了。广西钟山县燕塘镇玉坡村的恩荣石牌坊，按照材料分属于石牌坊，按照内容来分属于功名坊，档次属于二等牌坊。这个石牌坊是乾隆皇帝下的诏书，由地方政府出银子建设的。恩荣石牌坊在广西保存的仅此一座，珍贵程度可想而知，在 2000 年被广西壮族自治区列为重点文物保护单位。

一个艳阳高照的日子，当我看见湛蓝的天空下矗立在玉坡村廖氏宗祠前的恩荣石牌坊时，内心有一种震撼！它给了我一种庄严感和敬畏感！

在郁郁葱葱的笔架山、龙头山、三台山众星拱月般簇拥着的玉坡古村，恩荣石牌坊与玉坡村仍保存着的数十间旧式青砖大屋及数十厘米厚的护村石墙，以及古井、门楼、石板巷道、石桥、古祠庙，构成了一道亮丽的人文景观。

如果你要了解恩荣石牌坊，就必须先了解玉坡村的历史。

玉坡村始建于宋代，先祖廖正一原来是江西抚州府金鸡县人，元祐年间入试苏文公轼，曾出任常州知府，得名后，入党籍，自号竹林居士，有《白云云溪二集》留世。

宋元丰中进士的廖正一，任广西龙平县令（今昭平），他精选风光旖旎、山环水绕的玉坡坊为其子孙世代安居之所。如今子孙繁衍，日趋昌盛。

现在的玉坡村是由玉西、玉东、岩口井、石牌楼、大布围等几个相邻的自然村组成的，已经是一个 2000 多人的大村子了。2012 年 12 月，玉坡村被中国住建部、文化部、财政部列为全国第一批 646 个具有重要保护价值的中国传统村落之一。

牌坊文化是中国传统文化的一部分，一个村子有牌坊，在古代是相当荣幸的事情。

清乾隆十七年（1752 年）该村廖世德（号枣林）中举后，荣任河南省光山县知事。为纪念先祖廖肃在明朝万历丁酉年（1598 年）考取进士，初任四川省成都府灌县知事，朝廷后来又升任他为云南省临安府通判，为彪炳先祖在任期间政通人和、河清海晏，激励后人"读书志在圣贤，非徒科第；为官心存君国，岂计身家"，勉励子孙后代勤奋学习、见贤思齐、求取功名、蟾宫折桂，廖世德开始为建造一座漂亮的石牌坊奔波。

叮叮当当的锤子声从大山里工匠们开采大青石的工地传来，

一块块大青石被肢解成一块块厚实的石头。工匠们用墨斗画了样本，又一批能工巧匠在上面一阵鼓捣。大青石就被打磨出了精美绝伦的花样。那时候没有起重机，没有车子，我们很难想象工匠们是用什么方法把石块运到了玉坡村的，又是用什么方法把石头砌上去的。当然，石牌坊这个建设项目在廖世德的指挥下有条不紊地推进，直到在一阵"噼里啪啦"的鞭炮声中竣工。

它就是眼前祥云瑞霭下的恩荣石牌坊，260多年来默默地矗立在玉坡村，迎来送往南来北往的人，阅尽了每天的日出和日落，月圆月缺，在风风雨雨中彰显一种大美和力量！它仿佛在向人们诉说着历史的沧桑。

恩荣石牌坊占地面积为10.30平方米，宽6.22米，通高6.9米，为呈"一"字形三楹四重气势嵯峨的牌楼式建筑。四柱、三间、五楼、庑殿顶青石牌坊，榫卯结构，宽6.18米，进深1.66米，通高7.32米，通体用宏大厚实的青石建造而成，牌坊满布圆雕、高浮雕和浮雕，精美得无法用语言描述。我抚摸着这些坚固的青石，感叹这石牌坊消耗了玉坡族人的多少心血和汗水，凝聚了多少能工巧匠的智慧和艺术浸染啊！不禁对民间的能工巧匠的妙手神功啧啧称赞。

站在恩荣石牌坊下，我立刻被它馥郁古朴大方的气质所吸引。石柱立在石基座上，柱前后都设有抱鼓石，设计很科学，起到护杆作用，其中中柱正面抱鼓石上镂雕着石狮，明间正楼庑殿正脊两端饰反尾上翘鱼鸥吻，正中为宝葫芦顶，四斗拱间为透雕花窗，横枋下正中石匾竖刻楷书"恩荣"两个苍劲有力、美轮美奂的大字。我们一边欣赏，一边拿相机"咔嚓——咔嚓"，拍下这百闻不如一见的古建筑杰作。

玉坡恩荣石牌坊花抬枋及枋间的石板非常精致考究，抬枋上阳刻有"光前裕后"，"世泽绵长"匾，左抬枋间阳刻有"诒厥孙谋"匾，右抬枋间阳刻有"遵乃祖训"，都是雕工精细、刀法娴熟。花抬枋及枋间的石板上的高浮雕和透雕镂空的"双龙戏珠""双狮戏球""麟吐玉书""丹凤朝阳""八仙贺寿""鱼跃门龙""骑马出行"等十多组惟妙惟肖、格调高雅、气韵生动的题材图案，意韵深远，让我们叹为观止。图案非常华美，真是一座不可多得的艺术精品。这里的一石一雕、一梁一柱、一字一画，一个石鼓，一个飞檐翘角，都内涵丰富、博大精深，够我们慢慢品咂体味很长时间。

恩荣石牌坊的建成于无声处潜移默化着玉坡村的子孙后代。牌坊的作用是用以歌颂皇恩浩荡，彰显祖德，旌表贤良，褒扬节孝，以教化人心，激励后人。它巍然屹立在天地之间，形成了一股强大的引导力、号召力、推动力。恩荣石牌坊就像一面旗帜、一面镜子、一个标杆，无时无刻警醒和鞭策着玉坡村的子孙后代厚德载物，持之以恒，不忘功名利禄，不忘修身、治国、平天下；玉坡村子孙后代的人生观、价值观、世界观在它的润物细无声中，诚信的人更加诚信，尊师的人更加尊师，好学的人更加好学，上进的人更加上进，慈孝的人更加慈孝，爱国的人更加爱国……

"钦明门第流芳远，乐读家声衍庆长。蓂阶世泽垂明德，粟里家传好读书"。这些古老的对联，是广西钟山县燕塘镇玉坡村人尊师重教的真实写照。

在学而优则仕的封建时代，读书习武在玉坡村蔚然成风。遥想当年，玉坡村里多少人布履长衫，到书院求学，十年寒窗苦读，从这里走向乡试、会试、殿试，一举成名天下知。事实证明，恩荣石牌坊对于熏陶玉坡村的子孙后代的人品、气质、情操都功不可没。据史料记载，在明清时期玉坡村就有进士 1 人、文举 6 人、武举 4 人，有各类贡生 26 人，有廪、监、增生、秀才等不计其数。有官至辽东督都大总兵、藩司通史、直奉大夫、临安别驾、江南羲仓太史监千总；有官至云南别驾、文林郎；有的官至梧州总兵、副总兵、参戎；还有的官至河南光山，广西桂林、龙坪、灵川、柳城、全州等府县知县、知事、教谕、训导、儒学。后来玉坡村的读书郎亦步亦趋，在新的时代和机遇面前，他们踌躇满志，不断刷新玉坡村人才辈出人杰地灵的纪录。新中国成立后，玉坡村族人高举"百年大计，教育为本"的大旗，狠抓素质教育，不让村里的孩子输在起跑线上。村里的孩子们胸怀祖国，废寝忘食地读书，也出了不少的中专生、大学生，真正验证了一句古话："长江后浪推前浪，世上今人胜古人！"

这是多么让人欣慰的事情啊！

我们走的时候，正是日落西山红霞飞。老人们在恩荣石牌坊下享受着最美的夕阳红，一群玉坡村的孩子们背着书包穿过恩荣石牌坊。我想，一个将望子成龙、望女成凤、光宗耀祖的血液注入恩荣石牌坊的村族，一个将崇尚诗书儒学、报效国家的血液注入恩荣石牌坊的村族，家族头角峥嵘、出人头地的思想早已经深入人心，在每一个玉坡村人的头脑中，他们就是要努力拼搏，力争上游！

玉坡村，一定会拥有更加多的栋梁！一定会拥有更加美好灿烂的明天！

尘世中的桃园

井头湾村位于湖南省永州市江华县大石桥乡境内，紧挨岭头寨村、杨家木园村、沙井村、牛尾背村，距离江华县城 35 公里左右。井头湾村靠近 207 国道，西与广西接壤。

井头湾属于喀斯特地貌，四面环山，山间有广阔的平地，西河呈 S 形绕村而过，西侧群山连绵，东侧平地资源丰富。地下河众多，水系发达，地下河出口最出名的就是井头湾老古井，井水含有丰富的矿物质，是天然的矿物质水。

明末清初，蒋汝新背着包袱拉扯着蒋宗文、蒋宗易两个儿子，越过无数的崇山峻岭，渡过无数的急流险滩，躲过许多兵匪猛兽的袭击。一路风餐露宿，颠沛流离，举家落户这里，繁衍生息。蒋汝新就成了井头湾村的始祖。经过几百年的开枝散叶，现在已发展到 380 多户，1710 多人口。正如井头湾村里清朝同治甲戌年（1874 年）庚月在祠堂正中所立的一块"庆衍瓜瓞"的横匾所寓意的那样，人丁财旺，添丁添才，子孙满堂，门庭兴旺。

井头湾的古民居分为两个部分：宗文族部分和宗易族部分。宗文族部分由上屋顶民居及门楼组成。蒋宗文的后裔蒋士明、蒋士光、蒋士爵组织眷属把十分典雅的房子、门楼建在上屋顶，分为上下两座，不惜重钱请能工巧匠为他们营建，于 1843 年建成。宗易族部分由三座大屋民居和上下座民居及八字门文昌楼组成。

村中皆是庄重而不失雅致的青石板路，免去了村民出行泥泞不堪之苦。它凝聚着井头湾祖先的审美和智慧。跨进一座题有"九侯第"牌匾气势恢宏的门楼里，正应了古代有"穷家子，富门楼"的说法。门楼在蒋氏族人的心目中，有一种神圣、肃穆之感，家族昔日的功名和荣耀都在门楼上闪光。厚重的门楼，两块木头，一块像挽起的手，一块与横在横梁上的木重复交叠，支挑起深远轻盈飞扬的燕尾脊檐。鱼尾龙头为木雕的构建，"鱼"和"余"谐音，具有祈福吉庆、趋吉兴旺的愿景。

这闻名遐迩的"九侯第"传说是清朝乾隆皇帝御赐给蒋家第九个儿子的牌匾。宅第，那可是古代贵族的豪宅。汉代规定，食禄万户以上，门当大道的列侯公卿住宅为"第"。"九侯第"这一块牌匾的背后，有着这样的一个故事。东汉建武年间，先祖蒋伯龄生下了 9 个儿子，威风八面的蒋横南征北战，为国横刀立马，不料这运气就如天之不测风云，人存旦夕祸福。大将军蒋横被人反奏一本，诬陷的罪名是谋反。光武帝刘秀听信谗言，不分青红皂白，担心蒋横手握兵权，对抗朝廷。蒋横的驻地就这样被龙颜大怒的光武帝派来的兵包围了。蒋横知道此次凶多吉少，留下老七蒋稔为蒋横守灵外，剩下的 8 个儿子全部往江南一带逃窜。诛杀蒋横后，光武帝刘秀才醒悟过来，中了小人的道。怀着一颗忏悔和抚慰的心，将蒋家 9 个儿子都封了侯爷，分别为：清正廉洁的侯颖在公华；封在会稽（今属浙江）的侯郑；封在临江（今四川忠信）为民谋福的侯川；临湖心系民生的侯曜；临苏的侯浙；浦亭的侯巡；封在九江（今属江西）的侯稔；封在云阳（今陕西淳化西北）的侯默；封在函亭（今属江苏）的侯澄。井头湾村的先祖系蒋元公的长兄蒋靖公，后裔耕读传家，人才辈出。小小的井头湾村，当时发展到 12 户人家就出了 13 个秀才。而蒋澄的 5 个儿子皆成州牧，所以，世人也称蒋家为"九侯五牧"。

井头湾的古宅屋基皆用三层或四层经过精雕细磨、对缝精密、手感平整细腻的长条石砌成到窗台，既美观又牢固，防潮防匪。在一座蒋氏大院前，我们走了进去。青石雕的门槛、门帮。底座是"雄狮献瑞"的图案。先是看见一个长方形的天井，用平滑的石板砌成，周围有阳沟排水。青砖墙上，左右对称分列着两个窗棂，皆为镂空的木雕窗，图案十分精美。上有鸟雀，下有梅花鹿，层次分明，呼之欲出，四朵莲花众星拱月般分列东南西北。左右墙上各留一门通往左右厢房。走进下厅，内墙是用青砖砌成的，没有粉刷石灰，只是用石灰把砖缝粉饰，既有砖墙的原汁，又有装饰的原味。中厅是一个四四方方的天井房。跨过高高的木厅槛，脚下就是经过打磨的青石板铺成的地板。厅左边放置了一个石碓，右边放着一台石磨。厅房梁粗大，具有徽派"冬瓜梁"的特征。房柱瘦小，和徽派"肥梁瘦柱内天井"如出一辙。天井左右是用木板制成的墙。镂空的窗棂，有荷花点缀其中，雕工精细。天井内青苔泛绿，颇有诗意。厅堂采用穿斗式木构架承重。檩、枋、梁、柱、斗拱、牛腿的木材都很考究，构思立意娴熟，制作精致，图案精美，显示出蒋氏家族的富庶和温馨，可见蒋氏家族的财大气粗和审美观点。这些木材在用原木加工建房的过程中，经过能工巧匠的贵手，嬗变成了一件件工艺品。挂落、雀替、月梁、窗格等极富艺术价值、研究价值。瞧，窗棂艺术加工成了菱形、万字形、各种花卉鸟兽……画面完整、和谐统一，千姿百态。门上的铜门环，门下的青石礅、门楣，墙柱下的柱础石礅，都富有实用与祥瑞美观的图案。在这样的房间里摆上一个书柜，里面摆上至爱之书，书柜左边放一个高山流水的小假山，书柜右边则摆一张书桌，桌上养一盆兰花，放上文房四宝。房子中间则摆一张圆藤桌，四把小藤椅，倒上墨水，练上几行字；或者煮一壶茗茶，约几个好友，且饮且吟，那日子将是多么舒逸。

蒋氏祖先把审美与寓意巧妙结合。寿字和祥云是他们的喜好，就长到了梁枋上，寓意洪寿齐天；凤凰是他们的喜好，就飞到了门帮上，寓意丹凤呈祥；梅花鹿是他们的喜好，就走到了窗棂上，寓意鹿鸣岭南；麒麟是他们的喜好，就踞到了门墩上，寓意麒麟献瑞；蝙蝠是他们的喜好，就落到了门槛上，寓意福临门庭……井头湾祖先对这些地方的工艺要求精雕细琢，美轮美奂，重点装饰。流畅的刀法既丰美华丽，又不落俗套。雕刻的技法娴熟，镂雕、浮雕、阳刻、阴刻，具有很强的立体感、画面感、质感。古民居建筑美的深度和广度，在井头湾村这里得到淋漓尽致的诠释。

屋舍的设计也很科学。布局严谨，正房与厢房、下房相连，廊道回环，庭院幽深。中厅是一个大青石砌成的"回"字形天井，利于采光、排污，具有纳光、通风、引阳、冬暖夏凉的功能。蒋氏族人"天降洪福""四水归堂，肥水不外流"的诗意就栖居在这里。花开富贵的牡丹、福禄绵长的葫芦在窗棂上点缀着他们诗意的生活，意蕴庄重，子孙万代繁衍不断。遥想当年，那雕花大床，油光闪亮，洋溢着喜庆，张扬着情欲的内里。床前有一木制的小长矮凳，用于搁、踏脚板。床腿的正面刻着双鸟和鸣，花枝招展。床的左右、后方用高约 60 厘米的竹节式木栅栏围了一圈。雕花床的顶棚共分四层：最上一层花板为龙凤呈祥，浮雕的龙头居中，而那凤被木匠师傅艺术诗意化了，刻成分体的左右各一半，展示着它娇美可人的羽毛。那模样儿，恍如玉凤张开双翅，而金龙驾驭在上，正在交欢，正在缠绵。第二层共由 5 个花板组成，旁边左右的花板为对称式的喜鹊登枝，中间一副花板为双层的花开富贵、鸟栖繁花。第三层花板，左右各一块是竖立的长方形花板"喜上树梢"，中间的横长形木雕花纹板子，是惟妙惟肖的"龙凤呈祥""花鸟相伴"图。第四层为帐帘上方的拱形，是用透雕的花枝围成的。

上厅中间是神龛，香供一炉，茶奉三杯。粮糖米果，杜康米酒敬奉先祖。神台后有一楼梯直通楼上。整座民居上、中、下三厅前后相连，大厅套小厅，大房连小房，大厅、卧室、厨房、厢房、杂房、耳房、踏道珠联璧合。户闭时，小房、大房自成院落。这是乡绅富豪官宦人家才有能力建的房子。到了秋天，屋檐下，那吊着的一束束金黄的玉米棒子，那高矮不一、大小各异的南瓜，那一串串炮仗似的辣椒……让游客不由得举起相机、手机拍摄，发到群里，刷爆了机屏。木栏杆上，用米筛筛的辣椒、大头菜、刀把豆、花生、黄枸子、小鱼儿、虾米、红枣……五光十色，别有一番情趣。

在井头湾村，毗邻而居的是蒋宗文和蒋宗易后裔所建的两大宅院，是井头湾蒋氏村民的心理、精神生活寄托的空间。这些古建筑群不愧为华南古民居的"活化石"。它们具有典型的"青砖小瓦，马头墙，回廊挂落花格窗"的徽式建筑风格，彰显着蒋氏族人财力的雄厚，从一个侧面反映出蒋氏族人光宗耀祖、昌胜宗族的雄心壮志！

井头湾的三座大屋民居和上下座民居及八字门楼文昌楼却是蒋宗易的后裔所建的古建筑群。其中，三座大屋民居创建于 1830 年至 1832 年，为蒋宗易的后代蒋光椿、蒋士俊、蒋士耀、蒋士禄组织眷属请能工巧匠营建。分为上、中、下三座，高堂深巷迂回曲折，大大小小9个天井分布其中，栋宇相连，130多个门重重连通这个庞大的民居。它以规模之大，布局之齐，结构之巧，装饰之美，建造之精呈现于世。民居的布局形式上体现着中轴线对称，相对低矮的四合院民居式的中原传统特色。在建筑的群体组合、院落布局，平面与空间处理，建筑工艺、外观造型上……除了有徽派的影子，更多的是岭南瑶族异彩纷呈、天人合一的民居特色。

民居四周都是砖墙，具有隔绝外界骚扰、防御外强偷袭、防火的功能，形成安全的堡垒，舒适的生活空间。大门阳刻的麒麟欢天喜地，前两只脚舞着红绸，嘴舔着彩珠，毛色清晰，威风凛凛，惟妙惟肖。这"狮子滚绣球"的浮雕，跟明洪熙年间皖南民居的浮雕如出一辙，让人观之啧啧赞叹。檐墙下有独具匠心的石灰塑成精美的图案。两朵莲花并蒂在窗格里，中间是一仰天长啸奔驰的骏马，折射了主人的生活品位和儒家格调。这些古民居，布局美，规模大，建筑丽，保存齐，堪称华南一绝！人们在这里安居乐业，和睦相处。头戴花都帕、身穿蓝碧碧的衣服、腰缠红织锦带、靓丽的平地瑶族妇女，衣袖制作很有特色：青黑、红花、黑布从上到下排列的袖子，瑶族妇女正在用红、蓝、白、黑、黄等颜色的线织瑶锦。妇女手拿梭子，直起腰背，脚不停地在踏板上配合运动。井头湾的村民用勤劳的双手做出十八酿、腊肉、荷叶粉蒸肉、梅菜虎皮扣肉、圈圈果条、艾叶粑粑、水煮粑粑、油炸粑粑等。这些美食是井头湾居民舌尖上的美味，是他们风花雪月中不可或缺的口粮。

文昌楼古色古香的大门上镶嵌着一块清同治六年（1867年）的碑刻，从这碑文记载中，我们了解了蒋氏族裔维修大屋慷慨解囊、捐赠银两的数目。我们懂得了蒋氏族人的凝聚力、向心力。这是族人筚路蓝缕、前仆后继、诚心创业、开拓进取、和睦相处、团结合作、共存共荣的真实写照，也是一块古代账务公开的典范！

村外，青碧如练的西河是江华岭西片的一条母亲河，河水清澈见底，鱼虾嬉戏。养牛的娃儿看见了水渠里的水清清的，那些鹅卵石、水草、鱼儿都历历在目。鱼儿不安分地转来转去，让人目不暇接，那样子像当年放电影时片头前那不断变化、闪烁的光斑。娃儿们把裤管挽起来，把两头的水拦腰截住，水都劝流到别处了。然后，采一叶荷叶，掬几捧水进去，把小鱼儿捉了，放进荷叶中拿回家养着欣赏。源头在巍巍姑婆山——一路高歌流过河路口镇、涛圩、大石桥、白芒营、大路铺，与沱江汇合。西河呈S形从南淙淙往北而来绕村而过，分支成两股河流穿过古村，最后又汇合到母亲河西河。西河的西边是翠绿的山连绵蜿蜒，东边是碧绿的田畴阡陌。

井头湾村是一阕靓丽的《清平乐》，让我们魂牵梦萦。

福溪宋寨

福溪村系中国历史文化名村，位于湘桂边境秦汉潇贺古道旁，往北约 5 公里便是古代的武府府治麦岭府。千百年来，福溪村属楚粤交界之地，楚越边民交往自然而形成岭口"古道"。

公元前 214 年，秦始皇统一岭南，置下桂林、南海、象郡。福溪村当时属南海郡。秦始皇为开辟岭南通道，在广西境内修筑"潇贺古道"（秦古道）和"桂中通衢"（兴安灵渠）两大国道工程，而潇贺古道有一段 65 公里的道路恰从富川经过。

福溪村古属冯乘县，宋开宝四年（976 年）归富川所辖，元末明初属油糖乡。明末清初，福溪属汉族下九都五排，与瑶族上九都七源毗邻。清末，福溪归属上乡乐星团。民国二十一年（1933 年）后，福溪属第二大区。1952 年，富川与钟山合并，福溪属富川朝东区，1957 年撤区划大乡后属龙归乡，1984 年划归油沐乡，2002 年油沐乡撤并后又划归朝东镇管辖。

福溪村始建于宋代，是一个具有一千多年历史的古寨了。福溪村依山傍水，山秀水清。一条灵溪穿村绕寨而过，形成了"五马归槽景色鲜，溪水长清拥宅前"的秀丽景观。村后有后龙山，左有辅山，右有弼山，形成了"负阴抱阳，背山面水"的中国最佳的传统风水模式。这里三面环山，南面有一个开阔的豁口，从这山间可东达麦岭镇，西北通湖南省江永县、道州等地。

相传周敦颐的后裔子孙周弘颁于北宋告老致仕后，宦游路过此地，见这里山舞翠龙，山里腾着雾岚，乳白色如蚕丝游动，土地肥沃，小鸟啁啾着小调，从歪脖子树上流淌下来。一灵溪清泉溪流，清凌凌的水像一条玉带，自北向南，蜿蜒而来，泉水淙淙，确是难得的风水宝地。周弘颁便从湖南道州沿潇贺古道迁来这里定居，开枝散叶。"厥予村境蒋、周、陈、何各姓贤祖列宗，分异邑郡县，于唐末宋初先后不一地迁徙而来。其初地形凹凸高低不等，故名沱溪"。后经祖先辛勤辟野开拓，扩展兴修建砌，物丰丁旺，安居乐业，更名福溪矣。

福溪村是一个"徽派楚风型"古民居村落，形成了独具特色的"飞檐翘角马头墙，玉题杆栏万字窗，素瓦灰墙斜山顶，龙头凤尾伴太阳"的本土民居特点。福溪古民居被誉为"华南古民居建筑史上的活化石"。年轻的父母进城挣钱回来建的平房就在老宅的四周。城里的高挑秀顾的女子，身着石榴红裙裾，轻移莲步，用手机在这里拍摄了一段抖音。

古老的村子里住着周、蒋、陈、何等姓的村民 350 户，1600 多人，共有各种明清古民居 200 多栋，古建筑面积达 2 万平方米。福溪周姓族人，原为山东青州人，始祖周弘颁为宋雍熙二年进士，官居会稽太守，由湖广春陵（今湖北枣阳）迁来福溪，是最早定居福溪的村民。福溪蒋氏族人，原是周公后人，周公之子伯龄被封于蒋地，故以蒋为姓，蒋姓最早居于长安。南宋末年，扶逊公居于湖南道县杨柳塘。他的长子宗引公于元代大德年间（1299 年）迁来福溪。何氏宗族于清康熙年间（1618 年）迁至福溪。祖先叫文孙公，为山东青州寿光人。生居要道，屡被繁难，宋十六祥兴二年乙卯因胡元混乱，避居于楚北……《乡官引路歌》佐证了何姓祖先迁居的历史。

最后迁入福溪的是陈姓家族，居村子末尾，先民为山东青州人氏，祖先为舜之子孙。由舜封到女为后，陈氏子孙名进德拖家带口到"下关塘"落脚。而后，他的子孙陈宏谋带领家族转到秀水居住一段时间，最后痛下决心，搬到福溪定居。

福溪村中有一条1公里多长的石板街三石街，当地人也称"三镶街"。街中间为1米宽的青石板，最大的有2米长。两边再镶一块30厘米宽的长方形石条，形成了"块块街石一样大，方方石条两边镶"的结构。三镶街是福溪村的中心。街道两边商铺林立，鼎盛时期，店铺多达90多家。小熬米酒坊、豆腐坊、油榨坊、染布坊、瑶药店、打铁铺等鳞次栉比。潇贺古道过去车水马龙，熙熙攘攘。寨里一位鹤发童颜的老人还可哼唱千百年来担货走古道时喊的歌谣：挑——挑——挑肩匠，挑担盐，挑担酱，挑到江华扁挑断。挑到城上，换截狗肠；挑到洋狮糖，换块叮叮糖；挑到古城，换根烟筒；挑到乌盖山，换口铁鼎锅……这歌谣是潇贺古道渊源文明的见证之一。

村子里随处可见凸出地面的竹笋状、蘑菇状或奇形怪状的生根石。福溪村民从不动这些天然石一根毫毛。有的当即作为正屋天井中的山峰盆景；有的当作巷道的阶梯；有的作为大门的影壁；有的制作为庙柱的石墩……大人们还在生根石前烧香祈福；小孩们却把生根石当作梅花桩、游乐场……村里的剩余劳动力大都去城里挣钱了。村里的老人70多岁了，身体还很硬朗，能上山挖山药，能下地种庄稼。他们有的带几个孩子的孩子，像带一个幼儿园，接送孙辈、洗衣、做饭……悠闲地打发熨帖的日子。

这个古村辉煌时建有24座戏台、24座寺庙、24座花街大坪、

13条巷道、13座门楼、4座书院、4座祠堂……诉说着七朝古寨福溪的繁华与富庶。在富川全国重点文物保护单位27座风雨桥群中，福溪村就占了两座。

始建于清光绪二十二年（1896年）的锦桥风雨桥，成为历代名人墨客吟咏的景点。圆的桥洞、方的石块与河水相映成趣。有诗云："锦桥江流金销销，朱儒远眺乐翩翩"。还有始建于清光绪三十年（1904年）的钟灵风雨桥，位于朝东镇福溪村中部的小溪上。

和福溪有缘分的传奇人物有两个。

卫国景武公李靖，生于571年，卒于649年7月2日。字药师，汉族，雍州三原（今陕西三原县东北）人。隋末唐初将领，是唐朝文武双全的著名军事家。《元和郡县图志》载："李靖度岭，遣使分道招抚诸州，所至皆下"。"南逾岭至贺州四百四十里。正南逾岭至韶州四百二十里"。武德四年，李靖自四川出兵，由夷陵（今湖北武昌）抵广西富川度至桂州。大军驻师富川朝东镇福溪黄沙岭，并与梁军血战于谢沐关。谢沐关是潇贺古道上的重要关卡，又称世睦关、镇铹关、凤凰关，是古谢沐县与古冯乘县的分界线，位于富川朝东大鹏岭，因关内有谢水、沐水两河回流，故称谢沐关。

而福溪村，就是李靖的大后方。福溪村村民成为军队的坚强后盾。从谢沐关遗存的两块刻于民国十九年（1930年）的修路碑中，可见一斑："此（指秦古道）是诚邃三湘，通西粤之要径。高车驷马之往来不知几许，山珍海错之经过何止千般"，"是以富商大贾周游天下，交易之物莫不能得其所欲"（《史记·货值列传》）。而福溪黄沙岭为李靖大军驻师理想之地。当时福溪有商铺多间。这里"物茂人丰，市面繁华，税银得讫"。从中原运往富川乃至岭南交易的货物有金、铁、田器、马、牛、羊（见《史记·南越列传》）。而从富川乃至岭南运往北方交易的货物有犀、象、玳瑁、珠玑、铜、银、果、布之类（见《汉书·地理志》）。由此可见税收相当可观，不但供养守关的兵将、官吏，还要调拨一部分钱粮上交县、府乃至朝廷。

从挂有"乡官第"的门楼前的生根石往右穿过去，淌过福溪水，一座透出古朴、威严的庙宇映入你的眼帘。门楼里，几个妇女正在煞有介事地唱着彩调《盘花》：

甲妇女问：什么花开紧，什么花开松，哪呼了嗨？什么的花也开呀，花开面朝东，哪乎了嗨，哟噫哟，吔儿哟？

乙妇女答：牡丹花开紧，芙蓉花开松，哪呼了嗨！葵花的花也开，花开面朝开，哪呼了嗨，哟噫哟，吔儿哟……

这是中国现存仅有的两座罕见的庙宇。坐落在福溪村灵溪河畔的百柱庙，始建于明永乐十一年（1413 年），比广西容县的真武阁早 163 年建成。福溪马殷庙、百柱庙都是祭祀楚王马殷的庙宇。两庙一个是文庙，一个是武庙，中间由一条溪水隔断，又由一座钟灵风雨桥将两庙相连。

百柱庙沿袭了宋代的建筑特色。它坐东朝西。庙高 6.13 米，进深 21.94 米，面阔 20.86 米。建筑风格为砖木结构、重檐歇山、两旁突出厢廊，制双天井。总面积 384 平方米，内由中央正间、次间、侧旁明间、稍间为主体构造，两边配有厢房及廊榭。柱上云彩飘悠，蛟龙穿云破雾，采用楠木、水杉、香檀木为材料，由 76 根高 2~5.5 米、直径 20~38 厘米的粗大圆木柱，44 根吊柱支撑而成的"岭南奇观大庙"，是世界上现存唯一一座全部采用月梁、穿斗、托峰、托脚、扶手榫枋采用过梁的斗拱式结构建筑。马殷是汉代名将马援之后，生于 852 年，卒于 930 年，字霸图，许州鄢陵人，少年做过木工，从军后，跟随秦宗权部将孙德入扬州，而后又转从别将刘建峰攻取潭州（今湖南长沙）。896年，刘建峰为部下所杀，马殷被推为主。927年，后唐册封马殷为楚国王，后唐天成二年五月初六日，正式建立楚国。下辖今湖南全境及相邻的广东、广西和贵州的部分地区。911年，马殷撤谢沐、冯乘二县划入富川，升格富川县为富州。当时，匪患猖狂，楚王马殷亲临谢沐关，御驾亲征，令其族弟马彬为楚国岭南兵马大都督，与当地军民剿匪平乱。楚王马殷南巡镇守福溪达半年之久，他督促马彬将军亲率冯乘、富川、谢沐关等地的军民同仇敌忾，根除匪患。一时，部队军纪严明，秋毫无犯，富川海晏河清，政通人和。

马殷在位期间，采取"上奉天子，下奉士民"的策略，不兴兵戈，保境安民。他对内发展农业生产，减轻百姓赋税。"不征商旅"，促进了商业繁荣。他大力修复水利"灌田万顷"，对富川瑶族，马殷实行民族和睦政策，保持这里的旧制旧俗，收取赋税低于其他州县，鼓励瑶汉融合。马殷又让中原将士把中原先进的冶炼、陶瓷技艺及农耕文明、习俗文化传播到富川。福溪人民为了表达他们对马楚王的拥戴、怀念之情，感恩楚王马殷的恩情，遂建庙宇祭祀。福溪人每当在马殷庙会时，就请各地的桂剧、祁剧等剧团来表演，演出地点就在马殷庙对面的戏台上。古色古香的戏台与淳朴的戏迷交流着戏文。

三石街邻着的13座门楼，每一座门楼承载着福溪人的家族荣耀。门楼彰显的是福溪人崇文尚武的传统，如"春儒世及""文经武纬""守土成仁""乡官第""文魁""经魁""进士""武举"等的匾额。民国三十三年（1946年），日寇犯桂时，何安仲抗敌殉难。时任广西省政府主席的黄旭初特别为这个普通士兵赠送了"守土成仁"的牌匾。这些寓意才子高中、光宗耀祖的门楼像一座座荣誉室一样，教育着族人敢于担当，开拓创新，与时俱进，像荷花一样为人处世，无私奉献。

这个对莲图腾的瑶寨，这个心怀感恩的古寨，出过 5 个进士、35 个顶戴花翎的官员。福溪村走出的才子俊彦有：周弘颂，宋代年间为会稽太守、尚书；周尚才，明代十六年为尹平乐府；何振锋，清代十五年为平乐府教渝；何常吉，清代为平乐府吏使；陈璋，清代为广西左春坊，左中提督。"青山林儒幽羡濂溪之美，心存王室雅颂公旦之贤"，正是对福溪人杰地灵的真实写照。

令世人艳羡的北莱村

我痴迷昭平县北莱古村落的秀美，一个云淡风轻的日子，我驾着车，把车子定位于广西壮族自治区贺州市东北部的北莱村，车子从高速路来到黄姚，再从黄姚古镇出发走了约 10 公里路就到了。

北莱古村属典型的喀斯特地貌地区，周边奇峰耸立，村子后拥田螺山，错落有致，在蓝天白云绿水青山映衬下，粉墙林立，黛瓦鳞铺，雕梁画栋，仿佛一组组凝固恬静、精美的工艺品。

新建的仿古大门让我眼前一亮。那门上的一副对联"山里古寨胜蓬莱，天外银牛卧村北"，将这个水墨画里的北莱古村落迷人的风景人文恰到好处地概括了出来。

我怡然自得地徜徉北莱村，疑似走进了武陵人家。但见村前的古木郁郁葱葱，虬枝散叶，层峦叠嶂，美不胜收。150 多年前的樟树，不知是村中那一位先祖所种。茂盛的古树荫蔽间，有一新建的仿古戏台。每逢节日，北莱村里请来戏班子演出精彩的桂剧、彩调，一时间，锣鼓喧天，丝竹管乐齐鸣，生、旦、净、末、丑粉墨登场，戏迷们在《平贵回窑》《黄鹤楼》《玉堂春》《斩三妖》《大破天门阵》等戏中过足了戏瘾。戏台的前面是一个球场。这幽雅的环境是人们茶余饭后健身、散步、休闲、娱乐的好地方!

青石铺成的巷道缀着青苔,携着青草,人们日常出入走在这些通幽小径上,看着古村悠悠、炊烟袅袅,顿觉远离喧嚣,返璞归真。

村里现在保存的门楼有 4 座。荥阳门楼是其中的代表之一。门楼上有两个圆洞,估计是安枪射击和瞭望口,表明门楼是村中的一个防御系统之一。上面有一副对联:居仁由义出入亨通,履中蹈和往来贞吉。仁义、和谐是北莱人追求的最高境界!

中国的古民居一般分为北方合院式、南方合院式、南方天井式、组群式四种类型。北莱古村落的房屋多为南方合院式、天井式,系粤式砖瓦结构,以青砖黛瓦为主。有一部分房屋是黄泥砖墙,人字形的山墙,黛瓦为顶,三线三肚都漆成白色。样式与分布在广东梅县一带的三间两廊式民居类似。这种古民居在广东中部地区非常流行,在潮汕一带被称为"爬狮"。它见证了中原文化在南粤大地,再到广西昭平北莱的传承嬗变过程。

瞧,北莱村的这些古民居,三间正房,一间是大厅,用于生活聚会,办红白喜事,两间卧室。在三间正房的左右各有一间厢房。我抚摸着这青砖斑驳的墙,凝视着那黛色的瓦,顿觉神清气爽,心旷神怡!

柿树、樟树与刻满岁月年轮的雕栏屋舍构成了一幅幅人与自然的和谐画卷。那些牛栏夹在其间,腰儿又比去年佝了不少的大爷,一次又一次地跑进牛栏里,他家的母牛刚产下了一只小牛犊。他来,是为了捡牛胎衣。他走得这么勤快,生怕母牛把胎衣给吃了哩。

墙上的雕花惟妙惟肖,呼之欲出,悠久的历史、厚重的文化扑面而来，这些饰品是向世人展示房屋艺术造诣的地方。蓝天下，浮雕的菊花花团锦簇，叶碧花黄；一只白色的鸟儿立在枝头，头贼溜溜地往右看。另一只鸟站在枝上，鸟爪狠狠地抓着花枝，蓄势待发，展翅欲飞，寓意荣贵万年。古墙既透出沧海桑田，岁月流逝的无奈，又诉说着以前的富庶与雍容高贵。

有的画着嶙峋的石丛，旁逸斜出几个硕大的蟠桃，令人垂涎欲滴。两只喜鹊在枝上呢喃栖息，寓意多寿多喜。

有的塑着灰朔，似中国画轴展开的书法绘画作品，那一行行颇有功力的文字，字体苍劲有力，行云流水，分明是出自书法大家之手。它们向后人展示着主人昔日的审美情趣，以及豪门望族房舍的显赫装饰。

由叠着的三步条石，我拾级而上，进入一个大门。门枕石用左右对称的两块长方形的条石，下面横一块条石作门槛。房院内凿得平平整整的大青石围成一个天井，在设计上遵循"四水归堂""天降洪福""聚光纳瑞"的理念。水聚于天井的阳沟，再由阴沟排向户外。

建于光绪年间的潘用田祖屋，由左右两座厢房、天井、三间堂正房和院墙组成一个四合院。正面墙左右厢房为两坡倒水歇山顶屋。老房子里，当年潘用田家的双层的茶几呈长方体，静立在墙边，四只脚用木雕刻成竹节样，上面摆着茶壶、茶杯。中层摆着茶叶。那柜子也是精心打制的。双狮抢珠游走在正面，柜盖上面左右，却是对称的缠花枝条，一把铜锁吊在上面，守护着主人物件春夏秋冬的安全。那立柜里，左边是抽屉，右边是抽屉，抽屉上着铜锁，里面放过光洋、手镯、布票、契约、房契……

北莱古村的古民居，工匠们用民国绛彩的细腻手法来装扮屋墙。那些"花鸟虫鱼""山水景观""人物典故"图案，无不体现了昔日主人的文化品位和嗜好，寓意了主人吉祥祈福的愿景。如张德越、张福起叔侄祖上建于民国时期的祖屋上惟妙惟肖的浮雕灰塑：左边为苍劲的古树，树枝中间有一鸟儿，右边是一只羊儿。鸟儿、羊儿的上面，一只喜鹊已飞上枝头。

可见，北莱古村落传统的儒家思想、趋吉文化、阴阳文行学说（风水）、风俗民情等，对古民居的布局、营建及装饰都产生了深远的影响。

北莱村人杰地灵，出了些人物。张高明，清代武举。张克明，清代文举人。潘宝疆，曾任广西省议会议员，民国十四年荣任昭平县县长，民国十九年署理钟山县县长兼民团司令。张生富，新中国成立后出任界塘乡第一任乡长。张贵有，曾任桂林市平乐县委书记。张德奎，原广州军区海军师部参谋长。张钒开，现任广西金融投资集团驻贺州办事处主任。

宅院里，我看见一个太公手里捏着烟斗，乐呵呵地望着曾孙女、曾孙子唱童谣：

一螺穷，二螺富，三螺四螺卖豆腐，五螺六螺挑粪过河，七螺八螺金子、银子搭秤砣，九螺十螺嫁给皇帝做老婆……

稚嫩的童声和谐押韵，诙谐幽默，朗朗上口的童谣，在三间两廊式民居的上空回荡，欢声惊动了栖居在檐下的一窝春燕。

"太爷爷，我的是二螺。"

"哦，让太爷爷仔细看看。"

"太爷爷，我的是七螺吧！"

"你小子数对了吗？"

"我的是九螺噢！太爷爷。"

"噢，好曾孙女，你的心还蛮大的！"

"你们都臭美吧！要想富，得勤劳，要想成才，得勤奋。"太爷爷捋着白胡子笑了。

这些四代同堂的温馨画面，宛如陶渊明在任彭泽县令时写下的一首《归田园居》。

北莱村寨中，古色古香的民居和柿子树相映成趣，水墨宅院显得更加气势恢宏，房子倒映在水塘里，水映雾绕，鸡犬相闻。水塘是北莱村画龙点睛之神来之笔。鱼虾在水塘里嬉戏，既美化了村子，又能为村民排水、蓄水、消防做贡献！

那石阶有的杂草丛生，而被人号称"爬狮"的古民居沐浴在一米阳光下，几个画家、摄影家看着这遗落山间的至宝，打着呼哨，搞起了创作。他们的灵感加上眼前的素材，我想，他们会创作出誉满天下的大作！

久负盛名的北莱村还很重视水口、水埠头的建设。青石围成的水埠头，方便了村中妇女们洗衣、淘米、洗菜。北莱村的水口建设，表明了村民"唯愿五龙布福，当在水口来朝，催豪催富，催子催孙，催起荣华富贵，金玉满堂"的风水理念。

北莱村中有一个"镇村之宝"，那是一块巨大的天外飞来之物，长约 1.2 米，宽 0.6 米，高 0.5 米，遍身布满大小气孔，褐色的外表，质地坚硬无比。这个重约 1 吨的天外来物，是 100 年前从天外送到北莱村的礼物。这块形如牛犊大小的陨石，在 1958 年"大炼钢铁"时，由 25 位身强体壮的村民抬进了炼钢炉，希望它涅槃成社会主义建设的钢铁。陨石在炉中焚烧三天，竟毫发未损，这样村民暗暗称奇，并送"大银"绰号。中国科学院紫金山天文台林素，带着该院的研究生徐伟彪在 2006 年来到偏僻的北莱村，开展铁陨石的矿物岩石学研究和化学群分类，从这块天外来物上取下样品，回到院里研究。一年后，从北莱村的这块陨石样本中鉴定出了八种矿物，主要矿物为铁纹石，其次是镍纹石，还有次要矿物，包括磷铁矿、陨硫铁、石墨、磷酸亚铁及一种未知名的矿物。陨石收藏炙手可热。2015 年，北莱村民对这块天赐宝贝难以释怀。他们自发集筹资金，在村子中央建设了一个凉亭，把陨石请了进去，并将这块牛犊大小的陨石用水泥固定在凉亭的底座上。这让镇村之宝躲过了几劫。可惜在 2019 年 1 月 27日凌晨三四点钟，它还是被利欲熏心的家伙偷走了。

北莱村民现在看见原来镇村之宝卧着的地方空空如也，心里真不是滋味。他们是多么希望警方早日破案，让陨石完璧归村。

北莱村民望眼欲穿！大银，你在哪里？不久，警方破案，镇村之宝完璧归村。村里为陨石建了座房，安了防护门，安了监控系统，守护好这块大银。

令我备感欣慰的是，古老的北莱村虽然共有扶贫建档立卡户223 户共计 1049 人，但是，在党的扶贫惠民政策指引下，帮扶人与贫困户齐心协力，依托种养、乡村旅游、产业调整、劳务输出……已有 25 户共计 87 人脱贫。40 多位贫困户在家门口就找到了就业岗位。

我路过北莱古村落的一个工地，那里正在建一座水泥砖混结构的新宅。几个泥瓦匠正用瓦刀码墙，他们口中唱着歌：

　　一建门来，二建厅

　　鲁班师父造得精

　　左边造个秀才第

　　右边造个进士堂……

歌声和着劳动的节奏，北莱古村美好的蓝图在他们的歌声中正一步步地变成了现实！

深坡纪行

娴静的深坡村依着葱茏的后龙山错落有致，那可是蒋氏族人眼中的双狮抢珠山。山势从东面绵延而来，风水在这里汇聚，蒋氏族人在这里繁衍生息。

我们来深坡的时候，天正下着雨。青砖黛瓦的恕堂书屋在烟雨朦胧中，显得那么安静、祥和。恕堂书屋是在清朝咸丰十年（1860年）左右，由例贡生蒋登元创建的。蒋登元的助学义举在当地一时传为佳话。这些群众的口碑，可以在书屋的门联上看出来：恕堂先生助学建书屋千秋义举，深坡族人修葺保古迹历代功德。雨水在青石板的巷道上，溅开一朵又一朵水花。雨帘中，书生们打着雨伞，陆陆续续，鱼贯而入。从书屋里传来温馨的对话：

"山娃，你的衣服淋湿了。快到先生的火炉边烘一烘。"

"谢谢先生！谢谢先生！"山娃把衣服拧干，放到炉火上烘。

"杰娃，你今天迟到了哦。"

"先生，我母亲病了。我做好早饭后，服侍她喝了药才来书屋的。"

先生拿戒尺在杰娃的手心轻轻地打了三下。"孩子，记住，以后要早到。"

"先生！我记住了。"

"贤娃，你的毛笔字士别三日，当刮目相看，大有长进啊！"先生一边用手指着他的字，一边用手捋了捋八字胡。

"谢谢先生夸奖。先生的字，字迹苍劲，行云流水，才是好字。弟子的字差远了，应向先生多学。"

先生一阵咳嗽，几个书生忙上前倒水给先生喝。还有的书生则给先生捶背。

"先生可要保重身体。"

先生摆了摆手，示意大家回位继续学习。

一袭单薄青衫，身材瘦小的先生向书生们拱了拱手。师生行了礼，一堂抓人心魄的课就开始了。先生在书屋里教学子们学习《四书》《五经》《论语》《中庸》《大学》等课文。书生们仰慕先生已久，他们怀着一颗朝圣的心而来，学习自然就特别用功。当操着八都瑶话的先生摇头晃脑地讲学时，书生们把对先生的崇敬与钦佩化为动力，苦读圣贤书。琅琅的书声顿时穿过三镶街，在深坡村上空回响。

历代先生坚守三尺讲台、两手勤浇桃李树、一心乐育栋英才的画面，这些教学相长的一幕幕，在我脑海里不时闪现。师生情浓，故事可多了，讲几天几夜也讲不完呢！

深坡古村，自从有了这些书屋，就有了孔圣人儒家思想这一甘霖雨露的润泽，就有了礼乐清泉在这荒村古道上流淌。每天先生就和书生们在书海里遨游。许多放牛娃经过先生的传道、授业、解惑，一个个破茧成蝶。那一个个乌黑大字、小字认不得的黄毛小子，经过道德、文化、仁义、礼智的浸润，渐渐地成为一个个鸿儒雅士。他们在这里写山水游记，练诗词歌赋，长人品文品，收获满满。

兴学重教历来是深坡村人骨子里最看重的事情。万般皆下品，唯有读书高。这一古训已深入深坡蒋氏族人的心中。深坡村的学子们在儒家思想的滋润下，人人见贤思齐，文明蔚然成风。才学过人的先生，诲人不倦，将一枚枚晶莹、饱满的文化种子，在深坡这片天蓝蓝、水碧碧、人淳朴的土地上播种，将儒家思想在深坡这片乐土上浇灌。深坡村的学子也很争气，在历代科举考试中，技艺群芳，独领风骚。宋、元、明、清共出了6名进士、9名举人、13名贡生、8名监生、3名儒生、86名庠生……蒋士弘和蒋雷奋是宋朝中的进士。蒋山父是明朝壬戌科中的进士。蒋延楷、蒋岩、蒋琳是清朝中的进士。深坡村在清朝中的举人共有9名，分别是蒋中菊、蒋延知、蒋世培、蒋瑛、蒋尔贤、蒋尔楫、蒋应途、蒋守元、蒋唯一。蒋氏族人子弟中出的贡生也有13名之多。这些才子俊彦分别是蒋祐明、蒋瑶明、蒋尔功、蒋应逸、蒋珹、蒋登云、蒋选能、蒋延佐、蒋朝立、蒋惟一、蒋延智。此外，莘莘学子中还出了8名监生、3名儒生、86名庠生。新中国成立以后，深坡村在外工作的干部职工就有20多人，正应了"天道酬勤""世上无难事，只要肯攀登""有志者，事竟成"的古训。

深坡村还出过铁肩担道义的侠士，如：蒋献魁、蒋延贵，清赐赠武德骑尉；蒋守元，清赐赠武信骑尉；蒋延相，清五品军功；蒋登瀛，清六品军功……他们以瑶家子弟的大义凛然、忠厚本分，以血性阳刚之气，英勇无畏，屡立奇功，为深坡族人争得了荣誉。

深坡村出了那么多人才，汲古书屋也功不可没。位于三镶街中心点有一处墨香四溢的书屋，名曰汲古书屋。它也是深坡村的一个重要的文化符号。书屋闹中取静，书生们在这里"师古追范，读书明理汲古纳今，为官理政崇贤重教"。这两座书屋都让深坡文明变得源远流长，致使深坡文化名人扎堆涌现。正如深坡一门楼对联所言：后裔人才辈出入府致仕途，先祖出类拔萃中举登进士。

青砖黛瓦的蒋氏宗祠分为上下两进，中间是天井，宽敞明亮的上下两厅，浑然一体。上厅的柱子上有一对联："伯龄祖名垂东都艰辛创千秋伟业，士弘公德振西粤睿智启发万代文明"。从对联中，我们知道了蒋氏先祖源远流长，克勤克俭，创业兴家，繁衍生息，诚心兴家。下厅左厢房门上有一联是对祖德的歌颂："深怀祖德猫儿山麓开基立业，坡居地灵高阁房廊环绕村庄"，横批是"洛镐深源"。蒋氏宗祠既是深坡族人祭祖先、缅怀先祖功绩的地方，也是族人议事、训诫子弟的重要场所。

蒋氏宗祠门前的路旁，是几根用大青石凿的拴旗拴马用的柱石。有的柱石上阴刻的字迹仍清晰可辨，诸如"光绪三年丙子科武举蒋世纯立""光绪四年十二月榖旦例贡生蒋登云立""咸丰辛酉补衬巳壬、未子两科举人蒋世培立"。看着这些栓旗拴马石，我感觉它们太厚重了，虽然历经沧桑，仍然是深坡村族邸显赫的历史见证物。家族的显赫、辉煌的历史都可以在这里追根溯源，这些古董，似在向研究者无声地诉说蒋氏族人砥砺奋进的场面。

旗杆石拴马石沉默不语。而我的心绪已穿越百年历史。遥想当年，宋嘉定桂林府通判的旌旗迎风猎猎，一显蒋士弘的衣锦还乡风采。明朝御史官蒋山父那年还乡，鸣锣开道，万人空巷，官轿就停在蒋氏宗祠前。我望着这些柱石，好像那些深坡的才子佳人就立在那里，成为激励族人向上进取的标杆。我揉了揉眼睛，看，清朝河南开封汲县知事蒋中菊正在宗祠里与村中长者把酒话桑麻呢！瞧，清朝千总蒋瑛的枣红色马匹正在仰头摆尾，和蔼可亲地望着围观的乡民。

深坡的古巷有多深，深坡的文脉就有多深。村子的古巷上，一男一女正在录抖音呢。他们口里正哼着小曲儿，一点也不比专业的逊色。

男：第一回。

女：高松哥。

男：到你家。

女：高松哥。

男：你不在哎！

女：哎呀呀怎么了？

男：你妈说你河边洗呀洗白菜。

女：小郎哥，骚老哥！我河边等你来吧……

深坡的一石一柱，一砖一瓦，一巷一楼故事太多。阳刻的狮子的石墩，雕龙刻凤的门窗，始建于明朝的八字门楼，骑楼式的三节门楼……走进深坡，三步一处美景，十步一处人文景观，五十步一处古迹，令人叹为观止。

河堤两岸，传奇高古的槐树粗壮虬枝，树冠如伞，典雅洒脱在风中笨拙地摆动；柞木茂盛的身体正亲吻着春风；重阳木体态飘逸，在阳光下伸着懒腰；几只小鸟在楚楚动人的黄连木上对歌；一个鸟巢在如蛇弓腰的乌桕树上随风跳舞，拴在随遇而安的老樟树下的水牛四蹄不安分地乱动……多么浪漫的童话王国啊！可喜的是深坡村种树、护树、爱树蔚然成风。村民们把"广西壮族自治区古树名木保护牌"挂在树上，实行河长、树长制。古木被建档入案。古木的编号、拉丁学名、别名、科属、保护等级、树龄等都一目了然。游人在这里不但能够看到古树的雄姿，而且像打开了一本有关树种介绍的大百科全书。

有了这么丰厚的文化积淀，有了这么好的人文景观，有了这么靓丽的自然资源，精明的深坡人在地党委和政府的带领下，深入挖掘有价值的古迹，做大做强深坡现代乡村游这个蛋糕，让老祖宗留下的人文景观为深坡人的旅游梦注入生机和活力。深坡乡村游渐渐火了，蒋氏族人的腰包慢慢鼓起来了，深坡正昂首阔步走进新时代。

深坡千亩油菜花观赏园、深坡观鹭楼就是在这种背景下应运而生的。

雨过天晴的千亩油菜花园，在蓝天下来了个深呼吸。春雨给千万朵的菜花来了个痛痛快快的桑拿浴。金黄的菜花芬芳潋滟，宛如唐诗、宋词，丽如元曲，靓如瑶乡蝴蝶歌。那一望无际的油菜花，犹如一块黄色的丝绸，在微风这台鼓风机的吹动下，此起彼伏，翻卷着金色的花浪。油菜花像打开了一坛瓜箪酒，让人沉醉。花和泥土的芳香沁人心脾，人宛在画中游一样。我们在菜花中穿梭、嬉戏，其乐融融。

观鹭楼也是一处新打造的景点。楼倚后龙山而建，系仿古式钢筋水泥混合建筑。红柱子，琉璃瓦，雕梁画栋，雄伟壮观。建此观鹭楼的初衷可在楼门的廊柱上看出来：仿太白坐看白鹭游天，学渊明陶醉世外宁静。从螺旋式的楼梯往上看，深坡古村尽收眼底。但见旭日当空，葱茏的树木在山上跳广场舞，鲜嫩的小草在坡地上轻盈地摇动腰身。山环水绕，远山如黛，屋舍错落有致，阡陌纵横，鸡犬相闻，男耕女种，牧童嬉戏，鸟语花香……登斯楼你会觉得心旷神怡，视野开阔，美不胜收。楼上的其他对联把你此时的境界和盘托出："红日蓝天翔白鹭，青山绿水映紫徽""一亭依山立，千村眼底来""抬头天宇阔，回首稻花开"

"登亭远望田园美景，闲坐静听鹭鸣清香""林中闻鸟语，园内踏花香""亭山观白鹭，诗朋赋诗章"。在观鹭楼，你春夏秋冬来，会看见四时景不同。一年四季的山水田园美景让你心仪，让你忘却红尘中的种种烦恼。在深坡村行走，就有作家张祖华在《乡居》中写的那种感同身受：与一个虚浮纷扰的世界保持疏离，灵魂不断向高处而不沉沦，人生渐臻佳境，自我生命得到应有的救赎。

深坡村真是"好山好水高士隐，吟诗吟对卧贤人"的好地方啊！深坡村是为子女开展树立理想、奋发拼搏专题教育的好基地。深坡村是一处有内涵，有品位，有看头的世处桃源。

广西贺州市富川瑶族自治县的深坡古寨，曾经是潇贺古道上一个商贾如云的坡。三镶街店铺林立，拿刀屠肉的杀猪佬，背药箱的郎中，拿尺裁布的裁缝，挥锤打铁的师傅，补锅锅盆的匠人……是深坡村曾经的生机和辉煌。而今，每天天一亮，各个商铺都打开门，开始一天的生计。有的提着秤杆，手里拔着秤砣，秤杆下垂，卖菜的往秤盘里加了小许菜，直到秤杆升起，才让对方相信。一个转椅，一面镜子，一把剃刀，就是帮人剃头的铺子，配钥匙的、修钟表的、擦皮鞋的、补衣服的……小食摊上，四叶粑粑在蒸笼里冒着香气，油茶的木槌下嘚嘚嘚地捶打，油炸南瓜粑粑清香四溢。深坡的村民，携着家小，品着小食，开始了一天恬静与舒适的时光。现实的烦琐与枯燥，单调与乏味的日子在深坡古村化作了"晨兴理荒秽，戴月荷锄归"的诗意栖居。

打开邮箱，我看见有一则关于最美古村落的征文消息。我毫不犹豫地把为富川县葛坡镇深坡村写的散文投了过去。

千年瑶寨桐冲口

　　车子沿着一条山谷中迂回的碧水，一路弯弯曲曲行走。两岸青山绿水，树木繁茂，峰峦叠翠，让人美不胜收。

　　这条俊逸清秀的冯河，著名作家叶蔚林不知来走过多少次，感受过河岸边绿的树、翠的山、蓝的水、宁静的山村、善良质朴的乡民。那时他是被下放来江华瑶乡的。他和当地的农民同吃、同住、同劳动。谁家有忙，他总是去伸手帮一把。原江华老县城就在水口镇。这条冯河、码市，以及湖南双牌县一带的山山水水、一草一木，孕育了叶蔚林的才情，让他笔下有了乾坤。他在昏暗的灯下写出了著名的散文《过山谣》。生活的坎坷，阅历的积累，让他创作出了《蓝蓝的木兰溪》《在没有航标的河流上》等脍炙人口的作品，冲击着中国的文坛。根据叶蔚林中篇小说改编的电影《没有航标的河流》1983 年在全国上映，1984 年获得文化部优秀影片二等奖，同年问鼎美国第四届夏威夷国际电影节东西方中心奖——伊斯曼柯达奖。在潇水上的放排工盘老五，冒着风险，把抗婚不从的改秀留在排上，成全了放排工石牯与改秀的婚姻。盘老五、老区长徐鸣鹤、放排工赵良、石牯的形象，整整影响了一代人。

两岸青山相对出，孤舟在碧波上行走，而我和市评协一群文人正往瑶山腹地行进。树木蓊郁，翠伞如盖，听说这是被国家民委列入第三批中国少数民族特色村寨的桐冲口，我一路上兴趣大增。

桐冲口村坐落在湖南江华瑶族自治县东北部，距县城 65 公里，桐冲口位于江华九江之一的麻江河，是湘江乡的南大门，全村共有 8 个村民小组，186 户，886 人，瑶族人口占 99%，是过山瑶聚居的村寨。

桐冲口村由于其历史久远被誉为"千年瑶寨"。所居之地麻江河自古以来就是瑶族聚居的地方。在春秋战国时期，瑶族先民"蛮越"就生活在这里，约在 1000 年前的宋代，"南岭无山不有瑶"，过山瑶、八排瑶千年前就在此游耕，开田垦山立宅居住，瑶族《过山榜》中的《十二姓瑶人来路祖途》中记述，洪武三年（1368 年），瑶人郑国通、沈文旺进入麻江冲居住，郑国通落户于现在的湘江乡桐冲口村，在此期间相继还有盘、周、凤、赵、李五姓瑶人进入冯河的九冲居住，他们就是被称为江华历史上的"七姓瑶人进九冲"。过山瑶居住的特点是"大分散、小聚居"，湘江乡桐冲口是过山瑶定居开发较早之地，在过山瑶中属于大的聚居地，人口集中，文化底蕴深厚，自古以来长鼓舞、盘王大歌等瑶族文化在村里得以传承和发展，是国家级非物质文化遗产《盘王大歌》的传承者郑德宏的家乡。为传承和弘扬民族文化，村里成立了"千年瑶寨尤棉歌舞队、唢呐队"，正式成员 48 人，旨在建立一支骨干队伍，通过队伍带动全村齐上阵，在歌舞队歌舞之时，全村男女老少齐参与，锣鼓声声，歌声阵阵，上至 88 岁的老人，小到 14 岁的少年，劳动之余都来跳长鼓舞、唱瑶歌，跳长鼓舞、唱瑶歌成了全村瑶民主要的文化娱乐形式。这里是国家级非物质文化遗产"原生态长鼓舞""盘王大歌"的传承基地，也是湖南省级非物质文化遗产"跳九洲"的传承基地。

走出车门，就是桐冲口的东岸。岸上有一个小土丘，丘陵上种有几棵绿树，草儿却极小，黄土的原色裸露出来，却又是另外的一种美。沿着一条石头台阶路，可以上到坡顶。丘陵顶上，建有一个六柱六角形结构的凉亭。飞檐六角翘角，小巧而不失玲珑。柱子刷黄色的颜料，基座上有围栏、座椅，供游客小憩。凉亭檐下各吊着一个小红灯笼，喜庆气氛扑面而来。坐在亭内，桐冲口两岸景色宜人，让人心旷神怡。

我们先到湖南省江华瑶族自治县湘江乡桐冲口游客中心登记，办理入住手续。大厅里宽敞明亮，大厅墙上有瑶家风情画，红色的长鼓诗意地挂在上面。还有仙女飞天图，乐女手执琵琶、长笛、彩带、箫等表演的图画。桐冲口虽是乡间的旅游区，但旅馆却与市区不相上下。旅店住宿不贵，而且房间宽敞明亮，被单也很有地域文化，卫生间在走廊里，功能齐全，热水 24 小时供应，让游客宾至如归。

然后，我们沿着一座风雨桥向西岸走去。这座风雨桥为钢筋水泥结构。东西两头是四方形的桥墩。一桥飞架南北，天堑变通途。风雨桥的中间为"Ⅱ"形并列式两个桥墩。桥上为双层的风雨桥。34 根小柱支撑着上面的桥檐，桥檐的正中是最高顶，中间是四角形的塔式山头，下边为四叠式两坡倒水歇山顶。最高檐左右是单檐式两边倒水歇山顶，东西两头又是四叠式单檐歇山顶。这种设计与广西富川的风雨桥、广西程阳风雨桥相似，既有民族特色，又有时代特色。

过了风雨桥，再走不远，就是桐冲口的夷勉堂。两层八柱木瓦斗拱式的大门，金碧辉煌，蔚为壮观。左右有一对红底金字的对联：瑶河山水情传承勤善，韵律音悠扬奏响华章。大门对面是锁头式的两层半木结构楼房，楼呈"∏"形。一楼正面为露天舞台，左右为厢房，用于演员化妆、休息。厢房正面墙上绘有红色的长鼓和瑶锦的图案，侧面是镂空的窗和实木门。二楼为栏杆式楼房，中间为六根立柱，形成走廊阳台，与左右厢房有阳台连通。二楼屋檐是两坡倒水式歇山顶，鱼鳞般的青瓦盖在上面。正楼上又有四柱撑拱而成的两坡倒水歇山顶阁楼。

　　戛勉堂的建筑整体形成一个"回"字形。夷勉堂的正中是一个很大的广场，供观众观赏表演。我们走进这个演出场地时，正赶上"迎新春，盼高铁"文艺汇演。我们就来到观众席中，专心地观赏一场民间文艺盛宴。穿着瑶族服饰的广西富川青山脚村瑶族古文化艺术团的演员，为我们倾情献上了一段优美的芦笙长鼓舞。江永县女书文化旗袍协会的演员，身穿旗袍，手执女书扇面，轻移莲步，婀娜多姿，赢得观众阵阵掌声。回龙圩管理区高尚民族舞蹈队的演员，穿着灰色军装，伴着《万泉河水》旋律，带我们走进红色娘子军的峥嵘岁月中。江华水街文艺幸福队、俏夕阳形体舞蹈队的舞蹈也让我们大开了眼界。有时游客也在此参加篝火晚会。

　　广场东西两侧是亭廊楼阁，游客经常在这里举行长桌宴。当地的特色小吃：米粉肉、白斩鸡、豆腐酿、油炸花生、酸菜鱼、野菜、瓜箪酒……让游客饥肠辘辘时，大饱口福。

　　桐冲口东西两岸都有不少的古民居。瑶族是一个古老的民族。先民就是秦汉时代长沙武陵蛮的一部分，七夕者说是五溪蛮的后裔，也有瑶族源于三苗九黎的说法。桐冲口村夷勉堂的舞台旁边，有一对联，对此历史渊源有着精彩的概括：老祖裔苗国通文旺越山游南岭驻瑶河衍后嗣延脉，少昊氏胤东方徐族居皖从赣源定黄连育夷勉传世。

　　瑶族的居住文化，具有悠久的历史。《后汉书·南蛮传》里有其祖先盘瓠"止石室中"的记载。后来，居室慢慢"采竹木为屋"形成巢居。瑶族的房屋结构可分为三类：其一为砖墙、木架、瓦盖；其二为泥或卵石墙，盖顶分盖瓦、盖竹、盖杉木皮三种；其三为木架围篱，盖顶也分杉木皮盖、茅草盖、竹盖三种。湖南省江华瑶族自治县湘江乡桐江口村的民居十分雅致，在吸取先人建筑工艺的基础上，揉入本土民族特色，形成多样化的居室文化。

　　一座木瓦结构式的楼房展现在眼前。圆木为柱，柱下却没有石墩。墙为木板铺成，严丝合缝，可见木工手艺十分了得。这些木板墙经过岁月的风浸雨蚀，已经变成赤褐色。九根木楼梁一字排开，上面平铺木板，如履平地。从一楼有木楼梯上到二楼。二楼楼檐是"人"字形，两面坡倒水歇山顶式，但没有马头墙。12根房梁有力地支撑顶山的"栓皮""黛瓦"。侧面楼墙上开有一扇木门出来，便是一道阳台。阳台系木栅栏式结构，护栏既美观又实用。

　　有的房子墙体却系黄泥土夯墙，样子和韶山毛主席故居的泥墙差不多。模式都是仿照平地瑶的三间堂的基础上演化而来。墙基之上是用鹅卵石、石灰浆垒的基，高约1.5米。大门为木质结构，前边有1.6米左右的拦鸡、狗等用的门。左右厢房有一个木制的窗门，大门上有一个"口"字形的窗户。泥墙体经过风霜雨雪的洗礼，现已裂开，但仍色泽金黄、坚固耐用，诉说着房子昔日的峥嵘岁月。从大门进去就是堂屋，中间有神龛，供奉天地国亲师。堂屋里有横门直通左右厢房，二楼左右厢房一般为客人卧室和堆积谷物用。左右各有一门一窗通到前面的阳台。阳台一般是1.5米的牛腿出挑，三面用木栅栏围着，左右各有一根木柱撑到屋檐，四根木柱上各悬挂着一个小灯笼。农房在上面晾晒衣服、玉米、辣椒等，很是方便。楼面也是"人"字形两坡倒水歇山顶，上面用石灰塑了屋脊，但没有飞檐翘角。门旁的泥墙上用竹节吊有一根"莲篷"，寓意福到头、廉到家。屋子里，一位婶子手拿折扇，正在音响的伴奏下，自得其乐，那一招一式，都是那么认真，她唱道：正月摘花无花摘，二月里那个摘花花正开，三月里桃花正鲜艳……

还有的古民居是木瓦结构，前面用木栅栏围成院子。院子很阔，种有青菜、小黄姜、小米椒等，还有通道，可停车辆。房子也系模仿平地瑶的三间堂式。一楼前面有四根柱子出挑，形成走廊，中间是木制的大门，左右厢房各有木制的小门供主人进出。堂屋与左右厢房之间有横门连通。房檐下堆着石碓、石磨等农具。二楼左右厢房上各设计了一个 1.6 米左右高的栅栏，样子与阳台相似，但人却难站立其上。厨房里挂着诱人的腊肉、香肠、土鸡等特产，真让人垂涎欲滴。

山坡上新建的楼房，都是砖混结构。一般为三层半、两层半，共有十余栋。

从夷勉堂下来往南走，有一处长约 2 公里的亭台楼阁。楼阁正门有一联：诗情画意唱韵浓，清流碧水山影淡。河岸边是石制的栏杆，既坚固又美观，旁边有一台阶下至河边。站在河边，青凌凌的山、蓝莹莹的水、飘浮的云彩、古朴端庄的木楼、黄泥墙房，倒影在水中，形成一道亮丽的风景。河道中间有一小拦河坝。中间是水泥制成的圆柱形虎跳石，功用跟广西黄姚古镇的虎跳石差不多，外观涂成粉红色，像一条拉链，连接东西两岸。站在虎跳石上合影，山水房桥人皆入画中，自成美图。亭台楼阁长廊的尽头，有一座三孔式的弧形水泥桥连接东西两岸。

清晨，炊烟在木楼里袅袅地升起，乳白色的雾在山冲中舞出优美的旋律。鸟儿已经醒来，在枝头放歌。虫鸣唧唧，百鸟啾啾。有妇人正唤一小孩归家用膳的声音传来，确是"江山惹得游人醉，印入肝肠尽是诗"。

入夜，华灯初上，桐口冲千年瑶寨更是娇娆。山岭间，繁星点点。风雨桥在黄色灯光下显出夜空黄龙舞的景观，而丘陵上的凉亭灯光一会儿红，一会儿紫，一会儿绿，让人目不暇接。幽蓝的河面，倒映着变幻莫测的对称式灯影，宛如在银河中一般。

2013年一个千年瑶寨尤勉歌舞队在桐冲口成立。队员们经过紧张而有序的排练，节目终于越来越娴熟、精彩。同年11月8日，尤勉歌舞队应邀参加湘西吉首国际鼓文化节，节目轰动了省内外。2014年，在桐冲口村录制的节目《瑶胞过年》荣登中央电视台新闻联播。

桐冲口成为人们前来打卡的网红村。"大瑶山林木繁茂，寂寂无声……新修的山路，给青绿的山腰镶上长长的银边。偶有山泉叮咚，林丛摩挲之声……"桐冲口、文明山给湖南岳阳人沈念留下了入髓入骨的印象，他灵感一来，创作出中篇小说《长鼓王》，发表在国刊《人民文学》上。他以桐冲口为创作原乡，正在创作《灯火夜驰》，不久将横空出世。

江华这一方水土养育了问鼎第九届全国少数民族文学创作骏马奖的诗人黄爱平。一些后起之秀如李祥红、钟二毛、帕男、陈茂智、周龙江、刘朝善等作家也崭露头角。

可以预见，未来的桐冲口村在小坳梯田观光区、滨江风光带、小库旅游区、村民居住区、垂钓体验区、采摘游乐区、入口服务功能区打造成功后，将和"一心一轴一带四节点"的空间构架齐头并进。到那时，你再来芳容绝丽的"千年瑶寨"，会将让你耳目一新，流连忘返。

民俗盛宴

第三辑

难忘的上元宵节庆

在广西都庞岭和萌诸岭一带，居住着许多的瑶族同胞。

在富川瑶族自治县的瑶族同胞，用上元宵这一文艺交流活动和杂居在一起的汉、壮、回、苗、侗等兄弟民族同呼吸、共命运，战天斗地，和谐发展。

上元宵这一文艺交流节庆活动每年从正月初四始，到二月初一止。其间有舞龙、耍狮、唱彩调、演桂剧等精彩纷呈的活动。上元宵的各种文艺队都是各村自己筹建的，村民一般自愿报名参加，凑钱买行头、置道具、请师父，利用农闲业余时间排练。

上元宵的各种文艺队也不用人去请。当文艺队的乐师们打着锣鼓到了各村村口，文艺队在该村的女婿就组织人员到村口夹道迎接。随后，各家各户拿来果条，叫文艺队员吃果条喝茶，按户均摊来安排食宿，给人一种宾至如归的感觉。

因此，一个村子有时会同时接待一两个舞龙、耍狮队也就不足为奇。即使他们演的节目一模一样，或者大同小异，主人也会皆大欢喜。

接下来是演出团队敲锣打鼓到各村各寨中去下拜帖。拜帖的作用就是请观众去参加上元宵活动，去欣赏文艺活动。拜帖一般

放在堂屋的中央，上面用糖果压着，普通农户的拜帖上是一个
"正"字帖；如果该农户家中有一个成员是司机、建筑师等职业，
还要再下一个"平"字帖。

　　演出节目时间一般安排在白天和晚上，一个文艺队轮流演一
场。先说舞龙节目，一般是由抢珠、腾云、翻江、绕柱、休息、
摆字这几个环节组成。龙时而奔跑，时而翻越，时而打盹，时而
舔珠……叫人目不暇接。观众们看得一时兴起，不时叫好。摆字
是舞龙节目的高潮，掌龙珠的队员一声哨响，龙头、龙身、龙尾
各成员默契配合，组成"龙来大吉，天下太平，本应好龙"几个
惟妙惟肖的大字。

　　耍狮节目由两部分组成：先是由狮子队队员表演强身健体、
保家卫国的拳术，有赤手空拳、双刀、虎叉、狼锤、大刀、棍
棒、跳桌、堆人山等刺激精彩的节目。你可别小看这农民文艺队
的一招一式，队员随着伴奏锣鼓，有模有样。节目完了，台下的
壮、汉等各民族兄弟还觉得不过瘾，大声喊："师父出来露两手！
师父出来露两手！"师父们看看不出手是扫了大家的兴，忙走上
舞台，拱了拱手，说声"献丑了"，然后使出独门武术，让观众
啧啧称奇。第二部分是唱土地——土地公公耍狮子。随着伴奏
声："叮叮切，叮叮切；叮叮切叮切叮咚……"土地公公头戴面
具，身着黄布服，手拿破扇子就滑稽地上场了。台下的男女老少
乐呵呵地，台下台上一唱一和，一浪高过一浪。这土地公公一般
只做动作、神态表演，他的唱腔一般由狮子队的师父带队员一起
唱。那动人的唱腔让人耳熟能详："土地出来笑哈哈，一把烂扇
手上拿，左边师父慢打鼓，右边师父慢打锣……老人公，老人
公，老人出来贺新年，过得新年家豪富，称称银子斗量金……"
唱、念、坐、打，直至驯服狮子。

至于彩调和桂剧，一般是演传统的节目：《三仙拜寺》《四仙姑下凡》《永乐王观灯》《令生扫雪》《平贵回窑》《女斩子》《彩楼配》……让汉、苗、瑶、侗等兄弟民族不出远门，过足了才子佳人、今古传奇、宫廷秘闻等戏瘾。

上元宵的演出文艺队圆满完成了演出节目，接待村子一般要举行一个隆重的欢送仪式，各文艺队都一视同仁。由村中的长者向演出文艺队赠送锦旗，上面写着"文艺双馨""梨园新秀"等充满赞誉的话语，还用两个铜盘铺上米，周围铺上百元大钞，里面堆满各家各户用拜帖包着的赏钱，对演出文艺团表示感谢。文艺队只收赏钱，周围放的百元大钞一般礼节性不收。

上元宵这一奇特的节庆活动，持续时间之长、演出团体之多、观看人数之最，可谓盛况空前。人们借助这一节庆活动，让各族兄弟姐妹天天都醉在精彩的节目里，日日都沉浸在欢声笑语中，既丰富了新春佳节，又促进了民族团结、和谐发展，共创社会稳定、繁荣、进步。上元宵是一次民间文艺的大会演，是一座民族团结友谊的丰碑，是一条民族文化搭台、经济唱戏的纽带。有诗赞曰：

年年上元宵，元宵文艺丰。

天天下基层，基层生活美。

而今这个节庆已成纸上节庆，故乡已是回不去的故乡。每到上元宵时，我都深深地在回忆中，思念旧时的欢乐。一种疼痛在心中涌来。

七月半闹鱼

富川瑶乡的瑶胞有过七月半的习俗。新华瑶乡的瑶胞惯七月半，时日不一而足，有的村寨惯七月十二，有惯七月十三，还有惯十四。过七月半以吃鱼为主。

今年我有幸回家乡过七月半，一种久违了的风情油然而生。

正节头天晚上，村长便召见每户的代表，安排好闹鱼事宜，组织人员砍好茶麸（就是茶子榨出油后所剩的麸）。第二天，天刚蒙蒙亮，母亲便叫我起床去闹鱼。只见家家户户都带上渔网、鱼篓来到了鱼塘。塘里的水已经放得只没过膝盖，即使七月半遇到雨季，村民都会想办法抽少塘水闹鱼。我一到塘边，只见几个会游泳的汉子拿着用热水浸泡好的茶麸，撒进鱼塘里。塘水漾起了涟漪，然后，汉子们用手和脚不断搅动，以便茶麸和水搅拌均匀，达到闹鱼的最佳效果。

十多分钟后，躲在水中的鱼便被呛得慌了神儿，张着大嘴浮到水面。村民们便纷纷跳进塘中，热火朝天地捞起来，捞到的大鱼儿都放到村里统一的桶里、筐里。每每捞到大鱼，瑶胞们便欢呼雀跃。

等到大鱼儿捞得所剩无几了，村干部一个哨子声，闹鱼就到了开放阶段，男女老少齐上阵。瑶乡有个规矩：大鱼捞完，小鱼一律视为野鱼，谁捞到归谁。我也加入到了捞鱼的行列。这时，鱼塘里人头攒动，渔网往来穿行，好不热闹。不大工夫，节鱼、青鱼、龙虾、媳妇娘儿、师公伯（注：这是瑶胞对野鱼的俗称）等都进了大伙儿的鱼篓。直到鱼儿醒水，个个满载而归。这些小鱼儿拿回家中，瑶胞一般是先杀干净，用锅煎熟，再用火烘干，制成干鱼仔，以备日后煮食。

最热闹的闹鱼结束以后，充满喜悦的分鱼场面同样感人。人们去年七月半后放入鱼塘的草鱼、鲤鱼、鲢子鱼，经过一年的饲养，终于回报主人了。大家望着这一桶桶、一筐筐的鱼儿，心里盘算着可以分到多少鱼儿，甭提有多高兴了。

分鱼一般由村干部主持，先用大秤称出总重量，再算出平均数，然后由小组干部拣鱼分开，再一份一份过秤，多还少补。最后各家各户抓阄，按排序先后领回自家的份子，体现了公平公正、有福同享、年年有鱼（余）的和谐理念。

领回家的鱼儿就是七月半的主菜谱。瑶胞们把鱼儿制成了油炸香鱼、清蒸鱼、红烧整鱼、啤酒鱼、酸头鱼。满村满寨，弥漫着鲜鱼香味。上菜了，我们一家围坐在一起，品尝美食佳肴，享受着丰收后的农家之乐。城里的人们是很难体会到这种养鱼、闹鱼、品鱼的乐趣的。

过完了七月半，大约又过了十天半月，又由村干部组织将鱼塘的水放满，联系好送鱼的老板，开始为下一年的七月半闹鱼做准备……

如果你想体验瑶乡闹鱼的习俗，明年的七月半不妨来瑶乡。

富阳炸龙

　　以前，我只见过人舞龙，后来发现有的地方兴炸龙。炸龙其实与炮龙如出一辙。因此，闻名遐迩的富川炸龙与宾阳炮龙就有许多异曲同工之处。

　　富川炸龙形成于明代，盛于清朝。它是集富川瑶族的历史文化、生产生活、宗教信仰、文学艺术、民间手工技艺等融为一体，使节庆文化更具娱乐性、竞技性、仪式性、观赏性。富川炸龙作为古民城的一项绵延了 400 多年的民俗活动，自有其独特的特点，精湛的制龙技术，娴熟的舞龙表演，美妙的锣鼓乐，因而被列入第五批自治区非物质文化遗产名录。它理所当然成为广西贺州市富川瑶乡一张亮丽的名片。自治区级传承人是毛廷猛。

　　广西贺州市富川瑶族自治县富阳镇的炸龙节，从正月初十晚上拉开序幕，到正月十五晚上才画上圆满的句号。五天的夜晚激情四射，五天的夜晚高潮迭起，五天的夜晚狂欢无眠。

　　炸龙的每个夜晚，人们早早地吃了晚饭，就扶老携幼，呼朋引伴，向县城炸龙的表演核心区域走去。以前炸龙活动在大转盘举行，近年来，由于慕名来观看炸龙的观众越来越多，炸龙的地点转移到地形宽阔的县城民族文化广场。卖油茶的老板、卖油赖皮的阿婆、卖油炸的婶子……他们都坚守岗位，在忙生意，挣些钱儿。

人群越集越多，里三层外三层，将炸龙的地方围得水泄不通。他们有富阳镇上的居民，有的是外地赶来看新奇的客人，有的是来拍摄炸龙活动盛会的……黑压压的人头，翘首以盼炸龙那激动人心的时刻。

这时候，最辛苦的要数武警、防暴警察、巡警、民兵。他们为了让人们一睹炸龙的风采，为了这一民俗活动而加班加点，保驾护航。还有就是舞龙的演员。他们要在炮火、烟熏火燎的环境中，为观众呈现极度刺激的节目。

那些来炸龙的游客，早就准备好了炸龙的炮儿。炸龙的鞭炮不能炸火力过旺的炮，炸龙图的是热闹，一切以安全、喜庆、祥和、欢乐为目的。那些红红的炮仗，大卷如电影的拷贝，小卷的似小碗，不一而足。有的年轻人去年到广东打工，在一电子厂当上了组长，年薪就七八万，这次在家乡炸龙节上，花了几百元，玩个开心，图个吉利；有的儿女考上了大学，在正月里看炸龙，烧点儿小炮，捧个人场、兴个刺激；有的儿女有出息，在外地经商、办厂风生水起，买了小山一般的炮仗，玩个过瘾，图个吉利……

从华灯初上到夜里 9 点，这段时间吊足了观众期盼看炸龙的胃口。

8 点一到，龙终于出动了，先是游龙活动。富阳镇南门街、北门街、十字街、岭头街、新永街、菜花楼、仁义街、镇升街、阳寿街……练龙千日，炸龙一时。黄龙、白龙、青龙、黑龙……都出来了，随着"咚咚锵，咚咚锵，咚咚咚咚锵……"的锣鼓声，在互拜完富阳镇的十个灯楼，祈求一年里红红火火、风调雨顺、五谷丰登、人寿年丰、百业兴旺后，炸龙活动的龙终于千呼万唤始出来，奔向炸龙的核心区。

炸龙地点此刻人头攒动，人声鼎沸。人们把目光紧紧地盯住入场的龙。这是一条金龙，舞龙珠的是个身材高大、彪悍敏捷、看样子20岁左右的小伙子。血气方刚的他双手舞着龙珠，一会儿龙珠往上，一会儿龙珠住下俯冲，一会儿龙珠只转不停……让人看得眼花缭乱。舞龙头的是个中年汉子，国字脸，剑眉，身板硬朗。他步履矫健，动作轻快，龙头在他的舞动下时而徐徐游动，时而忽上忽下，时而忽左忽右……跟着龙珠若即若离，妙不可言。舞龙身的汉子不一而足，年长的已年逾四十，年轻的才十五六岁，他们也身着民族服装，头戴帽子，披着披肩，全副武装，精神抖擞地舞着龙身。那龙身随着欢快的鼓点，来一个翻江倒海，来一个打盹嬉戏，来一个穿缠绕腾，来一个腾云驾雾，来一个九曲回肠，来一个昂首摆尾，来一个猛龙过江……

一位汉子用又大又长的香柱儿点燃了鞭炮，"嗤嗤——"随着引线的燃起，汉子如一个顽童，将鞭炮丢向了金龙。这就像一颗信号弹，瞬即，第二卷炮仗、第三卷炮仗……几十上百上千卷炮仗如箭镞般飞向金龙，烟雾中，火星四射，炮声"噼哩啪啦"，宛如天空中云起云涌，电闪雷鸣。舞龙的师父靠着娴熟的动作，高超的技艺躲避四面八方而来的鞭炮。当观众们正在为他们捏一把汗时，舞龙的师父们却是气定神清地为你奉上寻珠、抢珠、卧龙、滚地龙、盘龙、穿龙等视觉盛宴了！

观众人群中尖叫声、喝彩声、口哨声、赞叹声……交织在一起。

一条条龙加入了狂欢的海洋，如群龙出海，蔚为壮观。鞭炮所炸的对象，随着炸龙者的喜好而定。白龙翻滚迂回，在四面八方的隆隆炮声中张牙舞爪；青龙左冲右突，飞奔盘旋，在铺天盖地的炮声中翻云覆雨……龙头跃动，龙身翻滚，这里成了波涛汹涌的海，成了云蒸霞蔚的天，成了龙的世界。舞龙的把龙舞得险象环生，扣人心弦。那是楚楚动人的龙，那是风情万种的龙，那是独具特色的龙，那是浓得化不开的刺激啊！

鞭炮声声，浓烟滚滚，喊声阵阵此起彼伏，人群、龙队、树影、楼房隐隐约约，如海市蜃楼，又似蓬莱仙境。龙有时剑走偏锋，鞭炮都在空隙处炸响，于龙无损；龙有时又像草船借箭的船只，千疮百孔，破败不堪，但仍旧威风凛凛，风骨不减。

随着锣鼓声变缓，变弱，龙在人群边缘停了下来，鞭炮声也停了下来。这就像经历了一阵强攻，猛烈壮美。第一波狂欢停下来了。地面上铺上了厚重的、红红的地毯铺般的鞭炮皮屑，诉说着刚才炸龙火爆的情景。

锣鼓声又一次响起，那龙又舞了起来，炸龙的粉丝们的激情再次被点燃了。一个外地来的炸龙者，一手拎着一袋鞭炮，另一只手点燃鞭炮用力丢向龙身。鞭炮似一道闪电，在空中划出优美的弧线，"噼啪噼啪"，炮仗在龙四周溅起了火星。其余炸龙者如听见了集结号，纷纷将手中点燃的鞭猛甩向龙身，龙身已陷入十里埋伏的炮声炮火之中。这里还没响完，那边又丢了一条鞭炮过来，霎时间，龙在声、光、电里定格成一幅震撼人心的画面，又似蛟龙在九天银河的星光灿烂中，劲舞劲腾。龙身上一身硝烟，舞龙者、观众满耳嗡鸣，龙在震耳欲聋的鞭炮声中越舞越猛，观众在龙腾火啸中热血沸腾，纷纷用手中的手机、摄像机记录下这火爆刺激的场面。鞭炮如雨点般密集地甩向舞动的龙，舞龙的汉子们双膝跪下，舞得更欢，舞得更猛，舞得更让人终生难忘。

　　而有的摄影师扛着长枪短炮，在历届上灯炸龙节中拍摄的作品《龙腾盛世》《长龙戏珠》《金龙抢球》《烈火神龙》《神楼上灯》，这是他们在节日中的又一大收获。

　　鞭炮声中乐金蛟，硝烟雾里舞玉龙。一波又一波，一次又一次，声势浩大，来势凶猛的炸龙，令观众直呼过瘾，荡气回肠。

　　欢乐声回荡在古明城的上空，回荡在都庞岭、萌渚岭的余脉间。

为芦笙长鼓舞守望的村子

一

　　在广西与湖南的交界处，有一个瑶族黄姓人家的聚居村庄。村子的名字叫虎马岭村。

　　树有根，水有源。虎马岭村始祖宗啟公是工部侍郎，奎章阁学士，千户侯峭山公后裔分支的其中一脉。最初居住在广西省梧州府苍梧县。到了明朝，族人又迁至广西省平乐府富川县白沙村立籍。嘉靖年间，祖上又把家迁到湖南省江华瑶族自治县涛圩镇下半团八屯洞客姑井立籍，在这里生下贵二公。贵二公又生下胜远公。明朝万历年间，湖南江华涛圩镇刘家村刘芳贵将一爱女许配给胜远。胜远公在刘家村开枝散叶，生下三个儿子：长子黄万魁居住广西贺州桂岭；次子黄万靖仍定居江华涛圩镇刘家村；三子黄万进到广西富川县新华乡斗米岗岩仔角定居。黄万进膝下有三个儿子：赤生、赤应、赤旺。赤生到杨梅树村定居，赤应到面前岗村定居。赤应又生下两个儿子：戍奴、兵旺。兵旺生下两个儿子，长子法祯居虎马岭村。屈指算来，法祯已在虎马岭这个古村落繁衍子孙二十三世，现在的虎马岭村，已经是一个 400 多口人的村子了。

走进芦笙长鼓舞的发源地虎马岭村，进入村前新建的一个大门楼，青砖黛瓦马头墙，两个红色的长鼓柱子直撑楼顶，楼顶下，左右各吊着一个碧玉般的芦笙形式的斗拱。大门楼庄重与秀美共存，古朴与传统齐飞，素雅精致，驻芳藏艳而不乏气派。

村道两旁的太阳能灯，也融入了瑶族文化元素，灯座是一个红色的长鼓，白色的灯炳上，镶着黄色的半月和星星，纤巧雅致而富有时代气息。

瑶族的精神、信仰、文化都集中在瑶族芦笙长鼓舞的灵魂里。富川瑶族长鼓舞，集平地瑶历史文化、生产生活、宗教信仰、文学艺术于一体，内涵包括长鼓舞蹈、长鼓伴舞音乐、舞蹈号子、长鼓歌、各类长鼓制作工艺、长鼓舞艺人服饰、瑶族长鼓舞神话传说、民间历史文化……芦笙长鼓舞是流入瑶胞的天籁之音，是缠绵瑶胞无尽的艺术，是孕育瑶胞厚道秉性的动人旋律，是来自瑶胞骨髓里的共鸣！

走进虎马岭古村落，你就像打开了一本令人痴迷的厚重的线装古书。

二

始建于明洪武初的虎马岭村，走过了 630 多个的春夏秋冬，一条溪水曲折清流，从龙集上坝淙淙流淌下来，浇灌着这片肥沃的土地，养育着虎马岭这一方宅心仁厚的民众。虎马岭村依街道、溪水而建的民房，远远望去，像两条绵延的"七都帕"。以东向为轴，南北为冀延伸的"工"字形村落街巷组成了一幅妖娆的田园民居水墨画。

清晨，游走的乳白色浓雾把虎马岭村59座三间堂平列式的民居和3座天井门楼式结构的民居揽入怀中。雾在马头墙上游走，古村一片娇娆！旭日给错落有致的古民居镀上了黄金，历经几百年的风侵雨蚀的古民居，完好地矗立在莽莽苍苍的青山下。这些古民居，既有潇贺古道唐宋时期中原汉族的村寨布局的影子，又有当时的建筑工艺。聪明的黄氏祖先还结合本民族的生活特点、审美情趣、信仰憧憬，揉入建房工艺中；把中原、岭南、楚粤、珠江、瑶族等的民居建筑艺术之长，融为一体，营造自己精致、淡雅、舒适的居室。屋墙内墙用谷筋、石灰粉刷，外墙用石灰砂浆勾缝，墙面整洁美观。黛色的瓦顶做成高瓴飞檐。屋顶正中，砌高出两块砖的厚度，固脊、压瓦，用石灰塑成彩凤展翅或龙凤呈祥、双龙戏珠、旭日东升的图案，如诗如画地点缀着房子。

屋前木牛腿伸出，飞檐翘角，下方摆着青石条、石墩。这是人们夏天乘凉、劳动之余休息的好地方。褐色的蓑衣、青黄的竹笠、黑亮的犁耙锄铲在檐下整装待令，随时准备和主人一起出勤。

虎马岭村幸存最大、保存较好的古民居，当数村前门楼旁的一座。这座民居分为上、中、下三厅堂，青石开凿成的门槛门帮，大门头上有两个木制的圆木，寓意乾坤。从锁头房式的大门步入下厅堂，便可见一天井，天井用方块的大青石铺成。燕子穿梭在天井式的结构楼房里。这些天井屋，有着徽州敦本堂"肥梁瘦柱内天井"的布局。屋柱细而高挑，横梁却很粗重。这种架构，徽派建筑里俗称"冬瓜梁"。虎马岭村的天井式结构的楼房，朝外的墙壁砌得又高又厚，这种方式既是出于防匪防盗防火的考虑，又是出于采光通风的考虑。安居乐业，正是平地瑶特有的大众心理。妇女们淘米洗菜的水、小孩洗澡的水从阳沟里淌了出去。"天降洪福""四水归堂"的愿景，聚财、采光、纳瑞、通风的科学设计，在家中享受"日月星辰耀华堂，风霜雨雪映栋宇"的雅趣，所有这些，处处都潜藏着中国传统文化的脉络气息和风水玄机。临天井的墙是木板隔成的，古朴典雅。下面是木板，上面却是镂空的窗棂。窗格上雕着莲花、蝙蝠，寓意福满家庭。

左右两边各为一马头墙的厢房。儿子长大成人，当父母的就通过媒人帮其成家，儿子分家后，独立门户，居住在东西两侧的厢房里。

小木门进入左右厢房。简洁明快的木窗棂是房子采光通风用的，更有那木花窗，经过木匠的手，棂条间相互榫接，联织成花鹊、蝙蝠、仙鹤、猴子等精美图案，寓意着鹊（爵）、蝠（福）、鹤（寿）、猴（侯）的吉祥兆瑞。从窗棂里，偶尔看见两只白鹭鸶飞过，又听见喜鹊落在房前的椿芽树上。

从天井往前走却是三间堂大屋，三间堂大屋后，左右各有一间马头墙的小房，中间是歇山顶的房子。三间堂左右厢房出去，左右各有一个小天井。天井复天井，大厅连小厅，大房连小房，既能独立成户，又能珠联璧合地过日子。

法祯的后代用自己勤劳的双手砍柴、踩泥、打砖、制瓦、建房。他们的三间堂平列式的房子是他们用勤劳的汗水换来的。一楼正中的一个大间是厅屋，每当家庭迎来红白喜事，九亲六眷忙忙碌碌，很是热闹。厅堂正中是神龛，供奉着列祖列宗。神龛上挂着"江夏堂"的堂号。儿子和女儿住在东边的厢房，西边的厢房用杉木板一分为二，里间是父母的卧室，外间用用厨房。每天夜幕降临，收工回来的老大爷在昏黄的灯下优哉游哉地哼着《玉堂春》《平贵回窑》的戏文……老大娘挥动着手正在"嗡嗡嗡"地纺线。那静好的岁月和温馨恩爱的画面让人动容。

从神龛后的木楼梯往上走，就是用杉木板铺成的二楼楼板。大厅对上来的楼面，谷仓、玉米、南瓜、红薯……堆放得井井有条。左右厢房对上来的楼面一般用于存放柜子和用作客人的卧室。

儿子长大成人，当父母的，就通过媒人帮其成家，儿子分家后，独立门户，居住在东西两侧的厢房里。宽敞的天井门楼结构的民居，往往是三代、四代同堂，甚是热闹。这些古民居，用原汁原味的古村落气息，给了子孙无尽的乡愁和守望。

三

瑶族芦笙长鼓舞的主要乐器是芦笙长鼓，这是瑶族文化的符号和内核，是具有瑶族浓郁色彩的代表性文化标志！长鼓要用泡桐树来做原材料，经过 100 天的阴干，才能拿出来做长鼓。这样，泡桐才经久耐用，这样的长鼓才不会开裂。在一间平房里，身穿瑶族服饰的黄道胜正在忙碌。这人年近六旬，浓眉大眼，国字脸，他制鼓时，先用卷尺量好泡桐的长短，再用锯子"哟啦哟啦啦"地裁好木，然后用斧头唰唰地把圆木劈出两头大、中间小如小蛮腰般的模子，再用刨子修平、调整，最后蒙上羊皮，用竹子钉固定住，再刷漆上一层光油。一个精美古朴的长鼓才诞生！

芦笙多为竹木制的多簧管乐器，黄道胜选用 3 年以上的老竹子作为音管，做音斗的木材用杉树或椿树制作。先将木斗内部悉数掏空，再用钻头钻出 6 个放置音管的圆孔，音管制作好后，才将簧片装到音管上，最后一道工序是将音管及音斗组合起来，一把芦笙才算完成。值得一提的是，黄道胜常把自己制成的芦笙、长鼓送给别人。葛坡镇 80 后青年徐维笙风尘仆仆来向黄道胜请教。黄道胜把芦笙、长鼓的制作、表演技艺，毫无保留地传给了他。临走之时，黄道胜还送给小徐一把明朝的老芦笙，让他好好研究，潜心挖掘制作芦笙长鼓舞的技巧，传承好芦笙长鼓舞。

黄道胜在本村组建了一个 40 多人的芦笙长鼓舞表演队伍。年龄最小的 8 岁，最大的 60 岁。他们利用农闲时间争分夺秒地排练，把《头拜鼓》《美女双双》《坐堂曲》《竹鸡爬泥》《左边七》《五足尖》《三人鼓》等挖掘整理，并熟练地掌握了下来。黄道胜知道，芦笙长鼓舞不能在自己手上濒临失传。1965 年广西富川芦笙长鼓舞到北京汇报演出，受到了中央领导的亲切接见。他决定，一定要把家乡的芦笙长鼓舞发扬光大。现在本村的传承队伍已经组建好了，但是后继者太少。特别是演出收入低，一度让芦笙长鼓舞遭队员遗弃、荒芜。队员不得不去打工谋生。2008年 6 月是一个令富川瑶族同胞惊喜的月份，经国务院公布、文化部颁发，确定富川瑶族自治县"瑶族长鼓舞"为国家级非物质文化遗产。喜讯传来，九村十八寨沸腾了！

2012 年 1 月，广西壮族自治区文学艺术界联合会授予虎马岭村"瑶族舞蹈芦笙长鼓村"荣誉称号。

2016 年 6 月，黄道胜参与中国民歌大会瑶族蝴蝶歌会演。他与新华乡大井村瑶族长鼓舞队用长鼓舞为蝴蝶歌伴舞，通过央视的播出，芦笙长鼓舞走进千家万户。

2016 年 12 月，黄道胜率队参加广东佛山国际旅游节开幕式，当他们原汁原味的芦笙曲吹起，长鼓响起，舞步踏起，立即轰动了整个会场。

2018 年 5 月，鉴于黄道胜为弘扬芦笙长鼓舞所作的贡献，文旅部认定黄道胜为国家非物质文化遗产代表性项目《瑶族长鼓舞》的代表性传承人。

2018 年 12 月 12 日，北京舞蹈学院黄恋华主任、李卿博士邀请黄道胜到学院中国民族民间舞系传授传统乐舞《沉香·伍》，主要教授芦笙长鼓舞相关舞蹈素材。学院的大学生学过许多民族舞蹈，在短短的一周里，大学生要学会一套长鼓舞，他们认为太难了，既要动嘴吹芦笙喊号子，又要用手打锣、击长鼓，用脚踏舞步……一时半会，手忙脚乱，难以接受，再加上黄道胜对学员要求严格，有的大学生怕苦，中途退出了训练。黄道胜常常勉励学员说：你们要下苦功夫，不能半途而废，持之以恒，才能够学会。那些坚持下来的成了《沉香·伍》舞蹈表演的中流砥柱。

自 2019 年 5 月 18 日起，北京舞蹈学院中国民族民间舞蹈系民族传统乐舞集《沉香·伍》在北京文化艺术基金会、北京舞蹈学院 2019 年度艺术实践项目的支持下，训练成功，并在国家大剧院、民族文化宫大剧院、北京舞蹈剧场、首都师范大学成功完成 2019 年上半年的七场演出，获得社会各界人士的一致好评。

不久后，黄道胜的芦笙长鼓舞队又远赴捷克演出。

四

瑶乡是一片神秘的土地，当地风土人情独具特色。瑶胞祖先所独创和推崇的当数"芦笙长鼓舞"。

黄道胜特意邀请我观看广西贺州市富川瑶族自治县新华乡虎马岭村"芦笙长鼓舞"传承基地的演员表演的芦笙长鼓舞。

时间是下午 3 点，太阳的余晖斜照在新建的表演场上，表演场里闻讯赶来的人们早已把舞台围了个水泄不通。

16 位演员分成两排站在舞台上。（即前有 4 位瑶汉子执芦笙，接着是 4 位瑶妹子执长鼓，连着是另外 4 位瑶汉子执小锣，外加

4位瑶汉子分成两人一组抬两个大长鼓。

只见演员们神态沉稳欢愉，乐器在他们手上如战士们紧握的钢枪，整装待发。风嗞啦嗞啦，轻轻地拨动着他们鲜艳的民族服饰。场上寂然无声，观众们屏住呼吸，媒体记者们则扛着"长枪短炮"期待着表演的开始。

看，芦笙先响起来："嗦嗦叨叨，哩哩，嗦哩咪—"，执芦笙的瑶汉子手、胳膊、脚、全身随即旋风般地飞扬。后面执长鼓的瑶妹子，执小锣及大长鼓的瑶汉子们，和着音乐，口中忘情地喊着："嘿嘿回，嘿呃，嘿呃，回也，回也，追—追，追咱喔!"同时长鼓上下舞动，小锣"当—当"的和着节奏，伴着步伐。一会儿踢腿，一会儿转身，一会儿跳跃，一会儿坐堂……执大长鼓的4个汉子则在外围边跳边舞，边嘚嘚嘚地打着节拍……场面多么热烈，多么豪放，多么令人眼花缭乱！好一个芦笙长鼓舞。

此时舞台上已不局限于台上这16个瑶胞之中，观众们先是给予了雷鸣般的掌声，接着又变得鸦雀无声，期待着下一个舞蹈节目。

随后我们大开眼界：《美女双双》《坐堂曲》《竹鸡爬泥》《三人舞》……

每一个节目都有原生态的元素，每一个节目都魅力四射。其间不乏高潮迭起，淳朴善良的观众的热情，台上民间艺人的激情投入浑然一体，广场成了欢乐的海洋。文艺家们用影像、用文字记录下这动人的一幕。

看见完表演，我心潮澎湃，觉得芦笙长鼓舞确实是岭南山国之中瑶族所独创的"古乐活化石"，是潇贺古道遗留下来的"天籁之音"。我们从中领略到它粗犷的舞姿中表现出的优美、健康、自然、生态、和谐的风格，它响亮的号子声使人感受到瑶胞的元气和神魄，感受到百舸争流、群情振奋、合作创新、团结互助、和谐发展的民族精神。

也可以说，芦笙长鼓舞是一曲瑶乡人强身健体、奋发向上的颂歌。

好一芦笙长鼓舞！好一个少数民族——瑶族。

黄道胜笑了！笑得那么甜。我祝贺他们演出成功！黄道胜说，今天只表演了 9 支芦笙长鼓舞。他正着手挖掘另外 3 支芦笙长鼓舞，这样从千家峒迁徙出来的十二姓瑶族祖先遗留下来的 12 支芦笙长鼓舞都挖掘完整了，到时候，希望你再来采访。

我说：好！我一定来！

潇贺烧窑轶事

秦始皇修通了潇贺古道，把中原的文明种子传播到了贺州。

我这里记叙的是一些关于潇贺古道烧窑的轶事，把 20 世纪 80 年代以前潇贺烧窑的这些点点滴滴记录整理出来，乡愁就从这里荡漾开去！

故乡的人们一般把烧窑的事情安排在秋天。一是秋天农作物收了，有了余粮，可以考虑搞工程建设；二是秋天秋高气爽，雨水相对会少一些，有利于烧窑。

我那个时候是七八岁，还没到秋天就看见父母亲正在堆积茅草，为烧窑的燃料做准备。每天大人们都把茅草晒干堆好，防止风吹雨淋。

一进入秋天，庄户人家就打算踩泥、打砖、制瓦这三件大的事情。那个时候生活困难，要想办这些事情，得靠互相帮助。

比如我父母亲准备明天踩泥，就得提前一天告诉村子里有牛的各家各户明天过来帮忙。帮工们一般都到主人家吃饭，然后到田里把稻禾头扯了，用铲子把泥巴铲好，接着把自己家的牛赶到泥巴上去炼泥，使泥巴又黏又有韧性。这样打出来的砖，制出来的瓦才好。踩泥是力气活，牛辛苦，人也辛苦。在泥泞中，牛和人是吃力的，因此功劳是很大的。一般牛踩一次后，人用铲子翻一次，再用牛踩一次才算成功。踩好的泥巴是打砖，制瓦的原料，用茅草盖好。

那个时候，打砖一般是亲戚来帮忙，因为烧窑的人家多，所以需要亲人帮助。一般一堂泥有两个打砖台，都是用泥巴垒的。一个打砖台三个人，三个人都围上围裙，一个人负责割泥巴，把泥巴搬到打砖台上面。另外一个人负责打砖，他先把砖模放好，用手撒一些草木灰，然后把泥巴举起来，再用力气打下去，最后用工具沿砖模割平，一块砖就打好了。另外一个人负责把木板上的砖拿到砖基上码好，每一行到最后还要负责点砖数。三个人通力配合，砖就一块一块地出来。手动的时候，嘴也没闲着，陈年轶事、村野传说、乡间笑话甚至风流韵事荤段子，从大伙嘴里一个一个蹦出来，干活才过瘾。一堂泥巴的砖打完了，大人们虽然感到腰酸背痛，但是看见垒起来的一排一排的砖，他们就感到自己这些天的力气总算没有白费，就有了成就感。

晒砖的日子也是很辛苦的。父母亲等砖晾干了，还要翻过来斜着吹，这样就更加通风，利于砖快干。等砖干得差不多了，大人们就把砖上面的稻草放下来，让砖彻彻底底地享受阳光，晒干透。如果遇到下雨，人就要和雨赛跑，要在雨前把砖用稻草覆盖好，不然，雨一淋，砖就会变回一坨泥巴，前功尽弃。你气喘吁吁地盖好了砖，心里才会踏实。

在我们瑶乡烧砖有两种，一种是烧明窑，人们就在砖田里，就地把砖砌成一个圆圆的桶状的窑，远远看去，像个碉堡。这种窑一般有两三个窑口。烧明窑砖，需要烧一天时间，需要的茅草少，费的时间少，但是明窑砖硬度不够，既不美观也不耐用。经济困难的人家才选择烧明窑砖。

　　经济殷实的人家会选择烧水窑。水窑是一个村里人共有的。烧砖的人一般要排队，按次序烧砖。进窑的时候，主家要请二三十个汉子挑砖，一担挑二三十块砖，一个人接一个人，连成一条线，那场面，真叫热火朝天。一般一天时间就能够进好窑。傍晚的时候，主人就开始点火，窑火旺旺的，从烟仓里吐出来的烟，与满天红霞浑然一体，形成一幅柔美的水墨画。

　　吃过晚饭，就有三三两两的人来照料烧窑火。每个人烧一个钟头，没有轮到的在茅草房子里打牌。烧到午夜，主人就送来了宵夜饭。那个时候，生活水平低，比较常看见的菜是豆腐、萝卜，当然还有小熬米酒。下半夜也有人轮流烧。烧水窑砖，一般要烧五六天，等你看见窑的烟仓里冒出来乌云般的烟，才是乌烟上天变房砖的最佳灭火时间。封好了窑门，就放水进窑冷却。水窑砖硬度了得，既美观又耐用，是上等的建筑材料。

　　制瓦又是另外的工种，制瓦要请师傅，主家请人修了个大棚，把踩好的泥巴挑到里面，剩下的事情就是瓦匠的了。瓦匠用工具割了块泥巴，泥糊糊倒进瓦桶里，制瓦师傅在悬着的和泥良子上，用腕一摇，一只瓦坯子就出来了，再一摇，又出一只。帮工连同瓦坯子轻轻接在手里，齐整地摆在坪子上，一个瓦坯子是四片瓦。瓦晾干透后，瓦坯才能够入窑。瓦是要烧水窑的，工序和烧水窑砖差不多，人们的帮助热情也和烧水窑砖一模一样，这里就不重复去说了。

　　当你走在一整座座既不像安徽派又不是山西派的房子时，你会羡慕瑶乡里的能工巧匠，建造出来那马头墙、歇山顶的三间堂的宽敞明亮的青砖瓦房。其实房子的建筑材料就是这么干出来的。我们应该为贺州人的聪明智慧、勤劳善良、合作共赢点赞！

瑶乡唢呐

富川瑶族自治县新华乡除了有"芦笙长鼓舞"外，还有一样鲜为人知的"天籁之音"——瑶乡唢呐。

唢呐，在瑶乡俗称"鼓首"。婚丧嫁娶要"吹"，做寿招赘要"吹"，修庙修谱要"吹"，唱戏唱调要"吹"，金榜题名更要"吹"。人们都以请到鼓首队增强了礼仪性、隆重性为荣。

瑶乡唢呐除了唱戏唱调的"伴奏鼓首"外，还有两种。一种叫"坐堂鼓首"，乐手只负责主家堂屋里迎送亲朋好友；另一种叫"行仪鼓首"，一般鼓首都要从主家吹到目的地。不管哪一种鼓首队，都是四个人一队，两个吹唢呐，一个打鼓，一个敲小锣。以唢呐为主，锣鼓伴奏为辅。

瑶乡传统的唢呐曲牌名很多。比较出名的有四个：《一枝花》《蝶断桥》《水落音》《大开门》。这四个曲目，音质高亮悠扬，节奏明快，气吞山河，令人赏心悦目。那一声声唢呐，时如黄鹂求偶，情意绵绵；时如湘女滴泪，如泣如诉；时如松涛浪涌，荡气回肠……那一声声唢呐，吹出了瑶族同胞粗犷豪迈的性格，吹出了瑶族同胞悲欢离合、酸甜苦辣的人生。

新华瑶乡的唢呐融进了瑶族同胞的心境，融进了瑶族同胞刀耕火种的生活，融进了瑶族同胞的期盼。它既可报喜，又可诉苦，亦可解愁。

瑶乡唢呐是瑶山文化的精髓。那些源于民间的唢呐手，他们手执至爱的乐器，鼓着腮帮，手指放着音孔，让胸膛中对生命的敬意，对神灵的虔诚，对生活的憧憬，对爱情的甜蜜，对悲愁的无奈，对幸福的愉悦……都浓缩在一管唢呐里。他们把气流汇合成一泻轻快、曼妙的清流，滋润人间。那天籁之音如泉水叮咚，从都庞岭、萌诸岭蹦蹦跳跳，跳进了瑶族人民"青砖黛瓦马头墙"的庭院里，落入那些淳朴、厚道的瑶族同胞的脉管里。

唢呐低鸣的旋律飘逸在葬礼上，证盟死者在人间的是非功过，顷刻间洗净灵魂，忏悔圆满，走上奈河桥，从此登上了彼岸，千古荫庇后代，人旺家兴，富贵双全。

唢呐高奏的神韵游走在婚礼上，见证新人在今后的日子执子之手，走向芙蓉帐，生儿育女，皓首相壮，从此宜家宜室，百头偕老。

唢呐响起，万籁俱静，聆听清明，天道馈赠，阴喜阳欢，春满人间，万物勃兴，山高水长。

在电影《没有航标的河流》中，瑶乡唢呐簇拥着一支迎亲的队伍走在山道上，看到这一幕，我的心不禁为之一震。

随着时代的发展，富川新华瑶乡的唢呐曲目也注入了活力，越来越丰富。《瑶乡舞曲》《欢庆》《好日子》《走进新时代》等歌曲改编的唢呐曲令人奋进昂扬，耳目一新。

你听，悦耳的唢呐声又从新华瑶山古道上传来。山道弯弯，这瑶族同胞耳熟能详的唢呐，却让山里山外人听得如痴如醉：此乐只应天上有，人间哪得几回闻。的确，瑶乡唢呐是民间艺术的一朵奇葩。

春节观舞狮表演

我们迎来了盼望已久的春节。村里请来了一班舞狮表演队助兴，大家呼朋引伴，欢呼雀跃地说，走，到村口看舞狮表演喽！到村口看舞狮表演喽！

大家来到简陋的农村道路空旷的地方，或站或坐，把表演场围了个水泄不通。

表演场上三张桌子，两旁各一张，每张上面有一篮子糖果饼干，另外一张桌子叠在两旁的桌子上，最上面的桌子上捆有一条绿色的树叶和一个红包。舞台静悄悄地等待着狮子的到来，人们心里嘀嘀咕咕的：这么简单的舞台，节目精彩吗？

上午9点，随着一阵锵锵咚锵咚咚锵的锣鼓声传来，表演拉开了序幕。两条狮子，摇头摆尾，憨态可掬地走入表演场。大家屏息凝神，翘首以盼，期待着精彩纷呈的舞狮表演。

两条狮子，一绿一黄，来到舞台中间，撒开了欢，绕场一周，分别向东南西北四个方向的人们三叩首，然后各自在一边为观众表演。奔跑行进，狮子在舞台上转圈，人们仿佛在苍苍茫茫的群山中，看见狮子威武地巡视它的动物王国。狮子围着桌子转了两圈，接着向观众表演了张嘴、抓跳蚤、挠痒痒、舔狮毛、转眼睛等动作。接着，一条狮子搭爬上另外一条狮子身上嬉戏，惟妙惟肖，观众齐声叫好！接着，其中一个舞狮子头的人一个鲤鱼打挺，跳了起来，坐在舞狮子尾巴的人的肩膀上，下面的表演者趁势抱起跳上来的人的脚，狮子高高地立了起来，向观众环绕一周，两条狮子亲密地亲嘴拥抱；然后，舞狮子头的人又举起舞狮子尾巴的人，这个人伸直身体，让狮子呈卧式来了个燕子展翅飞翔，又向观众环绕表演五圈，大家看得应接不暇。感觉表演的人有两下子，头一定晕吧！说时迟，那时快，舞狮子头的人一个泰山压顶，从上面扑下来，大家都为她捏了一把汗。漂亮！观众不约而同地说。舞狮子头的人双腿一跳，站在舞狮子尾巴的人的膝盖上，狮子高高地立了起来，上面的人腿缩成七字形，像表演杂技一般，让观众叹为观止！

随着锣鼓的声音越来越激烈，两条狮子，一伸一缩脖子，一上一下跳跃，慢慢地动作迟缓下来。它饿了，一个小朋友说。狮子伸出舌头，咬着桌子，表演的人用腿向左右摆动。最后，历经苦斗，终于咬到了篮子。舞狮子头的人，用手抓起糖果饼干，来了个雄狮献瑞，向观众抛洒出去，人们接住这些来自森林王国狮子大王送来的重阳节祝福，心里高兴极了，感觉幸福极了。

两条狮子，没有满足于此，而是向最高的桌子吹响了集结号。两条狮子敏捷地各跳上一张桌子，在上面表演了休息、打瞌睡、醒来等滑稽的动作，狮子头左右慢慢地掉下去，有时候是前后夸张地倒下，都是有惊无险，活像一个不倒翁，惹得大家哈哈大笑。狮子休息好了，开始了更加刺激的表演。在左右各一张小方桌上，舞狮子头的人和舞狮子尾巴的人密切配合，时而跳跃，时而探头，时而蜷缩身体，大家热烈地鼓掌，对他们的表演表达致意。然后，两只狮子都争先恐后地要向最高峰爬去。大家互不相让，你往左边走，我往左边拦，你往右边走，我往右边拦，充满了兵来将挡水来土掩的火药味。大家啧啧称赞！一只狮子耍起了声东击西的会俩，另外一只狮子扑了个空，从桌子上滚了下来，继续在场地上表演。聪明的狮子纵身一跃，跳上了最高的桌子，向四周表演独门绝技。一个人用脚勾住另外一个人的胳膊，另外这个人抓着她的脚，表演者张开双手，头朝下，来了个360度的白鹤亮翅大旋转，然后，用手抓住另外一个人的手，单劈腿，把春节舞狮表演推向了高潮。最后，这只狮子因为技高一筹，成功采青。观众都站了起来，齐声叫好！

　　这个春节，因为有醒狮助兴，为佳节增添了喜庆的气氛，人们沉浸在欢乐的海洋中。我想，新农村的文化生活真的是丰富多彩，城乡差别正一天比一天缩小。生活在这里的人们很幸福！我们应该为乡亲们点赞！

心花怒放

屹立人间的天堂

（题记）森林在表现美丽的秋景，林荫道十分干爽。

——叶芝

一脚踏进你原始的绿里，我的心就醉了。已是晚秋时节，你是那么的静，静得只有鸟鸣，只有风呼，只有人语，只有落叶的声音。秋迭迭地给了金秀瑶族自治县方圆15平方千米的莲花山无限的温柔。

我是一个乡下人，对树木、山石早已司空见惯。但我登上莲花山，立刻对这里的树木、雄浑的山石如痴如醉，对这里的一切相看两不厌。

一级一级崎岖的石阶，伴着苔藓斑驳的石壁延伸向上，台阶上落英缤纷，极富诗意。行走的时候，你得向莲花山鞠躬，不然倾巢而出的石头，会和你的头接吻。这台阶，我下山时用手机计步粗略地记录了一下，有1万多步。

金秀莲花山，你就像穿着六段瑶寨的老阿婆压箱子底的衣服的女人，走出巷道，让我看得眼睛都傻了。

我终于庆幸有了这么弥足珍贵的机会，走出了宅居的玉米楼，零距离地与质朴、厚重的莲花山对话，与郁郁葱葱的树木交流，打断鸟儿们的窃窃私语。

先说说莲花山上的树木。没有树木的山是光秃秃的，树木就是山的秀发。它赋予了山以灵魂和文明。有些是摇曳生姿的芭芒林，既装点了莲花山，又喂养了芒狸。也有不少的灌木挨挨挤挤，宛如集会的人儿，聚在中低山侵蚀的山脉里。还有一些藤本植物与老态龙钟的树缠缠绵绵。在莲花山上，你可以看到城市里无法"移民"的名木古树。它们在山中扎了上百年根，蹲了上百年点。这些树木有甜楠、甜槠、蓝果树、马蹄荷、野八角、光叶白兰花……枝繁叶茂，虬枝撑着伞冠，向着"老如彭祖年高八百岁，少如王母之春"的目标修炼。这儿有的树种，在乡下难得一见，在城里更是稀缺物种。我们绕树三匝，好几个人用双手与它们抱成一团，体验着莲花山上绿海涛鸣、古木林立、福荫永驻的美景，别有一番情趣。秋天的树叶，有碧绿，有火红，有金黄，有紫红，有粉红……五光十色，不知是哪一位国画大师，把朱砂、石蓝、石黄、泥银、花青、藤黄等颜料用得恰到好处。树叶美得像一块瑶锦。在莲花山有这么多的珍稀树种，确实让我大开眼界。尽管这里没有见到在六段瑶寨的山坳里那两棵国家一级保护树种——"植物大熊猫"红豆杉，没有看见远古第四纪冰川遗留下来的一千多年的紫杉，但我觉得莲花山已是树的海洋、鸟的天堂了。

再说说莲花山的山石。山石多为厚层石英砂岩，石色斑斑驳驳，青苔、树木点缀其间。这些石的筋骨是由含量达 95% 的沉积碎屑岩、石英和砂质岩屑构成，其他构成成分还有含量 5% 的长石、岩屑和重矿物。这些山石在稳定的大山构造环境中，母岩直面长年累月的风化侵蚀，波浪和水流日复一日地强烈淘洗、磨蚀，经过缓慢的积淀，方有今天莲花山厚层石英砂岩的芳容。

奇峰怪石是莲花山的一大奇观。大部分系北西向，北东向的带状峰墙，沐浴在一米阳光之下。它们是由平台、方山分化嬗变而成，横看似墙，侧看如峰，一步一景。百态千姿的笋状峰林，伸长着秀美脖颈的石柱，高耸低垂的石帘全身披戴着苔藓，像缀成的一件金缕玉衣，勾勒出了莲花山特有的神韵。莲花山主峰海拔 1335 米，从空中航拍，整座莲花山神似一朵合苞待放的莲花。

会仙桥有一个很浪漫的名字"会仙桥"。它是用 6 根钢丝绳，链接两端的混凝土桥墩，在山涧上吊立，铺上木板而成。我本是一个具有恐高症的人，在这里，我必须走过去。我尽量把脚步放轻，让铺了木板的铁索桥晃得少一点，心中的忐忑不安少一点。我把眼睛直视前方，脑子里满是如履平地的自勉，左摇右晃带给我无尽的刺激。朋友在桥头帮我拍了两张相片。还挺好！过了桥，看见褐色的石头，叠成了一扇石门。乍一看，有点像北京圆明园的建筑的模样。

站在山道或凉亭中远眺盘王遗韵。这些由差异风化及重力坍塌所形成的山峰，在乳白色的雾中移动。那是大自然这位丹青大师才画出的绝版画作。石英砂岩形成的孤独峰柱，下粗上细，寥寥数笔，像一锭纺锤，这就是莲花山的"试剑峰"。

盘王是瑶族人民十分崇敬的神。莲花山上，那惟妙惟肖头戴王冠，身披霞袍，右佩未出鞘的"试剑峰"，活脱脱是盘王坐在明镜高悬的堂上升堂时的情景。

瑶族人民的始祖盘瓠，塑了金身，坐在瑶族人民 1994 年修复好的盘瓠庙宇里，一边享受青山绿树的美景，一边享受善男信女的香火，在冥冥之中护佑苍生。

我喜欢携几位家人，或者是带几位好友，围坐在莲花山雅致的凉亭里，品几首诗，饮几杯高山云雾茶，聊会儿天，看一缕缕如烟的雾亲着山里的一草一木一石一土，看一轮涂抹了胭脂红咚的一声跳到了连绵的叠嶂上。

有时候，山腰、山谷、山沟中正养着一群群绵羊似的壮云。人如置身在蓬莱仙境之中。莲花山是如此的静谧，苍劲的枝上绿的叶，黄的叶，红的叶，紫的叶，酱的叶……色彩斑斓，与亭台楼阁相映成趣，让人美不胜收。那树林的青纱帐里，十里埋伏着一支百鸟交响乐团，它们把这山林，当成了鸟们文化自信的大舞台，激情地演奏它们的 A 调、B 调、降 A 调、降 B 调……我的双耳满是百鸟洒脱的音符。

一只鹰在崖顶滑翔，它在横亘在旷野里的莲花山幽谷里种下一行行雄心万丈的诗。几只鸟绕树三匝，落在一棵树的树杈上，正在启动它的安居工程。那石崖峭壁上的瘦松，千姿百态，煞是好看。《诗经》中所云："山有乔松，隰有游龙"，仿佛是对莲花山上的松树的真实写照。

天门，由砂岩风化而成，净空高放，形成高 4 米、宽 1 米的石门。从石缝中看下去，雾深谷幽，令人胆战心惊。从石缝中远眺，雄浑的山势时隐时现，如梦如幻。我不禁张开双臂，拥抱这绝世的芳华。

莲花山的点睛之笔在塔状的石峰（将军石）。它宛如身披铠甲的勇士，石上青苔斑驳，正在所向披靡地冲锋陷阵。

美丽的莲花山今天成为我们休闲观光的好去处。可是谁能想到，这些山山水水，曾经是土匪的安乐窝。

我的眼前不时地涌现英雄勇士的高大形象。新中国成立之初，广西大部分地区解放了。金秀瑶族自治县山高林密，洞天福地，竟然成了国民党残部麇集瑶山为匪的天然屏障。金秀的大好河山竟然成了甘竟生、韩蒙轩、林秀山、李荣保、白浪涛、黄晶琼、余铸、杨剑奇等为首的匪帮的藏身之所。1950 年 6 月 10 日，国民党土匪爪牙在东北乡暴乱，残暴地杀害了乡人民政府乡长苏文明、乡农会主席陶永清、乡干部覃植天和多名群众。土匪的暴行，一时弄得人心惶惶。6 日 27 日，国民党"华中桂中军政区清剿指挥部"梁君候率匪一千余名，气势汹汹，偷袭桐木街。桐木军民在驻象县中平等地与人民解放军密切配合，并肩作战，经过 5 个多少时的鏖战，终于将残暴的匪徒击退。11 月 14 日，匪首林秀山，韩蒙轩所部鹰犬孔繁林、聂安华等匪数百人，围攻奂北乡一龙华村，形势十分危急，在这千钧一发之际，东北乡民兵在象县五区（大乐区）民兵小分队武装的支援下，终于将土匪拒之村外。同月，韩蒙轩丧心病狂，向金秀瑶乡及周围诸县土匪通令，企图抓捕金田武工队负责人金宝生、金玉宝等人。

堂堂中华金秀锦绣河山，岂容土匪肆意践踏。

金秀理所当然地就成为广西"重点剿匪"中心和追歼残匪的主战场。新生的共和国岂能容这帮害群之马在这纯净的青纱帐中藏污纳垢，岂能让这些土匪骑在人民头上，作威作福，无恶不作。当"瑶山会剿"的达摩克利剑出鞘，在 1951 年打响剿匪第一枪之时，金秀涌现了许多可歌可泣的传奇故事。中国人民解放军第二十一兵团，五十二军二一四师、二一五师、平乐、柳州、梧州、桂林各军分区部队，以及金秀周边各县大队的武装人员十四个半团的兵力汇聚在一起，挽起袖子，准备直捣匪巢。共产党的军队曾经艰苦奋斗，英勇顽强，赶走了日本鬼子，曾经用小米加步枪打垮了国民党反动政权。现在，面对这些苟延残喘的土匪，中国人民解放军誓死要捍卫刚刚建立的人民政权，誓死要保卫人民群众的生命和财产安全。于是一场清匪行动的大网迅速拉开。第一步千里封江封路，各路人民子弟兵奔袭，把瑶山外匪一举消灭。第二步集中十三个营的兵力，浩浩荡荡挺进金秀大瑶山。大瑶山的人民大力支持人民解放军的行动，积极参加剿匪战斗，谱写了一曲军民携手剿匪的时代乐章。一时间山林中红旗招展，人嘶马叫，弹雨枪林，硝烟弥漫。我人民子弟兵跟踪追击土匪，英勇杀匪，所到之处，摧枯拉朽。在短短的50天内，共歼灭土匪38000余名，其中师以上匪首236名，缴获各种火炮89门、长短枪4万余支。

金秀的锦绣河山，重新回到了人民的手中。

1951年，金秀有225人参加志愿军，雄赳赳，气昂昂，跨过鸭绿江。一展勤劳勇敢，团结奋进的金秀人的风采。

今天，在金秀瑶族自治县国防教育馆内，我们对这些英雄的事迹、英雄的人物肃然起敬，默默地记下梁如思、赵金德、黄永山、梁用光、梁志红、梁正家等革命烈士的名字。

"海生莲花云生峰，朗月戏风树弄影"。巍峨的莲花山是屹立人间的天堂，恋不够莲花山的奇秀险，亲不够莲花山的静幽绿。我还会再来造访金秀莲花山！

瑶乡翠竹

在我的家乡富川新华，绵延不绝的高山上，长满了四季常青的翠竹。

翠竹是瑶乡的绿色屏障。家乡的山上长满了野生的杂竹、斑竹、梅竹（注：瑶乡人语）；还有人工种的毛竹、楠竹、吊丝竹。竹儿家族们根连着根，叶连着叶，美化绿化着瑶乡。难怪从明朝中叶时迁移过来的先祖们会对这"世外竹园"无限向往。他们可情有独钟这"咬定青山不放松"的翠竹。

翠竹也是瑶乡宝贵的资源。当地瑶民爱竹种竹护竹，封山育林，实行计划取笋，开山采竹。因为他们知道，翠竹作用千千万：采来小杂竹，捆扫把，围篱笆，作椽条，起茅房；中质竹削成篾条，编箩筐，织摇篮，过年时节做"竹礼笼"；采来成材竹，制竹椅、竹凉席，建竹楼……

翠竹又是瑶乡独特文化的体现。瑶民们用竹筒煮饭，米香味美；用竹筒酿酒，味醇香溢。单是用竹笋，瑶民们就可做出甜竹笋、酸坛竹笋、糍粑酿、笋干等佳肴，吃起来别有一番风味，是瑶乡的美食文化之一。瑶民们还用竹管，铜片，枹桐制成芦笙、竹笛，与小锣、小鼓、唢呐、小钹等乐器合成古朴、粗犷、豪放的芦笙长鼓舞。音色时如燕语呢喃，时如银瓶迸裂；舞姿优美，绝不比"中华古乐活化石"——云南纳西古乐逊色。瑶民们用竹筒、蛇皮、弦线制成的二胡，声音高亢尖锐，成为瑶乡桂剧、彩调的伴奏乐器之一，这是翠竹的美乐文化之一。瑶民们还用竹茎制作烟斗，用竹根制作面具，用竹根制作拐杖，这是翠竹的工艺文化之一。

　　翠竹更是瑶民的风格。中国人喜欢以"竹、兰、梅、菊"喻君子之德；把"松、梅、竹"喻为岁寒之友，瑶民的风格也如竹。有"不为俗屈""慷慨啸傲"的气节，有"磊落不羁""虚怀若谷""与时俱进"的胸襟，有"笋子出来高过竹，一代新人胜旧人"的斗志，更有"千磨万击还坚劲，任尔东西南北风"的毅力。

　　近年来，瑶民通过学习先进的翠竹种植技术，积极引进优良品种，大力发展林果业，竹海中造型独特的别墅、漂亮的学校、摩托车、电视机等家电摆上了瑶民的案头，向我们诉说着竹乡瑶民物质文化生活和精神生活发生的翻天覆地的变化。

　　瑶乡的翠竹年年青，瑶民的生活天天变。

瑶家叹生活

这是一座平平常常的寨子。青砖瓦房散落在山脚上、山腰间，东一栋西一栋，竖竖叠叠，错落有致。最有特色的是那青石板，穿过村庄，连着田野，走在上面，就像读一首平仄押韵的古诗。

在路上，朋友和我讲起在这大瑶山里，有两个土豪比富的故事。甲土豪说，我用一把把的禾谷，可以摆到二十里外的你家。听者不禁哑言，看不出甲有这么多家产。但乙连眉毛都没抬，他对甲说，我用光洋一个一个摆，可以摆到二十里外的你家。甲只好认输。乙家里的那床雕花大床，雕龙刻凤，镂空的喜鹊登枝、寿字、狮子、并蒂莲花等图案，可谓价值不菲。我听后也目瞪口呆。

踏进绮丽的寨子，就能听见狗叫声。先是一只，紧接着是几只，一只跟着一只叫个不停，几只狗都不甘示弱。看清来人后，在门前石板歇息的老者便会大声地呵斥着狗。那狗便似通人性一般，停止了犬吠，反而围着来人摇着尾巴转个不停。

覆盖着苔藓的古井，一直没断过流，据老人说曾经从井里抽上过龙刀，也抽上过陶片，它偶尔也会聆听几个道师带着孝子贤孙们在"请水"的庄严法事上唱着经文："穿山过海莫辞劳，地远山高处处高。溪涧岂能留得住，终归大海作波涛。"几只麻鸭快活地匍匐在小河里。

穿过古朴褐色的门楼，来到亲戚屋前朝屋里喊话。男主人在屋里应了一声，脸上泛出欢欣的神色，他一把拉住客人的手握了又握，进了堂屋，女主人已摆上了爆米、果条、花生、葱花，倒上了热气腾腾的油茶。于是乎，边喝边谈，边谈边笑，边笑边指手画脚，满桌子的亲亲热热，满屋子的和和睦睦。

女主人趁男人与客人谈话的间隙，披上围裙，用手洗着食材，开始鼓捣饭菜。不一会儿，满室生香。呵！那可是满满的一桌子菜：米粉蒸肉、坛酸制鱼、烟熏腊肉、白斩鸡、扣肉、糖醋排骨等。坐上首的老者给客人举杯，客人忙回敬；主人再举杯，客人再回敬。敬酒，回敬；再敬酒，再回敬。酒过五巡七盏，菜过九味，不一会儿便有了飘飘然的感觉。

瑶民是生活在歌的海洋里的。特别有意思的是青年男女的对歌。吃过饭，男主人带着客人到村前小广场上听对歌。看，一个个身穿右侧黑色开襟衣、头上扎着盘头的"后生哥"，正与一个个系女书腰带、胸前挂花布绣裙的"客姑妹"对唱。歌声嘹亮，绕梁三日。歌情正醇，浓情蜜意。这歌从生活、生产唱到爱情，有时借日月星辰倾诉衷肠；有时借眼前的花草鸟禽畅叙未来；有时借江河湖海表情达意。

瑶乡里不少的姻缘，就是对歌这位"月下老人"牵的红线。听啊！"茶叶青，茶叶青，摘片茶叶起歌声，起的歌声慢慢唱，慢慢唱出少女音，问郎几时接姐去……"唱到情投意合时，男女们就到树下互相"谢妆"，互送定情信物。后生哥从客姑妹的纤纤玉手中接过绣有"龙凤呈祥"的布鞋及"鸳鸯戏荷""花开并蒂"的花荷包，然后递上手表、玉镯、戒指等物件，并约定下次会见的会期，双方才心满意足而归。下一次的约会，两人就熟门熟路了。

第二次会期，两人去看人家抢花炮。

那花炮高达 5.58 米，直径为 1.08 米。瑶乡的花炮，精美绝伦。它集木工、绘画、剪纸、书法、织锦、刺绣、雕塑、镂刻、插花、装帧等十多种传统工艺美术于一体。

你看！那花炮外面用四根红色木柱搭成的护架，那模样类似于抬轿的模式。花炮像一位出阁的新娘子，羞涩地端坐在护架中。4 个年轻力壮的青年，双手抬着，缓步走向村中的田峒。6 个花炮在主会场上一字排开。制花炮的师父拿出了绝活，全使在了花炮上了。花炮制成宝塔形状，炮心装有制作炮仗的硝药，顶端用红绸布裹成一个实心球，顶端插着四面彩旗。

抢花炮是抢完一个，再抢一个，6 个花炮轮番上阵，可以说，观众有 6 次抢花炮的机会。随着一阕惊艳的绝响，拉开了抢花炮的序幕。火红的硝烟火呈蘑菇云状在花炮中袅袅四散，宛如天女散花，象征幸福吉祥的炮心红球飞速冲上高空。青年们看准红球掉落的位置，一拥而上，你推我抢，他争你夺，那些捷足先登的青年，一举将天上掉下的"红球"带回了家。

看完抢花炮，他们一般选择到没有外人的地方。那里静悄悄的，后生哥先是赞美他的女朋友，客姑妹脸更加红了。打情骂俏后，后生哥一句"你的手好白呀"，就把手儿伸了过来。客姑妹躲躲闪闪的，但是心里美滋滋的。你的脸上擦了什么东西？好香！后生哥把嘴巴凑了上去。客姑妹半推半就，两人颤颤巍巍地就抱在了一起。

夜静了。躺在主人的房间里，床上是主人引以为豪的自织瑶锦被单，这可是女主人结婚时的"嫁妆"啊！这在瑶家是一隆重的待客方式。屋外，礼花在夜空中绽放。屋里，客人一边感叹瑶族的民风淳朴，一边发着朋友圈，不久就鼾声四起，甜甜地进入梦乡……